Anatole France · Die Götter dürsten

Bibliothek der Weltliteratur

Anatole France

Die Götter dürsten

Deutsch
von Heidi Kirmße

Aufbau-Verlag Berlin und Weimar
1989

Titel der französischen Originalausgabe
Les dieux ont soif
Mit einem Nachwort von Hans-Otto Dill

1. Auflage 1989

Einbandgestaltung Heinz Hellmis/Günter Woinke
Karl-Marx-Werk, Graphischer Großbetrieb, Pößneck V 15/30
Printed in the German Democratic Republic
Lizenznummer 301. 120/184/89
Bestellnummer 614 002 5
00970

ISBN 3-351-01393-0

1

Evariste Gamelin, Maler und Schüler Davids, Mitglied der Sektion Pont-Neuf (vormals Henri IV), hatte sich am frühen Morgen zur ehemaligen Barnabitenkirche begeben, die seit drei Jahren – seit dem 21. Mai 1790 – der Generalversammlung der Sektion als Tagungsort diente. Die Kirche erhob sich auf einem engen, düsteren Platz nahe dem Gitter des Justizpalastes. Aus der zweigeschossigen, in klassischem Stil gehaltenen Fassade, die, mit umgestürzten Pfeilern und Pechpfannen geschmückt, von der Zeit verwittert und von Menschenhand verschandelt war, hatte man die religiösen Wahrzeichen herausgeschlagen und über das Portal in schwarzen Buchstaben den republikanischen Wahlspruch geschrieben: „Freiheit, Gleichheit, Brüderlichkeit oder Tod." Evariste Gamelin trat in das Kirchenschiff: die Gewölbe, die einst die Bruderschaft von Saint-Paul im Chorhemd die heilige Messe singen hörten, sahen jetzt die Patrioten in roter Mütze versammelt, um die Stadtverordneten zu wählen und über die Angelegenheiten der Sektion zu beraten. Die Heiligenfiguren waren aus ihren Nischen gezerrt und durch Büsten von Brutus, Jean-Jacques und Lepeletier ersetzt worden. Auf dem abgeräumten Altar stand eine Tafel, die die Menschenrechte verkündete.

In diesem Kirchenschiff fanden zweimal wöchentlich von fünf Uhr nachmittags bis elf Uhr abends die öffentlichen Versammlungen statt. Die Kanzel, mit der Nationalfahne geschmückt, diente als Rednertribüne. Gegenüber, auf der Epistelseite, erhob sich ein grobgezimmertes Brettergerüst, das für die Frauen und Kinder bestimmt war, die recht zahlreich zu diesen Versammlungen kamen. An einem Schreibtisch zu Füßen der Kanzel saß an diesem Morgen in roter Mütze und Carmagnole der Bürger Dupont der Ältere, Tischler von der Place de Thionville und eins der zwölf Mitglieder des Überwachungsausschusses. Auf dem Schreibtisch waren eine Flasche, Gläser und Schreibzeug zu sehen sowie ein Schriftstück mit dem Text einer Petition, in der der Konvent aufgefordert wurde, zweiundzwanzig unwürdige Mitglieder auszuschließen.

Evariste Gamelin griff zur Feder und unterschrieb.

„Ich wußte wohl", sagte der Handwerker und Beamte, „daß du deine Unterschrift geben würdest, Bürger Gamelin. Du bist lauter. Aber die Sektion ist lau; sie hat keine Tugend. Ich habe dem Überwachungsausschuß vorgeschlagen, keinem die Bürgersinnsbescheinigung auszuhändigen, der die Petition nicht unterschreibt."

„Ich bin bereit, die Ächtung der föderalistischen Verräter mit meinem Blut zu unterschreiben", sagte Gamelin. „Sie wollten Marats Tod: nieder mit ihnen!"

„Unser Verderben", entgegnete Dupont der Ältere, „ist die Gleichgültigkeit. In einer Sektion mit neunhundert stimmberechtigten Bürgern kommen keine fünfzig zur Versammlung. Gestern waren es achtundzwanzig."

„Je nun", sagte Gamelin, „so muß man sie eben bei Strafe zwingen zu kommen!"

„Na, na", meinte der Tischler stirnrunzelnd, „wenn sie alle kommen, sind die Patrioten in der Minderzahl ... Bürger Gamelin, trinkst du ein Glas Wein auf die Gesundheit der braven Sansculotten?"

An der Kirchenwand, auf der Evangelienseite, wies der Zeigefinger einer schwarzen Hand zum Kreuzgang, und man las die Worte: *Zivilausschuß, Überwachungsausschuß, Wohltätigkeitsausschuß.* Nach ein paar Schritten erreichte man die Tür der ehemaligen Sakristei, welche die Aufschrift *Militärausschuß* trug. Gamelin stieß sie auf und fand den Sekretär des Ausschusses schreibend an einem großen, mit Büchern, Papieren, Eisenbarren, Patronen und Salpeterproben bepackten Tisch.

„Salut, Bürger Trubert. Wie geht's?"

„Mir? . . . Ich fühle mich bestens."

Der Sekretär des Militärausschusses, Fortuné Trubert, gab diese stereotype Antwort jedem, der sich nach seinem Befinden erkundigte, weniger um Auskunft über seinen Gesundheitszustand zu geben, als um jede Unterhaltung über dieses Thema abzuschneiden. Mit seinen achtundzwanzig Jahren hatte er schon eine welke Haut, schütteres Haar, hochrote Backenknochen und einen gekrümmten Rücken. Als Optiker am Quai des Orfèvres war er Inhaber eines sehr alten Geschäftes gewesen, das er im Jahre 91 einem früheren Gesellen überlassen hatte, um sich seinen Amtsgeschäften zu widmen. Seine bezaubernde Mutter, die mit zwanzig Jahren gestorben war und an die einige alte Leute im Stadtviertel noch eine rührende Erinnerung bewahrten, hatte ihm ihre schönen, sanften, leidenschaftlichen Augen, ihre Blässe und ihre Schüchternheit vererbt. Von seinem Vater, dem Optiker und Hoflieferanten, der mit noch nicht dreißig Jahren von der gleichen Krankheit dahingerafft wurde, hatte er einen rechtschaffenen, wendigen Geist.

Ohne im Schreiben innezuhalten, fragte er:

„Und du, Bürger, wie geht es dir?"

„Gut. Was gibt es Neues?"

„Nichts, nichts. Du siehst, hier ist alles ruhig."

„Und die Lage?"

„Die Lage ist immer dieselbe."

Die Lage war erschreckend. Die schönste Armee der Republik in Mainz eingeschlossen, Valenciennes belagert, Fortenay von den Vendéern genommen, Lyon in Aufruhr, die Cevennen aufgewiegelt, die spanische Grenze offen, zwei Drittel der Départements in Feindeshand oder in Auflehnung, Paris unter den österreichischen Kanonen, ohne Geld, ohne Brot.

Fortuné Trubert schrieb ruhig weiter. Da die Sektionen

auf Befehl der Commune zwölftausend Mann für die Vendée ausheben sollten, faßte er die diesbezüglichen Anordnungen über die Aushebung und Bewaffnung des Kontingents ab, das die Sektion Pont-Neuf (ehemals Henri IV) zu stellen hatte. Alle Feuerwaffen sollten den Aufgebotenen ausgeliefert werden. Die Nationalgarde der Sektion würde mit Jagdflinten und Piken ausgerüstet werden.

„Ich bringe dir die Liste der Glocken, die zum Umschmelzen in Kanonen nach dem Luxembourg geschickt werden sollen", sagte Gamelin.

Obwohl Evariste Gamelin keinen Sou besaß, war er unter den aktiven Mitgliedern der Sektion eingeschrieben: das Gesetz gestand diesen Vorzug eigentlich nur Bürgern zu, die wohlhabend genug waren, einen Beitrag im Werte von drei Arbeitstagen zu zahlen, und es verlangte einen Wert von zehn Arbeitstagen, damit ein Wahlberechtigter wählbar wurde. Aber die Sektion Pont-Neuf, die in die Gleichheit vernarrt war und eifersüchtig auf ihre Selbständigkeit hielt, sah jeden Bürger für wahlberechtigt und wählbar an, der seine Nationalgardistenuniform selbst bezahlt hatte. Dies war der Fall bei Gamelin, der aktiver Bürger seiner Sektion und Mitglied des Militärausschusses war.

Fortuné Trubert legte seine Feder nieder.

„Bürger Evariste, geh doch zum Konvent und bitte, daß man uns Instruktionen schickt, damit wir die Kellerböden abkratzen, die Erde und die Mauersteine auslaugen und Salpeter gewinnen können. Es genügt nicht, daß wir Kanonen haben; wir brauchen auch Schießpulver."

Ein kleiner Buckliger, die Feder hinter dem Ohr und Schriftstücke in der Hand, betrat die ehemalige Sakristei. Es war der Bürger Beauvisage vom Überwachungsausschuß.

„Bürger", sagte er, „wir haben schlimme Neuigkeiten erhalten: Custine hat Landau geräumt."

„Custine ist ein Verräter!" rief Gamelin aus.

„Er kommt auf die Guillotine", sagte Beauvisage.

Mit seiner etwas kurzatmigen Stimme erklärte Trubert

ruhig wie immer: „Der Konvent hat nicht umsonst einen Wohlfahrtsausschuß geschaffen. Dort wird Custines Verhalten untersucht werden. Unfähig oder Verräter, er wird durch einen zum Sieg entschlossenen General ersetzt werden, und *ça ira*!"

Er blätterte in den Papieren und ließ den Blick seiner müden Augen darüber hingleiten.

„Damit unsere Soldaten sorgenfrei und ungeschwächt ihre Pflicht tun, müssen sie wissen, daß das Auskommen ihrer Angehörigen daheim gesichert ist. Wenn du auch dieser Meinung bist, Bürger Gamelin, so wirst du bei der nächsten Versammlung mit mir zusammen beantragen, daß sich der Wohltätigkeitsausschuß mit dem Militärausschuß zusammentut, um die bedürftigen Familien zu unterstützen, die einen Verwandten in der Armee haben." Er lächelte und trällerte vor sich hin: „Ça ira! Ça ira! . . ."

Dieser schlichte Schreiber eines Sektionsausschusses, der täglich zwölf bis vierzehn Stunden an seinem weißen Holztisch für die Verteidigung seines gefährdeten Vaterlandes arbeitete, sah das Mißverhältnis zwischen der Riesenhaftigkeit der Aufgabe und der Unzulänglichkeit seiner Mittel nicht, so sehr fühlte er sich in einem gemeinsamen Streben einig mit allen Patrioten, so sehr war er verwachsen mit der Nation, so sehr verschmolz sein Leben mit dem eines großen Volkes. Er war einer jener geduldigen Schwärmer, die nach jeder Niederlage den unmöglichen und doch sicheren Sieg vorbereiteten. Siegen mußten sie ohnehin. Diese unbedeutenden Männer, die das Königtum vernichtet und die alte Welt auf den Kopf gestellt hatten, dieser Trubert, ein kleiner Optiker, dieser Evariste Gamelin, ein unbedeutender Maler, erwarteten von ihren Feinden keine Gnade. Sie hatten nur die Wahl zwischen Sieg oder Tod. Daher ihre Begeisterung und heitere Ruhe.

2

Nachdem Evariste Gamelin die Barnabitenkirche verlassen hatte, machte er sich auf den Weg zur Place Dauphine, die zu Ehren einer unbezwingbaren Stadt zur Place de Thionville geworden war.

Im volkreichsten Viertel von Paris gelegen, hatte dieser Platz seit fast einem Jahrhundert sein schönes Aussehen eingebüßt: die herrschaftlichen Häuser an seinen drei Seiten, die unter Heinrich IV. gleichmäßig in rotem Ziegelbau mit Querlagen aus weißem Stein für hohe Beamte erbaut worden waren, hatten ihre vornehmen Schieferdächer gegen zwei oder drei elende Stockwerke aus minderwertigem Baumaterial eingetauscht oder waren ganz abgerissen und würdelos durch schlecht mit Kalk getünchte Häuser ersetzt worden. Sie boten unregelmäßige, armselige, schmutzige Fassaden dar, von zahlreichen ungleichen schmalen Fenstern durchbrochen, die von Blumentöpfen, Vogelkäfigen oder trocknender Wäsche belebt wurden. Dort wohnte eine Schar von Handwerkern, Juwelieren, Kupferstechern, Uhrmachern, Optikern, Buchdruckern, Näherinnen, Schneiderinnen und Wäscherinnen sowie einige alte Juristen, die bei dem Aufruhr nicht mit der königlichen Justiz hinweggefegt worden waren.

Es war Morgen, und es war Frühling. Erste Sonnenstrahlen, berauschend wie süßer Wein, lachten auf den Mauern und drangen heiter in die Dachstuben. Alle Schiebefenster standen offen, und in den Fensterrahmen sah man die unfrisierten Köpfe der Hausfrauen. Der Schreiber des Revolutionstribunals, der sein Haus verlassen hatte, um zum Dienst zu gehen, tätschelte im Vorbeigehen den unter den Bäumen spielenden Kindern die Wangen. Auf dem Pont-Neuf wurde der Verrat des schändlichen Dumouriez ausgerufen.

Evariste Gamelin bewohnte auf der Seite des Quai de l'Horloge ein Haus aus der Zeit Heinrichs IV., das noch ganz gut ausgesehen hätte, wäre nicht unter dem vorletzten Tyrannen ein kleines ziegelgedecktes Dachgeschoß aufgestockt worden. Um dieses Haus eines alten Parlamentsrats den Bedürfnissen der Bürger- und Handwerkerfamilien anzupassen, die hier wohnten, hatte man mehr Trennwände und Hängeböden eingezogen. So hauste Bürger Remacle, Schneider und Portier in einem, in einem sehr engen und niedrigen Zwischenstock, wo man ihn durch die Glastür sehen konnte, wie er mit gekreuzten Beinen und tief gebeugtem Nacken auf seinem Arbeitstisch saß und an einer Uniform der Nationalgarde nähte, während die Bürgerin Remacle, deren Herd keinen anderen Abzug hatte als den Treppenflur, die übrigen Mieter mit dem Dunst ihrer Ragouts und Braten einnebelte und ihr Töchterchen Joséphine, sirupbeschmiert und schön wie der Morgen, auf der Türschwelle mit Mouton, dem Hund des Tischlers, spielte. Von der Bürgerin Remacle, einer Frau von überquellendem Herzen, Busen und Hüften, hieß es, daß sie ihre Gunst ihrem Nachbarn, dem Bürger Dupont dem Älteren, einem der Zwölf des Überwachungsausschusses, gewähre. Wenigstens hatte ihr Mann sie stark im Verdacht, und die Eheleute Remacle erfüllten das Haus abwechselnd mit den lautstarken Ausbrüchen ihres ehelichen Zwistes und ihrer Versöhnungen. In den oberen Stockwerken des Hauses wohnten der Bürger Chaperon, ein Goldschmied, der seinen Laden am Quai de l'Horloge hatte, ein zweitklassiger Arzt, ein Jurist, ein Münzpräger und etliche Gerichtsbeamte.

Evariste Gamelin stieg die altmodische Treppe bis zum vierten und letzten Stockwerk hinauf, wo er sein Atelier und ein Zimmer für seine Mutter hatte. Dort endete die mit Steinfliesen belegte Holztreppe, die auf die großen steinernen Stufen der unteren Stockwerke folgte. Eine Leiter, die an der Wand lehnte, führte auf einen Boden, von dem gerade ein korpulenter alter Mann mit schönem, rotwangigem, blühendem Gesicht herabstieg, der mit Mühe einen riesigen Ballen unter dem Arm trug und vor sich hin trällerte: *„Ich habe meinen Diener verloren."*

Er hörte auf zu singen und sagte Gamelin höflich guten

Tag; dieser begrüßte ihn freundschaftlich und half ihm, sein Paket herunterzuheben, wofür der Alte sich bedankte.

„Hier", sagte er, indem er seine Last wieder aufnahm, „habe ich Hampelmänner, die ich gerade an einen Spielwarenhändler in der Rue de la Loi liefern will. Das ist ein ganzes Volk: es sind meine Geschöpfe; sie haben von mir einen zerbrechlichen Körper erhalten, frei von Freuden und Leiden. Auch das Denken habe ich ihnen nicht gegeben, denn ich bin ein gütiger Gott."

Dies war der Bürger Maurice Brotteaux, ein ehemaliger Steuerpächter und früherer Adliger: sein Vater, der in seinen Unternehmungen zu Geld gekommen war, hatte einen Adelsbrief gekauft. In guten Zeiten hieß Maurice Brotteaux Monsieur des Ilettes und gab in seinem Haus in der Rue de la Chaise vornehme Soupers, denen die schöne Madame de Rochemaure, die Gattin eines Staatsanwalts, mit ihren Augen Glanz verlieh; sie war eine vollkommene Frau, deren ehrenwerte Treue beständig blieb, solange die Revolution Monsieur des Ilettes seine Ämter, Renten, Haus, Güter und Namen ließ. Die Revolution nahm ihm alles. Er fristete sein Leben, indem er in den Hofeinfahrten der Häuser Porträts malte, am Quai de la Mégisserie Krapfen und Spritzkuchen buk, Reden für die Volksvertreter verfaßte und den Bürgermädchen Tanzstunden erteilte. Zur Zeit stellte Maurice Brotteaux auf seinem Boden, zu dem man auf einer Leiter hinaufkroch und in dem man kaum aufrecht stehen konnte, mittels eines Leimtopfes, eines Bindfadenknäuels, eines Aquarellfarbkastens und einiger Papierfetzen Hampelmänner her, die er an Spielwarengroßhändler verkaufte. Diese verkauften sie an Straßenhändler weiter, welche sie auf einer Stange in den Champs-Elysées herumtrugen, als glänzende Objekte kindlicher Wünsche. Inmitten der öffentlichen Wirrnisse und des großen Mißgeschicks, von dem er selbst betroffen war, bewahrte sich Maurice Brotteaux die Heiterkeit seiner Seele und las zur Erholung seinen Lukrez, den er in der weit offenen Tasche seines flohbraunen Überrockes ständig bei sich trug.

Evariste Gamelin stieß die Tür zu seiner Wohnung auf, die sofort nachgab. Seine Armut ersparte ihm die Sorge um Schlösser, und wenn seine Mutter aus Gewohnheit den Riegel vorschob, pflegte er zu sagen: „Wozu? Man stiehlt keine Spinnweben und meine schon gar nicht." In seinem Atelier stapelten sich unter einer dicken Staubschicht oder standen mit der Bildseite an die Wand gelehnt die Gemälde aus seiner Anfangszeit, als er noch, der Mode gemäß, Schäferszenen malte und mit glattem, zaghaftem Pinsel leere Köcher und entflogene Vögel, kecke Liebesspiele und Glücksträume hinstrichelte, Gänsemädchen die Röcke schürzen ließ und den Busen der Schäferinnen mit Rosen bekränzte.

Aber dieses Genre paßte nicht zu seinem Temperament. Diese Szenen bezeugten durch ihre kühle Darstellung die unantastbare Keuschheit des Malers. Die Kenner hatten sich darin nicht getäuscht, und Gamelin hatte niemals für einen galanten Maler gegolten. Heute, da er kaum dreißig Jahre alt war, schienen ihm diese Themen aus unendlich ferner Zeit zu stammen. In ihnen sah er den sittlichen Verfall des Königtums und die schändliche Auswirkung höfischer Verderbnis. Er beschuldigte sich selbst, daß er sich diesem verwerflichen Genre hingegeben und sein Genie durch Knechtsdienste erniedrigt hatte. Jetzt, da er Bürger eines freien Volkes war, zeichnete er mit kraftvollem Strich Gestalten der Freiheit, der Menschenrechte, der französischen Konstitution, der republikanischen Tugenden, volkstümliche Herkulesse, welche die Hydra der Tyrannei niederschlugen, und in alle seine Werke legte er die ganze Glut seines Patriotismus. Doch leider verdiente er sein Brot damit auch nicht! Die Zeiten waren schlecht für die Künstler. Das war zweifellos nicht Schuld des Konvents, der nach allen Richtungen Armeen gegen die Könige schickte und stolz, kaltblütig und entschlossen dem gegen ihn verschworenen Europa gegenüberstand. Treulos und grausam gegen sich selbst, zerfleischte dieser Konvent sich mit eigener Hand, indem er den Terror auf die Tagesordnung setzte, indem er zur Bestrafung der Verschwörer ein erbarmungsloses Gericht ins Leben rief, das bald seine eigenen Mitglieder verschlingen sollte, doch gleichzeitig reformierte er besonnen, nachdenklich, ein Freund der Wissenschaft und Kunst, den Kalender, gründete Fachschulen, schrieb Wettbewerbe für Malerei und Bildhauerei aus, stiftete Preise, um die Künstler zu ermuntern, organisierte Jahresausstellungen, eröffnete das Museum und verlieh nach dem Vorbild Athens und Roms den Festen und Trauerfeiern einen erhabenen Charakter. Aber die französische Kunst, die einst in England, Deutschland, Rußland und Polen so verbreitet war, fand im Ausland keinen Absatz mehr. Die Liebhaber der Malerei, die Kunstbeflissenen, vornehme Herren und Finanzleute, waren ruiniert, emigriert oder hielten sich versteckt. Die Leute, die durch die Revolution zu Geld gekommen waren, Bauern, die Nationalgüter erworben hatten, Börsenspekulanten, Heereslieferanten, Croupiers des Palais-Royal, wagten ihren Wohlstand noch nicht zu zeigen und hatten zudem keinen Sinn für Malerei. Um ein Bild zu verkaufen, mußte man schon den Ruf eines Regnault oder das Geschick des jungen Gérard haben. Greuze, Fragonard, Houin nagten am Hungertuch. Prud'hon brachte Frau und Kinder notdürftig durch, indem er Vorwürfe zeichnete, die Copia in Punktmanier stach. Die patriotischen Maler Hennequin, Wicar und Topino-Lebrun litten Hunger.

Gamelin, der nicht in der Lage war, die Kosten für ein Gemälde aufzubringen, da er weder ein Modell bezahlen noch Farben kaufen konnte, ließ sein großes Gemälde „Der Tyrann, von den Furien bis in die Unterwelt verfolgt" in skizzenhaftem Zustand. Es bedeckte das halbe Atelier mit unvollendeten und überlebensgroßen Schreckensgestalten und einer Unmenge grüner Schlangen, die ihre spitzen, gespaltenen und gekrümmten Zungen hervorschnellen ließen. Links im Vordergrund erblickte man einen hageren, wilden Charon in seiner Barke, eine mächtige Gestalt von schöner Zeichnung, die jedoch etwas schulmäßig war. Mehr Genie und Natürlichkeit wies ein kleineres, ebenfalls unvollendetes Gemälde auf, das an der hellsten

Stelle des Ateliers hing. Es war ein Orest, den seine Schwester Elektra auf seinem Schmerzenslager emporrichtete. Und man sah das junge Mädchen mit rührender Gebärde die wirren Haare zurückstreichen, die ihrem Bruder die Augen verdeckten. Der Kopf des Orest war von tragischer Schönheit, und die Ähnlichkeit mit dem Gesicht des Malers war unverkennbar.

Oft betrachtete Gamelin dieses Werk mit traurigem Blick; manchmal streckten sich seine vor Malbegier bebenden Arme nach dem schon weitgehend ausgeführten Antlitz der Elektra aus und sanken dann ohnmächtig wieder herab. Der Künstler war von Begeisterung erfüllt und seine Seele auf große Dinge gerichtet. Aber er mußte sich in Auftragsarbeiten erschöpfen, die er mittelmäßig ausführte, weil er den Durchschnittsgeschmack zufriedenstellen mußte und weil er nicht fähig war, solchen Kleinigkeiten den Charakter des Genies aufzuprägen. Er zeichnete allegorische Bildchen, die sein Kollege Desmahis recht geschickt in Schwarz oder Farbe stach und die ein Kupferstichhändler in der Rue Honoré, der Bürger Blaise, ihm zu billigen Preisen abnahm. Aber der Handel mit Kupferstichen ging, wie Blaise sagte, immer schlechter, so daß er ihm seit einiger Zeit nichts mehr abkaufen wollte.

Diesmal indessen hatte Gamelin, den die Not erfinderisch machte, einen glücklichen und, wie er glaubte, neuen Einfall, der dem Kupferstichhändler, dem Stecher und ihm selbst zum Wohlstand verhelfen müßte: ein patriotisches Kartenspiel, bei dem er die Könige, Damen und Buben des Ancien régime durch Genien und Gestalten der Freiheit und Gleichheit ersetzt hatte. Sämtliche Figuren hatte er schon skizziert, einige hatte er fertig, und es drängte ihn, die bereits stichfertigen Desmahis zu übergeben. Die Figur, die ihm am besten gelungen schien, stellte einen Freiwilligen in Dreispitz, blauem Rock mit roten Aufschlägen, gelben Kniehosen und schwarzen Gamaschen dar, der auf einer Trommel saß, die Füße auf einer Pyramide von Kugeln und sein Gewehr zwischen den Beinen. Das war der „Herzbürger", der den Herzbuben ersetzen sollte.

Seit mehr als sechs Monaten zeichnete Gamelin voller Hingabe Freiwillige. Mehrere davon hatte er in den Tagen der Begeisterung verkauft. Etliche hingen an der Wand des Ateliers. Fünf oder sechs, in Aquarell, Gouache oder zweifarbiger Kreide ausgeführt, lagen auf Tisch und Stühlen umher. Im Juli 92, als auf allen Plätzen von Paris Tribünen für die Aushebung aufgeschlagen waren, als alle mit Girlanden geschmückten Wirtshäuser widerhallten von den Rufen: „Es lebe die Nation! Frei leben oder sterben!", konnte Gamelin nicht über den Pont-Neuf oder am Rathaus vorbeigehen, ohne daß sein Herz dem bewimpelten Zelt entgegenschlug, unter dem Beamte in Schärpe beim Klang der Marseillaise Freiwillige einschrieben. Aber wenn er selbst zur Armee gegangen wäre, hätte er seine Mutter brotlos zurückgelassen.

Keuchend vor Anstrengung, schwitzend, krebsrot und mit wogendem Busen, betrat seine Mutter, die Witwe Gamelin, das Atelier; die Nationalkokarde, die nachlässig an ihrer Mütze befestigt war, drohte herabzufallen. Sie stellte ihren Einkaufskorb auf einen Stuhl, richtete sich auf, um besser durchatmen zu können, und jammerte über die Teuerung der Lebensmittel.

Sie hatte mit ihrem Mann, der Messerschmied war, in der Rue de Grenelle im Laden „La Ville de Châtellerault" gewohnt; jetzt, nach seinem Tod, lebte die Bürgerin Gamelin als arme Hausfrau zurückgezogen bei ihrem Sohn, dem Maler. Er war der ältere von ihren beiden Kindern. Was ihre Tochter Julie betraf, die früher Modistin in der Rue Honoré gewesen war, so schwieg man sich besser über sie aus, denn es war unklug, zu sagen, daß sie mit einem Aristokraten emigriert war.

„Lieber Gott", seufzte die Bürgerin, indem sie ihrem Sohn ein klitschiges graues Weißbrot zeigte, „das Brot ist kaum noch zu bezahlen; wenn es wenigstens noch reiner Weizen wäre! Auf dem Markt gibt es weder Eier noch Gemüse, noch Käse. Wenn wir weiter nur Kastanien essen, werden wir noch selbst zu Kastanien."

Nach langem Schweigen fuhr sie fort:

„Auf der Straße habe ich Frauen gesehen, die nicht einmal ihre kleinen Kinder nähren konnten. Das Elend der armen Schlucker ist groß. Und solange die Dinge nicht wieder in Ordnung kommen, wird es so bleiben."

„Mutter", sagte Gamelin stirnrunzelnd, „die Teuerung, unter der wir leiden, kommt von den Wucherern und Spekulanten, die das Volk aushungern und sich mit den äußeren Feinden verbünden, um den Bürgern die Republik zu verekeln und die Freiheit zu vernichten. Dahin nämlich führen die Komplotte der Anhänger Brissots, die Verrätereien eines Pétion und Roland! Wir können noch froh sein, wenn die bewaffneten Föderalisten nicht auf Paris rücken und die Patrioten niedermetzeln, die der Hunger nicht schnell genug unter die Erde gebracht hat! Wir haben keine Zeit zu verlieren: es muß ein Kornpreis festgesetzt und jeder guillotiniert werden, der mit der Nahrung des Volkes spekuliert, Aufruhr stiftet oder mit dem Ausland paktiert. Der Konvent hat soeben ein Sondergericht eingesetzt, um die Verschwörer zu richten. Es besteht aus Patrioten. Aber werden seine Mitglieder genug Energie aufbringen, das Vaterland gegen alle seine Feinde zu verteidigen? Setzen wir unsere Hoffnung auf Robespierre: er ist tugendhaft. Hoffen wir vor allem auf Marat. Der liebt das Volk, erkennt seine wahren Interessen und unterstützt sie. Er war immer der erste, wenn es darum ging, die Verräter zu entlarven und Komplotte zu vereiteln. Er ist unbestechlich und furchtlos. Er allein kann die Republik aus der Gefahr erretten."

Der Bürgerin Gamelin fiel die lässig angesteckte Kokarde von der Mütze, als sie den Kopf schüttelte.

„Hör auf, Evariste: dein Marat ist ein Mensch wie alle anderen und nicht besser als sie. Du bist jung, du machst dir Illusionen. Was du heute von Marat sagst, hast du früher von Mirabeau, von La Fayette, von Pétion und Brissot gesagt."

„Niemals!" rief Gamelin, der das wirklich vergessen hatte.

Nachdem die Bürgerin von der Ecke des weißen Holztisches Papiere, Bücher, Pinsel und Farbstifte weggeräumt hatte, setzte sie die Suppenterrine aus Steingut, zwei Zinnteller, zwei Eisengabeln, das graue Weißbrot und eine Kanne sauren Weins darauf.

Der Sohn und die Mutter aßen schweigend die Suppe und beendeten ihr Mittagessen mit einem Stückchen Speck. Die Mutter hatte ihr durchwachsenes Fleisch auf ihr Brot gelegt, führte die Stückchen auf der Spitze ihres Taschenmessers feierlich an den zahnlosen Mund und kaute die teuren Speisen mit Respekt.

Das meiste hatte sie ihrem Sohn auf den Teller geschoben, der gedankenvoll und zerstreut dasaß.

„Iß, Evariste", mahnte sie ihn von Zeit zu Zeit. „Iß!"

Und dieses Wort nahm in ihrem Munde das Gewicht eines religiösen Gebotes an.

Sie fing wieder an, über die Teuerung der Lebensmittel zu jammern. Gamelin forderte aufs neue die Festsetzung des Kornpreises als einziges Mittel gegen dieses Übel.

Sie aber sagte:

„Es ist kein Geld mehr da. Die Emigranten haben alles mitgenommen. Es gibt kein Vertrauen mehr. An allem könnte man verzweifeln."

„Hör auf, Mutter, hör auf!" rief Gamelin aus. „Was bedeuten schon unsere Entbehrungen, unsere Leiden eines Augenblicks! Die Revolution wird für Jahrhunderte das Glück der Menschheit bewirken."

Die gute Frau tunkte ihr Brot in den Wein. Ihr Geist heiterte sich auf, und lächelnd dachte sie an ihre Jugendzeit, als sie an des Königs Geburtstag auf der Wiese getanzt hatte. Sie erinnerte sich auch des Tages, als Joseph Gamelin, wohlbestallter Messerschmied, um ihre Hand angehalten hatte. Und sie erzählte ausführlich, wie sich die Dinge zugetragen hatten. Ihre Mutter hatte zu ihr gesagt: „Zieh dich an. Wir gehen zur Place de Grève in den Juwelierladen von Monsieur Bienassis, damit wir zuschauen können, wie Damiens gevierteilt wird." Sie hatten Mühe, sich einen Weg durch die Menge der Schaulustigen zu bahnen. Im Laden des Monsieur Bienassis war das junge Mädchen Joseph Gamelin begegnet, der seinen schönen rosa Anzug anhatte, und sie hatte sofort begriffen, woher er gerade kam. Während der ganzen Zeit, die sie am Fenster stand, um zuzusehen, wie der Königsmörder gefoltert, mit geschmolzenem Blei übergossen, von vier Pferden zerrissen und ins Feuer geworfen wurde, stand Monsieur Joseph Gamelin hinter ihr und hörte nicht auf, ihr Komplimente über ihre Haut, ihre Frisur und über ihre Figur zu machen.

Sie trank ihren Wein aus und versenkte sich weiter in ihre Erinnerungen.

„Ich brachte dich früher als erwartet zur Welt, Evariste, weil ich während der Schwangerschaft einen großen Schreck bekommen hatte, als ich auf dem Pont-Neuf beinahe umgerissen wurde von der Menge der Schaulustigen, die zur Hinrichtung des Monsieur de Lally eilten. Du warst bei deiner Geburt so klein, daß der Arzt glaubte, du würdest nicht durchkommen. Aber ich wußte wohl, daß Gott mir die Gnade erweisen würde, dich am Leben zu erhalten. Ich zog dich auf, so gut ich nur konnte, und scheute weder Mühe noch Kosten. Gerechterweise muß ich sagen, mein Evariste, daß du mir deine Dankbarkeit dafür bezeigt und es mir von klein auf nach besten Kräften vergolten hast. Du hattest ein liebevolles und sanftes Wesen. Deine Schwester hatte auch kein schlechtes Herz, aber sie war selbstsüchtig und heftig. Du hattest mehr Mitleid mit den Unglücklichen als sie. Wenn die Gassenjungen des Viertels die Vogelnester in den Bäumen ausnahmen, versuchtest du, ihnen die Vögelchen aus den Händen zu reißen, um sie ihrer Mutter zurückzugeben, und oft gabst du nur auf, wenn du Fußtritte und böse Hiebe bekamst. Als du sieben Jahre alt warst, spaziertest du, anstatt dich mit ungezogenen Bengeln herumzuprügeln, artig auf der Straße und sagtest deinen Katechismus auf, und alle Armen, denen du begegnetest, brachtest du mit nach Hause, um ihnen zu helfen, so daß ich gezwungen war, dich zu schlagen, um es dir abzugewöhnen. Du konntest kein Wesen leiden sehen, ohne in Tränen auszubrechen. Als du erwachsen warst, wurdest du sehr hübsch. Zu meiner großen Verwunderung schienst du es gar nicht zu bemerken, im Gegensatz zu den meisten hübschen Jungen, die gefallsüchtig und eitel auf ihr Gesicht sind."

Die alte Mutter hatte recht. Evariste hatte mit zwanzig Jahren ein ernstes und anmutiges Gesicht, eine strenge und dabei weibliche Schönheit, die Züge einer Minerva. Jetzt verrieten seine düsteren Augen und blassen Wangen eine betrübte und heftige Seele. Aber sobald er seine Mutter ansah, nahm sein Blick für kurze Zeit wieder die Sanftmut der frühen Jugend an.

Sie fuhr fort: „Bei deinem vorteilhaften Aussehen hättest du es leicht gehabt, den Mädchen den Hof zu machen, aber du bist lieber bei mir im Laden geblieben, und manchmal mußte ich dir sagen, daß du mir nicht immer am Rockzipfel hängen, sondern ein bißchen mit deinen Spielkameraden herumtollen sollst. Noch auf meinem Totenbett werde ich dir bescheinigen, Evariste, daß du ein guter Sohn bist. Nach dem Hinscheiden deines Vaters hast du mich ohne Zaudern in deine Obhut genommen; obwohl dein eigenes Auskommen kaum hinreichte, hast du es mir an nichts fehlen lassen, und wenn wir heute alle beide arm und elend sind, so kann ich es nicht dir vorwerfen: schuld daran ist die Revolution."

Er machte eine tadelnde Gebärde, aber sie zuckte die Achseln und fuhr fort: „Ich bin keine Aristokratin. Ich habe die hohen Herren im Glanze ihrer Macht erlebt, und ich kann wohl sagen, daß sie ihre Vorrechte mißbraucht haben. Ich habe gesehen, wie dein Vater von den Lakaien des Herzogs von Canaleilles Stockhiebe bekam, weil er ihrem Herrn nicht schnell genug Platz machte. Die Österreicherin mochte ich nicht: sie war zu hochmütig und zu verschwenderisch. Was den König betrifft, so hielt ich ihn für einen guten Mann, und erst sein Prozeß und seine Hinrichtung haben mich vom Gegenteil überzeugt. Kurzum, ich sehne mich nicht nach der alten Herrschaft zurück, obwohl ich unter ihr angenehme Stunden verlebt habe. Aber sage mir nicht, daß die Revolution die Gleichheit einführen wird, denn die Menschen werden niemals gleich sein;

das ist gar nicht möglich, selbst wenn man alles im Lande auf den Kopf stellt: es wird immer Große und Kleine, Fette und Magere geben."

Und während sie so redete, räumte sie den Tisch ab. Der Maler hörte nicht mehr hin. Er entwarf im Geiste die Umrisse eines Sansculotten in roter Mütze und Carmagnole, der in seinem Kartenspiel den untauglich gewordenen Pique-Buben ersetzen sollte.

Es klopfte an der Tür, und ein Bauernmädchen, mehr breit als lang, rothaarig und krummbeinig, trat ein. Eine Geschwulst verdeckte ihr linkes Auge, und das rechte war von einem so wäßrigen Blau, daß es weißlich erschien; die Lippen waren wulstig, und die Zähne standen vor.

Sie fragte Gamelin, ob er der Maler sei und ob er ihr ein Bild ihres Bräutigams Jules Ferrand anfertigen könne, der als Freiwilliger bei der Ardennenarmee sei.

Gamelin antwortete, daß er dieses Porträt nach der Heimkehr des tapferen Kriegers gern machen wolle.

Das Mädchen drang schmeichelnd in ihn, daß er es doch sogleich machen solle.

Der Maler, der unwillkürlich lächeln mußte, wandte ein, daß er ohne Modell nichts tun könne.

Das arme Ding war sprachlos: diese Schwierigkeit hatte es nicht vorhergesehen. Den Kopf auf die linke Schulter geneigt, die Hände über dem Leib verschränkt, stand sie regungslos und stumm da und schien vom Kummer übermannt. Von soviel Einfalt gerührt und zugleich belustigt, drückte der Maler der unglücklichen Soldatenbraut, um sie aufzuheitern, einen der Freiwilligen, die er in Wasserfarben gemalt hatte, in die Hand und fragte sie, ob ihr Verlobter aus den Ardennen so aussähe.

Ihr trüber Blick wandte sich dem Papier zu, belebte sich nach und nach und leuchtete plötzlich auf, während ein strahlendes Lächeln ihr rundes Gesicht noch verbreiterte.

„Wirklich, so sieht er aus", sagte sie schließlich, „das ist Jules Ferrand, wie er leibt und lebt, das ist ihm wie aus dem Gesicht geschnitten."

Noch ehe der Maler daran gedacht hatte, ihr das Blatt

wieder abzunehmen, faltete sie es sorgfältig mit ihren groben roten Fingern, kniffte ein ganz kleines Briefchen daraus, das sie zwischen Mieder und Hemd in ihren Busen gleiten ließ, überreichte dem Künstler eine Assignate über fünf Livres, sagte der Mutter und ihrem Sohn auf Wiedersehen und humpelte leichten Schrittes hinaus.

3

Am Nachmittag desselben Tages begab sich Evariste zu dem Bürger Jean Blaise, dem Kupferstichhändler in der Rue Honoré, der in seinem Laden „Amour peintre" gegenüber dem Oratorium nahe dem Messageries auch Malkästen, Papierwaren und allerlei Spiele verkaufte. Das Geschäft lag im Erdgeschoß eines Hauses, das etwa sechzig Jahre alt sein mochte, und man betrat es durch eine Tür, deren Wölbung als Schlußstein eine gehörnte Fratze trug. Der Bogen dieser Wölbung war ausgefüllt von einem Ölgemälde, das den „Sizilianer oder Amor als Maler" nach einem Gemälde von Boucher darstellte, das der Vater des Jean Blaise im Jahre 1770 hatte anbringen lassen und das seither von Sonne und Regen ausgeblichen war. Zu beiden Seiten der Tür lagen in zwei ähnlichen Bogennischen mit einem Nymphenkopf als Schlußstein und hinter riesigen Scheiben gängige Kupferstiche und die letzten Novitäten der farbigen Gravur aus. An jenem Tage waren galante Szenen von Boilly, etwas nüchterne Arbeiten, zu sehen: „Die Schule der ehelichen Liebe" und „Sanfter Widerstand", die bei den Jakobinern Anstoß erregten und von den Lauteren bei der Gesellschaft der Künste denunziert worden waren; ferner sah man die „Öffentliche Promenade" von Debucourt mit einem Stutzer in kanariengelber Kniehose, der sich auf drei Stühlen breitmachte, Pferdebilder des jungen Carle Vernet, Luftballons, das „Bad der Virginia" und Figuren nach der Antike.

Aus der Menge der Bürger, die an dem Laden vorbeiflutete, waren es gerade die Zerlumptesten, die lange vor den beiden schönen Schaufenstern stehenblieben; sie suchten Zerstreuung, waren begierig auf Bilder und wollten sich wenigstens mit den Augen ihren Anteil an den Gütern der Welt nehmen; offenen Mundes bewunderten sie alles, während die Aristokraten nur einen Blick darauf warfen, die Stirn runzelten und vorübergingen.

Sobald Evariste den Laden von fern erblicken konnte, hob er seine Augen zu einem der darüberliegenden Fenster, dem linken, hinter dessen muschelförmigem eisernem Balkon ein Topf roter Nelken stand. Dies war das Fenster von Elodie, der Tochter des Jean Blaise. Der Kupferstichhändler bewohnte mit seinem einzigen Kind das erste Stockwerk dieses Hauses.

Evariste, der einen Augenblick vor dem „Amour peintre" stehengeblieben war, wie um Atem zu schöpfen, drückte die Türklinke nieder. Drinnen stieß er auf die Bürgerin Elodie, die gerade zwei Stiche verkauft hatte, sorgfältig ausgewählt aus einer großen Menge Arbeiten von Fragonard dem Jüngeren und Naigeon, und ehe sie die eingenommenen Assignaten in die Kasse einschloß, hielt sie eine nach der anderen gegen das Licht, um mit ihren schönen Augen besorgt die Wasserzeichen zu prüfen, denn es war ebensoviel falsches wie echtes Papiergeld in Umlauf, was den Handel stark schädigte. Wie früher die Imitatoren der Unterschriften des Königs, so wurden heute die Gelddrucker mit dem Tode bestraft; trotzdem fand man in allen Kellern Druckplatten für Assignaten; die Schweizer führten falsche Assignaten in Millionenhöhe ein, man warf sie bündelweise in die Gasthäuser; die Engländer luden täglich ganze Pakete an den französischen Küsten aus, um die Republik in Mißkredit zu bringen und die Patrioten ins Elend zu stürzen. Elodie fürchtete, falsche Scheine zu bekommen, und mehr noch, sie wieder in Umlauf zu setzen und dann als Komplizin von Pitt behandelt zu werden, aber sie vertraute dennoch auf ihr Glück und war sicher, sich in jedem Fall aus der Affäre zu ziehen.

Evariste betrachtete sie mit jenem dunklen Blick, der

besser als ein Lächeln die Liebe verrät. Sie schaute ihn mit einem leicht spöttisch verzogenen Schmollmündchen und einem vielsagenden Aufschlag ihrer schwarzen Augen an; dieses Gesicht machte sie, weil sie sich geliebt wußte und keineswegs böse darüber war und weil eine solche Miene den Liebenden provoziert, zu Klagen reizt und zu einer Erklärung verleitet, sofern er sich bisher noch nicht erklärt hat, was bei Evariste der Fall war.

Als sie die Assignaten in die Kasse gelegt hatte, zog sie aus ihrem Nähkörbchen einen weißen Schal, den sie zu besticken angefangen hatte, und machte sich an die Arbeit. Sie war emsig und kokett, und wie sie instinktiv zur Nadel griff, um Gefallen zu erwecken und sich zugleich etwas Schmückendes zu fertigen, so stickte sie ganz verschieden, je nachdem, wer ihr zusah: wollte sie sanftes Schmachten erregen, stickte sie nachlässig, wollte sie jemand aus Spaß ein wenig zur Verzweiflung treiben, stickte sie eigenwillig. Bei Evariste stickte sie mit Sorgfalt, weil sie ein ernstes Gefühl in ihm wachhalten wollte.

Elodie war weder sehr jung noch sehr hübsch. Auf den ersten Blick konnte man sie häßlich finden. Sie hatte dunkles Haar und einen gelblichen Teint; unter dem großen weißen Tuch, das sie nachlässig um den Kopf gebunden hatte, kamen ihre schwarzen Haarlocken hervor, und die feurigen Augen schienen ihre Augenhöhlen zu versengen. In ihrem rundlichen, anmutigen, ein wenig wollüstigen Gesicht mit den vorspringenden Backenknochen und dem Stupsnäschen fand der Maler den Faun von Borghese wieder, dessen göttliche Mutwilligkeit er auf einem Gipsabdruck bewunderte. Leichte Flaumhärchen über dem Mund betonten ihre glühenden Lippen. Ein wie von Zärtlichkeit geschwellter Busen hob das Brusttuch, das sie nach der Mode des Jahres geknotet trug. Ihre schlanke Taille, ihre flinken Beine, ihr ganzer kräftiger Körper bewegten sich mit ungebändigter und köstlicher Grazie. Ihr Blick, ihr Atem, das Erschauern ihrer Haut, alles an ihr verlangte nach Gefühl und versprach Liebe. Hinter dem Ladentisch des Händlers nahm sie sich aus wie eine Nymphe vom Ballett, eine Bacchantin von der Oper, die, ihres Pantherfells, ihres Thyrsusstabes und ihrer Efeugirlanden beraubt, jetzt sittsam und wie durch Zauber verwandelt in der bescheidenen Hülle einer Chardinschen Hausfrau dasaß.

„Mein Vater ist nicht zu Hause", sagte sie zu dem Maler. „Warten Sie einen Augenblick, er wird sicher bald wiederkommen."

Die kleinen bräunlichen Hände zogen die Nadel flink durch das feine Leinen.

„Gefällt Ihnen dieses Muster, Monsieur Gamelin?"

Gamelin war unfähig zu heucheln. Und die Liebe, die seinen Mut entflammte, steigerte seine Aufrichtigkeit.

„Sie sticken sehr geschickt, Bürgerin, aber wenn Sie wollen, daß ich meine Meinung sage: das vorgezeichnete Muster ist nicht schlicht, nicht klar genug und läßt noch den gekünstelten Geschmack erkennen, der in Frankreich nur allzulange in der Kunst des Dekors bei Stoffen, Möbeln oder Wandverkleidungen geherrscht hat. Diese Schleifen, diese Girlanden erinnern an den kleinlichen, spießigen Stil, der unter dem Tyrannen geschätzt war. Jetzt wird der Geschmack neu geboren. Ach! Wir waren tief gesunken! Zur Zeit des verruchten Ludwig XV. hatte das Dekor etwas Chinesisches. Man verfertigte dickbauchige Kommoden mit verschnörkelten Griffen, die lächerlich aussehen und nur zum Verheizen taugen, um die Patrioten zu erwärmen. Nur das Einfache ist schön. Man muß zur Antike zurückkehren. David entwirft Betten und Lehnstühle nach etruskischen Vasen und den Wandgemälden von Herkulaneum."

„Ich habe diese Betten und Lehnstühle gesehen", sagte Elodie, „das ist schön! Bald wird man nichts anderes mehr wollen. Ich bewundere die Antike ebenso wie Sie."

„Nun denn, Bürgerin", fuhr Evariste fort, „wenn Sie diesen Schal mit einem Mäanderband, mit Efeuranken, Schlangen oder gekreuzten Pfeilen verziert hätten, wäre er einer Spartanerin würdig gewesen ... und Ihrer selbst. Trotzdem können Sie das Muster beibehalten, wenn Sie es vereinfachen und auf gerade Linien reduzieren."

Sie fragte ihn, was sie weglassen solle.

Er beugte sich über den Schal; seine Wangen streiften Elodies Locken. Ihre Hände trafen sich auf dem feinen Leinenstoff, ihr Atem floß ineinander. Evariste empfand in diesem Augenblick eine unendliche Freude, aber als er Elodies Lippen den seinen nahe fühlte, fürchtete er, dem jungen Mädchen zu nahe zu treten, und zog sich unvermittelt zurück.

Die Bürgerin Blaise liebte Evariste Gamelin. Sie fand ihn wundervoll mit seinen großen glühenden Augen, seinem schönen ovalen Gesicht, seiner Blässe und seinem vollen schwarzen Haar, das in der Mitte gescheitelt war und in Wellen auf seine Schultern herabfiel; sie mochte sein gesetztes Auftreten, seine kühle Miene, sein ernstes Wesen und seine feste Rede, die niemandem schmeichelte. Und da sie ihn liebte, schrieb sie ihm einen stolzen Künstlergeist zu, der sich eines Tages in Meisterwerken Bahn brechen und seinen Namen berühmt machen würde, und sie liebte ihn darum nur um so mehr. Die männliche Sittsamkeit wurde von der Bürgerin Blaise nicht gerade verherrlicht, und sie fühlte sich in ihrer Moral nicht beleidigt, wenn ein Mann seinen Leidenschaften, seinen Neigungen und Wünschen nachgab; sie liebte Evariste, der keusch war, aber sie liebte ihn nicht etwa wegen seiner Keuschheit; sie fand darin vielmehr den Vorzug, daß sie weder Eifersucht noch Verdacht zu hegen und keine Rivalinnen zu fürchten brauchte.

Dennoch fand sie ihn in diesem Augenblick gar zu zurückhaltend. Wenn Racines Aricie, die den Hippolyte liebte, die wilde Tugend dieses Helden bewunderte, so geschah es doch in der Hoffnung, sie zu besiegen, und über eine Sittenstrenge, die er nicht um ihretwillen milderte, hätte sie bald geklagt. Sobald sie also Gelegenheit dazu fand, machte sie ihm mehr als eine halbe Liebeserklärung, um ihn zu zwingen, sich seinerseits zu erklären. Nach dem Beispiel der zärtlichen Aricie war auch die Bürgerin Blaise nahe daran, zu glauben, daß die Frau in der Liebe Annäherungsversuche unternehmen sollte. Die am meisten lieben, sagte sie sich, sind die Schüchternsten. Sie brauchen Hilfe und Ermutigung. Im übrigen ist ihre Arglosigkeit so groß, daß eine Frau ihnen getrost auf halbem Wege und sogar noch weiter entgegenkommen kann, ohne daß sie es bemerken, wobei sie ihnen den Schein eines kühnen Angriffs und den Ruhm der Eroberung lassen kann. Was sie über den Ausgang dieses Liebeshandels beruhigte, war ihre absolute Gewißheit (und in diesem Punkt gab es keine Zweifel), daß Evariste, bevor die Revolution ihn hatte heroisch werden lassen, eine Frau in sehr menschlicher Weise geliebt hatte, die Portiersfrau der Akademie, ein einfaches Geschöpf.

Elodie, die kein Unschuldslamm war, begriff verschiedene Arten von Liebe. Das Gefühl, das Evariste ihr einflößte, war tief genug, daß sie daran dachte, ihm ihr Leben zu verpfänden. Sie war durchaus geneigt, ihn zu heiraten, rechnete aber damit, daß ihr Vater der Ehe seiner einzigen Tochter mit einem unbekannten, armen Künstler nicht zustimmen würde. Gamelin besaß nichts; der Kupferstichhändler hingegen arbeitete mit großen Summen. Der „Amour peintre“ warf ihm viel ab, die Spekulation noch mehr, und er hatte sich mit einem Armeelieferanten zusammengetan, welcher der republikanischen Kavallerie minderwertige Stiefel und muffigen Hafer verkaufte. Schließlich war der Sohn des Messerschmieds aus der Rue Saint-Dominique zu bedeutungslos neben dem in ganz Europa bekannten Kunsthändler, der mit den Blaizot, den Bassano und Didot verwandt war und mit den Bürgern Saint-Pierre und Florian Umgang pflegte. Allerdings war sie keine gehorsame Tochter, die die Zustimmung ihres Vaters zu ihrer Ehe für unbedingt notwendig befand. Der Vater, der früh Witwer geworden war, dazu begehrlich und leichtsinnig, ein großer Schürzenjäger und Geschäftemacher, hatte sich nie um sie gekümmert und hatte sie frei, ohne Ratschläge und Zuneigung aufwachsen lassen, darauf bedacht, sie nicht zu überwachen, sondern vielmehr das Benehmen des Mädchens nicht zur Kenntnis zu nehmen. Als Kenner wußte er ihr feuriges Temperament und die Verführungskünste zu schätzen, die mächtiger sind als ein lediglich hübsches Gesicht. Elodie, zu großzügig, um sich zurückzuhalten, zu intelligent, um sich zu verlieren, und in ihren Torheiten besonnen, hatte über dem Geschmack an der Liebe niemals die gesellschaftlichen Spielregeln vergessen. Ihr Vater war ihr für diese Umsicht unendlich dankbar; und da sie von ihm den Geschäftssinn und die Unternehmungslust geerbt hatte, beunruhigte er sich nicht über die geheimen Gründe, die ein heiratsfähiges Mädchen wie sie bewogen, ledig und im Vaterhaus zu bleiben, wo sie so viel leistete wie eine Haushälterin und vier Kommis. Mit siebenundzwanzig Jahren fühlte sie sich alt und erfahren genug, ihr Leben selbst zu gestalten, und fühlte keinerlei Bedürfnis, Ratschläge von ihrem noch jungen, leichtlebigen und zerstreuten Vater einzuholen oder sich seinen Wünschen zu fügen. Aber für den Fall, daß sie Gamelin heiraten würde, müßte Monsieur Blaise diesem armen Schwiegersohn ein Auskommen sichern, ihn am Geschäft beteiligen oder ihm Aufträge zuschanzen, wie er es für etliche Künstler tat, kurz, ihm auf diese oder jene Weise Einkünfte verschaffen. Und es erschien ihr unmöglich, daß der eine so etwas anböte und daß der andere es annähme, da die beiden Männer wenig Sympathie füreinander hegten.

Diese Schwierigkeit brachte die zärtliche und kluge Elodie in Verlegenheit. Sie schreckte nicht vor dem Gedanken zurück, sich in geheimem Bunde mit ihrem Freund zusammenzutun und den Schöpfer der Natur zum einzigen Zeugen ihrer gegenseitigen Treue zu nehmen. Ihrer Lebensanschauung gemäß, fand sie nichts Verwerfliches an einer solchen Verbindung, welche durch die Unabhängigkeit, in der sie lebte, ermöglicht wurde und der Evaristes anständiger und tugendhafter Charakter eine beruhigende Festigkeit verleihen würde. Aber Gamelin hatte große Mühe, selbst durchzukommen und den Lebensunterhalt seiner Mutter zu bestreiten: in einem so eingeengten Dasein schien kein Raum für eine Liebe, und sei sie auf die Einfachheit der Natur beschränkt. Im übrigen hatte Evariste sich weder schon erklärt noch seine Absichten verlauten lassen. Die Bürgerin Blaise hoffte sehr, ihn in Kürze so weit zu bringen.

Sie hielt in ihren Gedanken und in ihrer Handarbeit inne.

„Bürger Evariste", sagte sie, „dieser Schal wird mir nur gefallen, wenn er Ihnen auch gefällt. Zeichnen Sie mir doch bitte ein Muster. Inzwischen trenne ich, wie Penelope, alles wieder auf, was während Ihrer Abwesenheit gemacht worden ist."

Er antwortete mit düsterer Begeisterung: „Das tue ich, Bürgerin. Ich werde Ihnen das Schwert des Harmodius zeichnen, eine blumenbekränzte Klinge."

Und seinen Zeichenstift zückend, entwarf er Schwerter und Blumen in jenem schlichten, unverfälschten Stil, den er liebte. Zugleich entwickelte er seine Prinzipien.

„Die sittlich erneuerten Franzosen", sagte er, „müssen das Erbe der Knechtschaft verwerfen: den schlechten Geschmack, die schlechte Form, das schlechte Muster. Watteau, Boucher, Fragonard arbeiteten für Tyrannen und Sklaven. In ihren Werken findet sich keinerlei Gefühl für den guten Stil oder für die reine Linie; nirgends sind Natur oder Wahrheit. Masken, Puppen, Firlefanz, Äffereien! Die Nachwelt wird ihre oberflächlichen Werke verachten. In hundert Jahren werden sämtliche Bilder von Watteau auf den Speichern unbeachtet verkommen sein; im Jahre 1893 werden die Malschüler die Bilder von Boucher mit ihren ersten Entwürfen überpinseln. David hat den Weg gewiesen: er nähert sich der Antike, aber er ist noch nicht einfach, groß und klar genug. Unsere Künstler haben noch manch Geheimnis von den Wandfriesen von Herkulaneum, den römischen Basreliefs und den etruskischen Vasen zu lernen."

Er redete lange von der antiken Schönheit und kam dann wieder auf Fragonard, den er mit unauslöschlichem Haß verfolgte.

„Kennen Sie ihn, Bürgerin?"

Elodie nickte.

„Sie kennen auch den guten Greuze, der mit seinem scharlachroten Rock und seinem Degen ziemlich lächerlich aussieht. Aber er wirkt wie ein griechischer Weiser neben Fragonard. Diesem elenden Greise bin ich neulich begegnet, als er unter den Arkaden des Palais-Egalité dahintrottete, gepudert und gefallsüchtig, quirlig, sehr gewagt gekleidet, einfach scheußlich. Bei diesem Anblick wünschte ich mir, daß in Ermangelung eines Apollo ein handfester Kunstfreund ihn an einem Baum aufknüpfte und ihm das Fell abzöge wie Marsyas, zum immerwährenden Beispiel für schlechte Maler."

Elodie heftete den Blick ihrer lustigen, begehrlichen Augen auf ihn.

„Sie verstehen zu hassen, Monsieur Gamelin. Kann man daraus schließen, daß Sie auch so lie . . ."

„Sind Sie es, Gamelin?" ertönte eine Tenorstimme, die Stimme des Bürgers Blaise, der seinen Laden wieder betrat, mit knarrenden Stiefeln, klirrenden Uhrgehängen, fliegenden Rockschößen und einem riesigen schwarzen Hut, dessen Krempe ihm bis auf die Schultern herabhing.

Elodie nahm ihren Handarbeitskorb und ging hinauf in ihr Zimmer.

„Nun, Gamelin?" fragte der Bürger Blaise. „Bringen Sie mir etwas Neues?"

„Kann sein", sagte der Maler.

Und er entwickelte seinen Plan.

„Unsere Spielkarten stehen in einem krassen Widerspruch zu den derzeitigen Gepflogenheiten. Die Namen Bube und König beleidigen das Ohr eines Patrioten. Ich habe das neue, revolutionäre Kartenspiel ersonnen und ausgeführt, in dem die Könige, Damen und Buben durch Gestalten der Freiheit, Gleichheit und Brüderlichkeit ersetzt sind; die Asse, von Liktorenbündeln umrahmt, heißen Gesetze . . . Sie sagen an: Treff-Freiheit, Pique-Gleichheit, Karo-Brüderlichkeit, Herz-Gesetz . . . Ich glaube, diese Karten sind kühn genug gezeichnet. Ich habe die Absicht, sie von Desmahis in Kupfer stechen und mir ein Patent darauf geben zu lassen."

Dabei zog der Künstler einige fertige Aquarellfiguren aus seiner Mappe und reichte sie dem Kunsthändler.

Der Bürger Blaise wollte sie nicht nehmen und wandte den Kopf ab.

„Lieber Junge, bringen Sie das in den Konvent, der Ihnen zu Ehren eine Sitzung bewilligen wird. Aber erwarten Sie nicht, auch nur einen Sou mit Ihrer neuen Erfindung zu verdienen, die gar nicht neu ist. Sie sind zu spät aufgestanden. Ihr revolutionäres Kartenspiel ist das dritte, das man mir anschleppt. Ihr Kollege Dugourc hat mir vorige Woche ein Pikettspiel mit vier Genien, vier Freiheitsgestalten und vier Figuren der Gleichheit angeboten. Ein anderes Spiel hat man mir offeriert, in dem es Weise und Haudegen, Cato, Rousseau, Hannibal und was weiß ich noch alles gab! ... Und diese Karten hatten gegenüber den Ihren den Vorteil, daß sie grob gezeichnet und mit dem Messer in Holz geschnitten waren. Wie wenig Menschenkenntnis haben Sie, wenn Sie glauben, daß die Spieler nach Karten greifen, die im Geschmack eines David gezeichnet und in der Art eines Bartolozzi gestochen sind! Und es ist auch eine abwegige Illusion, zu glauben, daß so viele Umstände gemacht werden müssen, um die alten Kartenspiele den heutigen Ideen anzupassen. Die wackeren Sansculotten gleichen den Mangel an Bürgertugend ganz von selbst aus, indem sie sagen: ‚Der Tyrann!' oder einfach: ‚Das dicke Schwein!' Sie benutzen ihre schmierigen Karten und kaufen sich niemals andere. Der Großverbrauch an Karten findet in den Spielsälen des Palais-Egalité statt: ich rate Ihnen, dorthin zu gehen und den Croupiers und Spielern Ihre Freiheitsgestalten, Ihre Gleichheitsfiguren und Ihre ... wie sagten Sie doch gleich? ... Ihre Herz-Gesetze anzubieten ..., und Sie werden mir berichten, wie man Sie dort aufgenommen hat!"

Der Bürger Blaise setzte sich auf den Ladentisch, klopfte die Tabakkrümel von seiner Nankinghose und fuhr, Gamelin voll sanften Mitleids anblickend, fort: „Darf ich Ihnen einen Rat geben, Bürger Maler: wenn Sie Ihr Brot verdienen wollen, dann lassen Sie Ihre patriotischen Kartenspiele, lassen Sie Ihre revolutionären Symbolfiguren, Ihre Herkulesse, Ihre Hydren, Ihre Furien, die das Verbrechen verfolgen, Ihre Genien der Freiheit und malen Sie mir hübsche Mädchen. Das Streben der Bürger nach Wiedergeburt flaut mit der Zeit ab, aber immer werden die Männer die Frauen lieben. Malen Sie mir rosige Frauen mit kleinen Füßen und Händchen. Und begreifen Sie, daß sich kein Mensch mehr für die Revolution interessiert und daß keiner mehr etwas davon hören will."

Mit einem Ruck fuhr Evariste Gamelin hoch.

„Wie? Nichts mehr von der Revolution hören? ... Aber die Eroberung der Freiheit, die Siege unserer Armeen, die Bestrafung der Tyrannen sind Ereignisse, die noch die fernste Nachwelt in Staunen versetzen werden. Wie sollten wir nicht davon gepackt werden? ... Wie! Die Sekte des Sansculotten Jesus hat fast achtzehn Jahrhunderte überdauert, und der Kultus der Freiheit sollte nach knapp vierjährigem Bestehen abgeschafft werden!"

Aber Jean Blaise erwiderte mit überlegener Miene:

„Sie sind in Träumen befangen; ich stehe mitten im Leben. Glauben Sie mir, mein Freund, die Revolution wird langweilig: sie dauert schon zu lange. Fünf Jahre Begeisterung, fünf Jahre Umarmungen, Hinrichtungen, Reden, Marseillaise, Sturmgeläut, Aristokraten an der Laterne, aufgespießte Köpfe und Weiber, die auf Kanonen reiten, Freiheitsbäume mit Jakobinermütze, junge Mädchen und Greise, die in weißen Gewändern auf blumenbekränzten Wagen umhergefahren werden; fünf Jahre Einkerkerungen, Guillotine, Rationierungen, Plakate, Kokarden, Federbüsche, Säbel, Carmagnolen – das ist ein bißchen viel! Und langsam versteht man gar nichts mehr. Wir haben zu viele große Bürger erlebt, die ihr zum Capitol geleitet habt, nur um sie dann vom Tarpejischen Felsen herabzustürzen: Necker, Mirabeau, La Fayette, Bailly, Pétion, Manuel und so viele andere. Wer sagt uns, daß ihr euren neuen Helden nicht dasselbe Schicksal bereitet? ... Man weiß es nicht."

„Nennen Sie sie, Bürger Blaise, nennen Sie diese Helden mit Namen, die wir zur Opferung vorgesehen haben!" rief

Gamelin in einem Ton, der den Kunsthändler zur Vorsicht mahnte.

„Ich bin Republikaner und Patriot", erwiderte dieser und legte die Hand aufs Herz. „Ich bin genauso Republikaner und Patriot wie Sie, Bürger Evariste Gamelin. Ich zweifle Ihren Bürgersinn nicht an und beschuldige Sie keineswegs des Wankelmuts. Aber Sie sollen wissen, daß mein Bürgersinn und meine Treue zur Republik durch zahlreiche Taten bewiesen sind. Hier sind meine Prinzipien: ich schenke mein Vertrauen jedem, der imstande ist, der Nation zu dienen. Vor den Männern, denen die Stimme der Öffentlichkeit die gefährliche Ehre der gesetzgebenden Macht angetragen hat, wie Marat und Robespierre, verbeuge ich mich; ich bin bereit, ihnen, soweit es meine schwachen Mittel zulassen, zu helfen und ihnen den bescheidenen Beistand eines guten Bürgers zu leisten. Die Ausschüsse können meinen Eifer und meine Hingabe bezeugen. In Gemeinschaft mit ehrlichen Patrioten habe ich Hafer und Verpflegung für unsere tapfere Kavallerie und Stiefel für unsere Soldaten geliefert. Noch heute werde ich von Vernon aus sechzig Ochsen zur Südarmee auf den Weg bringen, durch eine Gegend, die von Räubern unsicher gemacht und von Pitts und Condés Emissären durchstreift wird. Ich rede nicht, ich handle."

Gamelin legte seine Aquarelle ruhig wieder in seine Mappe zurück, knüpfte die Bänder zu und klemmte sich die Mappe unter den Arm.

„Es ist ein sonderbarer Widerspruch", sagte er mit zusammengebissenen Zähnen, „unseren Soldaten helfen zu wollen, der ganzen Welt eine Freiheit zu bringen, die man zu Hause verrät, indem man Zweifel und Unruhe in die Herzen ihrer Verteidiger sät ... Auf Wiedersehen, Bürger Blaise."

Das Herz überquellend von Liebe und Zorn, bog Gamelin in das Gäßchen ein, das am Oratorium vorbeiführt, doch zuvor wandte er sich noch einmal zurück, um einen Blick auf die roten Nelken zu werfen, die auf einem Fenstersims blühten.

Er verzweifelte nicht an der Rettung des Vaterlandes. Den unbürgerlichen Worten des Jean Blaise setzte er seinen revolutionären Glauben entgegen. Dennoch mußte er zugeben, daß dieser Händler nicht ohne jeden Anschein von Recht behauptete, das Volk von Paris werde neuerdings gleichgültig gegen die Ereignisse. Ach, er wußte nur zu gut, daß auf die Begeisterung der ersten Stunde die allgemeine Gleichgültigkeit folgte und daß man niemals wieder die großen einmütigen Massen von neunundachtzig sehen würde, diese Millionen gleichgesinnter Seelen, die sich im Jahre 90 um den Altar der Föderierten gedrängt hatten. Nun gut! Die guten Bürger würden eben ihren Eifer und ihre Kühnheit verdoppeln und das schläfrige Volk aufrütteln, indem sie ihm lediglich die Wahl zwischen der Freiheit oder dem Tod ließen.

So dachte Gamelin, und der Gedanke an Elodie stärkte seinen Mut.

Als er am Quai ankam, sah er am Horizont die Sonne hinter schweren Wolken untergehen, die glühenden Lavagebirgen ähnelten; die Dächer der Stadt waren in goldenes Licht getaucht, und die Fensterscheiben blitzten auf. Gamelin stellte sich im Geiste Titanen vor, die aus den glühenden Trümmern alter Welten die eherne Stadt Dike schmiedeten.

Da er kein Stück Brot für seine Mutter und sich hatte, träumte er davon, sich an die endlose Tafel zu setzen, die den ganzen Erdkreis einladen und an der die wiedergeborene Menschheit Platz nehmen würde. Inzwischen redete er sich ein, daß das Vaterland als gute Mutter seinen treuen Sohn schon ernähren werde. Der Geringschätzung des Kunsthändlers zum Trotz, bemühte er sich zu glauben, daß seine Idee eines revolutionären Kartenspiels neu und gut sei und daß er mit seinen wohlgelungenen Aquarellen ein Vermögen unter dem Arm trage.

Desmahis wird sie stechen, dachte er. Wir werden das neue patriotische Spiel selbst verlegen und mit Sicherheit in einem Monat zehntausend davon, das Stück zu zwanzig Sous, verkaufen.

Und in seiner Ungeduld, dieses Projekt in die Tat umzusetzen, wandte er sich mit großen Schritten zum Quai de la Ferraille, wo Desmahis über dem Glaser wohnte.

Man mußte durch den Laden. Die Glasersfrau sagte, der Bürger Desmahis sei nicht zu Hause; das überraschte den Maler nicht sonderlich, denn er wußte, daß sein Freund unstet und liederlich war, er wunderte sich nur, daß jemand bei so wenig Ausdauer so viel und so gut arbeiten konnte. Gamelin beschloß, ein Weilchen zu warten. Die Frau des Glasers bot ihm einen Stuhl an. Sie war mißmutig und beklagte sich, daß die Geschäfte schlecht gingen, obwohl es hieß, die Revolution, durch die so viele Scheiben zu Bruch gingen, mache die Glaser zu wohlhabenden Leuten.

Es wurde Nacht. Da er keine Lust mehr hatte, auf seinen Freund zu warten, verabschiedete sich Gamelin von der Glasersfrau. Als er über den Pont-Neuf ging, sah er berittene Nationalgarden vom Quai des Morfondus her anrükken und die Passanten zurückdrängen. Sie trugen Fackeln und eskortierten unter lautem Säbelgeklirr einen Henkerskarren, der in langsamer Fahrt einen unbekannten Mann zur Guillotine brachte, einen der Gestrigen, den ersten Verurteilten des neuen Revolutionstribunals. Man erkannte ihn undeutlich zwischen den Hüten der Gardisten, er saß da, die Hände auf dem Rücken gebunden, mit unbedecktem Kopf, der hin und her pendelte und dem Ende des Karrens zugekehrt war. Der Scharfrichter ging, auf die Wagenleiter gestützt, neben ihm. Die stehengebliebenen Passanten tuschelten, daß es sich wohl um einen von jenen handele, die das Volk aushungerten, und blickten ihn gleichgültig an. Als Gamelin näher kam, erkannte er unter den Zuschauern Desmahis, der sich bemühte, die Menge beiseite zu drängen und dem Zug den Weg abzuschneiden. Er rief ihn an und legte ihm die Hand auf die Schulter; Desmahis wandte den Kopf. Er war ein schöner und kräftiger junger Mann. Früher, in der Akademie, sagte man von ihm, daß er den Kopf eines Bacchus auf den Schultern eines Herkules trüge. Seine Freunde nannten ihn Barbaroux, wegen seiner Ähnlichkeit mit diesem Vertreter des Volkes.

„Komm“, sagte Gamelin zu ihm, „ich habe etwas Wichtiges mit dir zu besprechen.“

„Laß mich!“ erwiderte Desmahis lebhaft.

Und er murmelte ein paar undeutliche Worte vor sich hin und paßte den Augenblick ab, um voranzukommen.

„Ich verfolge gerade eine göttliche Frau, eine Modistin mit Strohhut und langen blonden Haaren: dieser verdammte Karren hat mich von ihr getrennt . . . Sie ging vor ihm her, jetzt ist sie schon am Ende der Brücke.“

Gamelin versuchte, ihn an seinem Rock festzuhalten, und versicherte, daß die Sache von Wichtigkeit sei.

Aber Desmahis hatte sich bereits zwischen Pferden, Garden, Säbeln und Fackeln hindurchgeschlängelt und verfolgte das kleine Modefräulein.

4

Es war zehn Uhr morgens. Die Aprilsonne tauchte die zarten Blätter an den Bäumen in Licht. Die Luft war durch das nächtliche Gewitter gereinigt und wundervoll mild. Hin und wieder unterbrach ein Reiter, der die Allée des Veuves entlangkam, die Stille der Einsamkeit. Am Rande der schattigen Allee, vor der Hütte „La Belle Lilloise“, saß Evariste auf einer hölzernen Bank und wartete auf Elodie. Seit dem Tage, da ihre Finger sich auf dem Leinen des Schals berührt hatten und ihr Atem ineinandergeflossen war, war er nicht mehr in den „Amour peintre“ zurückgekehrt. Eine ganze Woche lang hatten seine stolze Standhaftigkeit und seine Schüchternheit, die immer größer wurde, ihn von Elodie ferngehalten. Er hatte ihr einen ernsten, düsteren, glühenden Brief geschrieben, worin er das Unrecht darlegte, welches der Bürger Blaise ihm zugefügt hatte; und indem er seine Liebe verschwieg, seinen

Schmerz unterdrückte, teilte er seinen Entschluß mit, den Laden des Kunsthändlers nicht mehr zu betreten, und zeigte im Befolgen dieses Entschlusses mehr Festigkeit, als einem liebenden Mädchen recht sein konnte.

Elodie, welche von entgegengesetzter Gemütsart und geneigt war, ihr Eigentum in jedem Fall zu verteidigen, war sofort darauf bedacht, sich ihren Freund zurückzuholen. Zunächst dachte sie daran, ihn in seinem Atelier auf der Place de Thionville zu besuchen. Aber da sie ihn verdrießlicher Laune wußte und aus seinem Brief schloß, daß er aufgebracht war, befürchtete sie, er könne Vater und Tochter in seinem Haß in einen Topf werfen und sie nicht wiedersehen wollen. So hielt sie es für das beste, ihm ein sentimentales, romantisches Stelldichein zu gewähren, dem er sich nicht entziehen, bei dem sie ihn in aller Ruhe überreden und seinen Gefallen erregen könnte und bei dem die Einsamkeit mit ihr im Bunde sein würde, ihn zu umgarnen und zu besiegen.

Von klugen Architekten entworfen, standen damals in allen englischen Gärten und an den Modepromenaden strohgedeckte Hütten, die den Neigungen der Städter nach ländlicher Schlichtheit entgegenkamen. Die Hütte „La Belle Lilloise", die einem Limonadenverkäufer gehörte, stand in ihrer vorgetäuschten Armseligkeit auf den kunstvoll nachgeahmten Trümmern eines alten Turmes, um den ländlichen Reiz mit der Schwermut der Ruinen zu vereinen. Und als ob eine Hütte und eine Turmruine noch nicht genügten, um gefühlvolle Seelen zu rühren, hatte der Limonadenverkäufer unter einer Weide ein Grabmal errichtet, eine Säule, auf der eine Urne stand mit der Inschrift: „Cléonice ihrem treuen Amor." Hütten, Ruinen, Gräber, diese Symbole der Armut, des Verfalls und des Todes, hatte die Aristokratie am Vorabend ihres Untergangs in ihren ererbten Parks errichtet. Und jetzt ergötzten sich die patriotischen Bürger daran, in falschen Strohhütten im Schatten falscher Ruinen von Kreuzgängen und zwischen falschen Gräbern zu trinken, zu tanzen und zu lieben, denn die einen wie die anderen waren Naturschwärmer und Schüler Rousseaus; sie hatten gleichermaßen empfindsame Herzen voller Philosophie.

Evariste, der vor der festgesetzten Zeit zum Stelldichein gekommen war, wartete und zählte die Minuten an den Schlägen seines Herzens wie am Pendelschlag einer Uhr. Eine Patrouille mit Gefangenen kam vorbei. Zehn Minuten später schlüpfte eine rosagekleidete Dame, dem Zeitgeschmack entsprechend einen Blumenstrauß in der Hand, in Begleitung eines Kavaliers mit Dreispitz, rotem Rock, gestreifter Weste und Kniehose in die Hütte, alle beide den galanten Pärchen des Ancien régime so ähnlich, daß man wohl, wie der Bürger Blaise, glauben mußte, es wohnten dem Menschen Eigenschaften inne, die von Revolutionen nicht verändert werden.

Ein Weilchen darauf setzte sich eine alte Frau, die von Rueil oder Saint-Cloud gekommen war und eine rechteckkige buntbemalte Büchse am Arm trug, auf die Bank, auf der Gamelin wartete. Sie hatte ihre Büchse, an deren Dekkel eine Vorrichtung zum Loseziehen war, neben sich gestellt. Die arme Frau bot nämlich in den Parks Glücksbringer für Kinder zum Verkauf.

Sie war eine Händlerin, die unter dem neuen Namen Plaisirs eine alte Näscherei verkaufte, denn mochte nun der überkommene Name Oblaten den lästigen Begriff von Opfer und Schuld vermitteln oder mochte man ihn aus einer Laune heraus verworfen haben: die Oblaten hießen damals Plaisirs.

Die Alte wischte sich mit dem Schürzenzipfel den Schweiß von der Stirn und sandte ihre Klagen gen Himmel, Gott der Ungerechtigkeit bezichtigend, weil er der armen Kreatur ein so hartes Leben bescheide. Ihr Mann betrieb eine Schenke am Seineufer in Saint-Cloud, und sie lief täglich bis nach den Champs-Elysées, drehte ihre Klapper und rief: „Plaisirs, meine Damen!“ Und all diese Plakkerei brachte ihnen nichts ein, womit sie ihr Alter hätten sichern können.

Als sie merkte, daß der junge Mann auf der Bank Mitleid mit ihr empfand, setzte sie ausführlich die Ursache ihres Mißgeschicks auseinander. Schuld daran war die Republik, die, indem sie die Reichen um ihre Güter brachte, den Armen das Brot vom Munde nahm. Und auf eine Besserung der Zustände war nicht zu hoffen. Sie schloß im Gegenteil aus etlichen Anzeichen, daß sich die Dinge nur noch zuspitzen würden. In Nanterre hatte eine Frau ein Kind mit Natternkopf geboren; der Blitz war in die Kirche von Rueil eingeschlagen und hatte das Kreuz auf dem Glockenturm zerschmolzen; im Wald von Chaville war ein Werwolf gesichtet worden. Maskierte Männer vergifteten die Brunnen und streuten Pulver in die Luft, die Krankheiten hervorriefen ...

Evariste sah Elodie aus dem Wagen steigen. Er eilte auf sie zu. Die Augen des jungen Mädchens leuchteten aus dem Halbschatten ihres Strohhutes; ihre Lippen, so rot wie die Nelken, die sie in der Hand trug, lächelten. Eine schwarzseidene Stola war über der Brust gekreuzt und auf dem Rücken geknotet. Ihr gelbes Kleid ließ die raschen Bewegungen ihrer Knie sichtbar werden und entblößte ihre Füße in flachen Schuhen. Die Hüften waren fast nicht eingezwängt, denn die Revolution hatte die Taille der Bürgerinnen befreit, während der Rock, der zudem unterhalb der Hüften gebauscht war, die Formen entstellte, indem er sie überbetonte und die Wirklichkeit unter ihrem übertriebenen Abbild verbarg.

Er wollte sprechen, konnte aber keine Worte finden und machte sich Vorwürfe wegen dieser Verlegenheit, die Elodie jedoch der liebevollsten Begrüßung vorzog. Ebenfalls bemerkte sie und nahm es als gutes Vorzeichen, daß er seine Krawatte kunstvoller als sonst gebunden hatte. Sie reichte ihm die Hand.

„Ich wollte Sie sehen“, sagte sie, „mit Ihnen sprechen. Auf Ihren Brief habe ich nicht geantwortet, denn er hat mir nicht gefallen; das waren nicht Sie. Wäre er ungekünstelter gewesen, hätte er liebenswürdiger ausfallen können. Sie tun Ihrem Charakter und Ihrem Geist unrecht, wenn Sie nicht mehr in den ‚Amour peintre‘ kommen wollen, nur weil Sie dort eine kleine politische Meinungsverschiedenheit hatten mit einem Mann, der viel älter ist als Sie. Sie brauchen bestimmt nicht zu befürchten, daß mein Vater Sie schlecht empfangen wird, wenn Sie wieder zu uns kommen. Sie kennen ihn nicht: er erinnert sich weder an das, was er Ihnen gesagt hat, noch an das, was Sie ihm zur Antwort gaben. Zwar will ich nicht behaupten, daß zwischen Ihnen beiden große Sympathie besteht, aber er ist nicht nachtragend. Offen gesagt kümmert er sich nicht viel um Sie . . . ebensowenig wie um mich. Er denkt einzig an seine Geschäfte und an seine Vergnügungen."

Sie schlug den Weg nach dem Gebüsch ein, das die Hütte umgab, und er folgte ihr nur widerwillig, da er wußte, daß dort der Treffpunkt der käuflichen Liebe und der Eintagsverhältnisse war. Sie suchte den verstecktesten Tisch aus.

„Ich habe Ihnen so viel zu sagen, Evariste! Die Freundschaft gibt Rechte: darf ich davon Gebrauch machen? Ich will viel von Ihnen reden . . . und ein bißchen auch von mir, sofern es Ihnen recht ist."

Als der Limonadenverkäufer eine Karaffe und Gläser gebracht hatte, schenkte Elodie als gute Hausfrau selbst ein. Dann erzählte sie ihm von ihrer Kindheit, von der Schönheit ihrer Mutter, die sie gern rühmte, aus kindlicher Liebe wie als Ursprung ihrer eigenen Schönheit; sie hob die Rüstigkeit ihrer Großeltern lobend hervor, denn sie war stolz auf ihr bürgerliches Blut. Sie erzählte, wie sie, nachdem sie mit sechzehn Jahren diese bewundernswerte Mutter verlor, ohne Zärtlichkeit und ohne stützenden Halt gelebt hatte. Sie schilderte sich so, wie sie war: lebhaft, feinfühlig und beherzt. Und sie fügte hinzu: „Evariste, ich habe eine Jugend erlebt, die zu traurig und einsam war, als daß ich den Wert eines Herzens wie des Ihrigen nicht erkennen würde, und von mir aus, das sollen Sie wissen, verzichte ich nicht freiwillig auf eine Sympathie, auf die ich glaubte zählen zu dürfen und die mir teuer war."

Evariste blickte sie zärtlich an.

„Ist es möglich, Elodie, daß ich Ihnen nicht gleichgültig bin? Darf ich glauben? . . ."

Er hielt inne, aus Furcht, zuviel zu sagen und damit eine so vertraute Freundschaft zu mißbrauchen.

Sie reichte ihm ehrbar ihre kleine Hand, die halb aus dem langen engen spitzenbesetzten Ärmel hervorsah. Ihr Busen hob sich unter langen Seufzern.

„Schreiben Sie mir alle Gefühle zu, die ich nach Ihrem Wunsche für Sie hegen soll, Evariste, und Sie werden sich über die Neigungen meines Herzens nicht täuschen."

„Elodie, Elodie, was Sie da sagen, werden Sie es auch wiederholen, wenn Sie wissen ..."

Er zögerte.

Sie senkte die Augen.

Leiser fuhr er fort: „... daß ich Sie liebe?"

Als sie diese letzten Worte vernahm, errötete sie vor Freude. Und während ihre Augen zärtliche Wollust ausdrückten, hob sich ungewollt ihr einer Mundwinkel zu einem belustigten Lächeln. Sie dachte: Und er glaubt, er habe sich als erster erklärt! ... Und vielleicht fürchtet er sogar, mich zu kränken! ... Und in gütigem Ton sagte sie zu ihm: „Haben Sie denn nicht gemerkt, mein Freund, daß ich Sie liebe?"

Sie wähnten sich allein auf der Welt. In seiner Hochstimmung blickte Evariste zum strahlenden azurblauen Firmament empor.

„Sehen Sie, der Himmel schaut auf uns herab! Er ist anbetungswürdig und gütig wie Sie, meine Liebste; er hat Ihren Glanz, Ihre Sanftheit, Ihr Lächeln."

Er fühlte sich eins mit der ganzen Natur, bezog sie in seine Freude, seine Seligkeit ein. Ihm schien es, als hätten zur Feier seiner Verlobung die Kastanien ihre Blütenkerzen aufgesteckt, die Riesenfackeln der Pappeln sich entzündet.

Er genoß das Gefühl seiner Kraft und seiner Größe. Sie, zärtlicher und feiner, schmiegsamer und geschmeidiger, nutzte den Vorteil der Schwäche und unterwarf sich ihm, sobald er sie erobert hatte; jetzt, wo sie sich in seine Gewalt begeben hatte, sah sie in ihm den Herrn, den Helden, den Gott und brannte darauf, zu gehorchen, zu bewundern und sich hinzugeben. Im Schatten des Gebüsches gab er ihr einen langen glühenden Kuß, unter dem sie den Kopf zurückbog, und in Evaristes Armen fühlte sie sich dahinschmelzen wie Wachs.

Lange noch sprachen sie nur voneinander und vergaßen die Welt. Evariste äußerte vornehmlich unbestimmte, bloße Ideen, die Elodie hinrissen. Sie hingegen sprach von anmutigen, nützlichen Dingen und ging mehr ins einzelne. Als sie dann meinte, daß sie nicht länger ausbleiben dürfe, stand sie entschlossen auf, gab ihrem Geliebten die drei roten Nelken von ihrem Fenster und sprang leichtfüßig in das Kabriolett, das sie hergebracht hatte. Es war ein gelbangestrichener Mietwagen auf sehr hohen Rädern, der gewiß nichts Absonderliches hatte, ebensowenig wie der Kutscher. Aber Evariste leistete sich niemals einen Wagen, und auch in seiner Umgebung war das nicht üblich. Als er sie auf diesen großen, rasch rollenden Rädern davonfahren sah, krampfte sich sein Herz zusammen, und er hatte eine schmerzliche Vorahnung: in einer Art Halluzination schien es ihm, als entführe das gemietete Pferd Elodie aus dem Augenblick und der Gegenwart in eine reiche, fröhliche Stadt, zu den Häusern des Luxus und der Vergnügungen, in die er niemals Einlaß finden würde.

Die Kutsche entschwand. Evaristes Verwirrung legte sich, aber eine dumpfe Angst blieb in ihm zurück, und er fühlte, daß er die Stunden der Zärtlichkeit und des Vergessens, die er eben durchlebt hatte, nicht noch einmal durchleben würde.

Er ging durch die Champs-Elysées, wo Frauen in hellen Kleidern plaudernd oder stickend auf Holzstühlen saßen, während ihre Kinder unter den Bäumen spielten. Eine Plaisirverkäuferin mit ihrer trommelförmigen Büchse erinnerte ihn an die Alte in der Allée des Veuves, und ihm war, als ob zwischen diesen beiden Begegnungen ein ganzer Abschnitt seines Lebens verflossen wäre. Er überquerte die Place de la Révolution. Im Tuileriengarten hörte er von fern den brausenden Lärm der großen Tage, jene einmütigen Stimmen, welche, wie die Feinde der Revolution behaupteten, für immer verstummt wären. In dem anschwellenden Lärm beschleunigte er seinen Schritt, erreichte die Rue Honoré und fand sie wimmelnd von Männern und Frauen, die „Es lebe die Republik! Es lebe die Freiheit!" riefen. Die Mauern der Gärten, die Fenster, Balkons und Dächer waren mit Zuschauern besetzt, welche Hüte und Tücher schwenkten. Angeführt von einem Pionier, der dem Zuge Platz verschaffte, umgeben von Munizipalbeamten, Nationalgardisten, Kanonieren, Gendarmen und Husaren, nahte langsam über den Köpfen der Bürger ein Mann von galliger Gesichtsfarbe, einen Eichenkranz um die Stirn gewunden und den Körper in einen langen alten grünen Gehrock mit Hermelinkragen gehüllt. Die Frauen warfen ihm Blumen zu. Er ließ den stechenden Blick seiner gelben Augen umherschweifen, so als ob er in dieser begeisterten Menge nach Volksfeinden und nach Verrätern suche, die es anzuzeigen und zu strafen galt. Als er vorbeikam, zog Gamelin seinen Hut und stimmte in den Ruf aus hunderttausend Kehlen ein: „Es lebe Marat!"

Wie das Schicksal betrat der Triumphator den Saal des Konvents. Während sich die Menge langsam zerstreute, preßte Gamelin, der auf einem Prellstein der Rue Honoré saß, die Hand auf sein heftig klopfendes Herz. Was er eben gesehen hatte, erfüllte ihn mit hehrer Bewegung und glühender Begeisterung.

Er verehrte, ja liebte Marat, der krank, mit Fieberbrand in den Adern und von Geschwüren zerfressen, den Rest seiner Kräfte im Dienste der Republik verzehrte und der ihn in seinem armseligen, für jeden geöffneten Haus mit offenen Armen empfing, voller Eifer mit ihm über das öffentliche Wohl sprach und ihn zuweilen nach den Absichten der Ruchlosen fragte. Er bewunderte es, daß die Feinde des Gerechten, indem sie seinen Sturz herbeizuführen suchten, seinen Triumph vorbereitet hatten. Er segnete das Revolutionstribunal, das den Volksfreund freigesprochen und damit dem Konvent den eifrigsten und lautersten seiner Gesetzgeber zurückgegeben hatte. Im Geiste sah er noch einmal diesen fieberverbrannten Kopf, bekränzt mit der Bürgerkrone, das von tugendhaftem Stolz und erbarmungsloser Liebe geprägte Gesicht, das zerstörte, entstellte, mächtige Antlitz, den verkniffenen Mund, die breite Brust, diesen kraftvollen Sterbenden, der von der Höhe seines lebenden Triumphwagens herab den Mitbürgern zu sagen schien: Folgt meinem Beispiel, seid Patrioten bis in den Tod!

Die Straße war leer, die Nacht deckte sie mit ihrem Schatten zu; der Laternenanzünder kam mit seiner Stocklaterne vorbei, und Gamelin murmelte: „Bis in den Tod ..."

5

Um neun Uhr morgens traf Evariste im Jardin du Luxembourg Elodie, die ihn auf einer Bank erwartete.

Seit sie einander vor einem Monat ihre Liebe gestanden hatten, sahen sie sich täglich im „Amour peintre" oder im Atelier an der Place de Thionville. Sie waren sehr zärtlich miteinander und dennoch von einer Zurückhaltung, die der Charakter eines ernsten und tugendhaften Liebhabers, eines gottgläubigen und guten Bürgers ihrer Intimität auferlegte, eines Liebhabers, der seine teure Geliebte zwar vor dem Gesetz oder vor Gott allein – je nachdem – ehelichen wollte, aber nicht anders als am hellichten Tag und in aller Öffentlichkeit. Elodie erkannte sehr wohl an, daß dieser Entschluß ehrenwert war, aber an einer Heirat verzweifelnd, die alles unmöglich machte, und nicht gewillt, den gesellschaftlichen Konvenienzen zu trotzen, faßte sie insgeheim ein ehrbares Verhältnis ins Auge, so lange, bis es durch seine Dauer achtbar würde. Sie hoffte, eines Tages die Bedenken eines allzu ehrsamen Liebhabers überwinden zu können, und da sie es nicht hinausschieben wollte, ihm die notwendigen Geständnisse zu machen, hatte sie ihn zu einem Gespräch in den menschenleeren Garten am Kartäuserkloster bestellt.

Sie blickte ihn zärtlich und aufrichtig an, ergriff seine

Hand, ließ ihn neben sich Platz nehmen und sprach mit ruhiger Gefaßtheit:

„Ich achte Sie zu sehr, Evariste, als daß ich Ihnen etwas verbergen möchte. Ich glaube, ich bin Ihrer würdig: wenn ich Ihnen nicht alles sagte, wäre ich es nicht mehr. Hören Sie mich an und seien Sie mein Richter. Ich habe mir nichts Gemeines, Niedriges oder auch nur Eigennütziges vorzuwerfen. Ich war schwach und leichtgläubig . . . Vergessen Sie nicht, mein Freund, in welch schwierigen Verhältnissen ich lebte. Sie wissen es ja, ich hatte keine Mutter mehr; mein Vater war noch jung; er dachte nur an sein Vergnügen und kümmerte sich nicht um mich. Ich war sensibel; die Natur hatte mir ein zärtliches Herz und eine großzügige Seele mitgegeben, und obwohl sie mir ein sicheres und gesundes Urteil nicht versagt hatte, siegte in mir das Gefühl über die Vernunft. Ach, es risse mich noch jetzt hin, wenn nicht alle beide sich vereinten, um mich für immer und ewig Ihnen zu schenken, Evariste!"

Sie drückte sich gemessen und bestimmt aus. Ihre Worte waren sorgfältig zurechtgelegt; seit langem war sie entschlossen, ihr Geständnis zu machen, denn sie war offenherzig, gefiel sich in der Nachahmung Jean-Jacques' und sagte sich vernünftigerweise: Eines Tages wird Evariste ohnehin Geheimnisse erfahren, deren Hüter ich nicht allein bin; es ist besser, ein freiwilliges Geständnis abzulegen, das mich nur ehren kann, und ihn in Kenntnis zu setzen von dem, was er eines Tages zu meiner Schande erfahren würde. Zärtlich und natürlich wie sie war, fühlte sie sich nicht sonderlich schuldbewußt, und ihr Geständnis war ihr nicht sehr peinlich; im übrigen wollte sie nur das Notwendigste sagen.

„Ach", seufzte sie, „warum sind Sie nicht in jenen Tagen zu mir gekommen, lieber Evariste, als ich allein und von allen verlassen war?"

Gamelin hatte Elodies Bitte, ihr Richter zu sein, wörtlich genommen. Von Natur aus dazu veranlagt und durch seine literarische Bildung befähigt, die häusliche Gerechtigkeit auszuüben, erwartete er Elodies Geständnis.

Als sie zögerte, nickte er ihr aufmunternd zu.

Sie sagte ohne Umschweife:

„Ein junger Mann, der neben schlechten Eigenschaften auch gute besaß und nur diese zeigte, fühlte sich zu mir hingezogen und umwarb mich mit einer Ausdauer, die erstaunlich für ihn war, denn er stand in der Blüte der Jahre, war voller Anmut und mit reizenden Frauen liiert, die kein Hehl aus ihrer Bewunderung für ihn machten. Nicht seine Schönheit oder sein Geist hatten es mir angetan ... Er verstand es, mich zu rühren, indem er mir Liebe bezeigte, und ich glaube, er liebte mich wirklich. Er war zärtlich und hingebungsvoll. Ich verlangte nichts als sein Herz, und sein Herz war unbeständig ... Ich klage nur mich an; diese Beichte ist meine Beichte und nicht die seine. Ich beklage mich nicht über ihn, denn er ist mir fremd geworden. Ach! ich schwöre Ihnen, Evariste, es ist, als hätte es ihn niemals gegeben."

Sie schwieg. Gamelin gab keine Antwort. Er verschränkte die Arme; sein Blick war starr und düster. Er dachte zugleich an seine Geliebte und an seine Schwester Julie. Julie hatte auch einen Liebhaber erhört, aber im Gegensatz zu der unglücklichen Elodie, so meinte er, hatte sie sich entführen lassen, und das keineswegs in der Verwirrung eines empfindsamen Herzens, sondern um fern von den Ihrigen Luxus und Vergnügen zu finden. In seiner Sittenstrenge hatte er seine Schwester verdammt und neigte nun dazu, auch seine Geliebte zu verurteilen.

Sehr sanft fuhr Elodie fort: „Ich war durchdrungen von Philosophie; ich glaubte, daß die Menschen von Natur aus anständig seien. Mein Unglück war, einem Liebhaber begegnet zu sein, der nicht von der Schule der Natur und der Moral geformt worden war und den soziale Vorurteile, Ehrgeiz, Eigenliebe und falsches Ehrgefühl selbstsüchtig und treulos gemacht hatten."

Diese wohlberechneten Worte taten die erwünschte Wirkung. Gamelins Augen blickten sanftmütiger. Er fragte:

„Wer war Ihr Verführer? Kenne ich ihn?"

„Sie kennen ihn nicht.“

„Sagen Sie mir seinen Namen.“

Diesen Wunsch hatte sie vorausgesehen, und sie war entschlossen, ihn nicht zu erfüllen.

Sie gab ihre Gründe an.

„Ersparen Sie es mir, ich bitte Sie. Ich habe schon zuviel gesagt, für Sie wie für mich.“

Und als er in sie drang:

„Im heiligen Interesse unserer Liebe werde ich Ihnen nichts sagen, was Ihnen ein deutliches Bild von diesem ... Fremden geben könnte. Ich will Ihrer Eifersucht kein Gespenst liefern; ich will keinen störenden Schatten zwischen Sie und mich werfen. Weil ich diesen Mann vergessen habe, will ich Sie nicht mit ihm bekannt machen.“

Gamelin drängte sie, ihm den Namen des Verführers zu sagen; dies war die Bezeichnung, die er ihm hartnäckig beilegte, denn er zweifelte nicht daran, daß Elodie verführt, getäuscht und hintergangen worden war. Er konnte sich nicht einmal vorstellen, daß es anders gewesen sein könnte und daß sie dem Verlangen, dem unwiderstehlichen Begehren gefolgt wäre, daß sie auf die Einflüsterungen der Sinne und des Blutes gehört hätte; er konnte sich nicht vorstellen, daß dieses sinnliche und zärtliche Geschöpf, dieses schöne Opfer sich dargeboten hätte. Um seinen Geist zu befriedigen, mußte er glauben, daß sie mit Gewalt oder List überwältigt, mißbraucht worden, daß sie in den Schlingen zu Fall gekommen sei, die ihr auf Schritt und Tritt gelegt worden waren. In gemessenen Worten stellte er ihr präzise, knappe, peinliche Fragen. Er fragte sie, wie sich dieses Verhältnis entwickelt habe, ob es von langer oder kurzer Dauer, ausgeglichen oder beschwert gewesen und auf welche Weise es zum Bruch gekommen sei. Und immer wieder kam er darauf zurück, welche Mittel dieser Mann angewandt hätte, um sie zu verführen, gerade als ob es ungewöhnliche, ganz unerhörte Mittel gewesen sein müßten. Alle diese Fragen stellte er vergeblich. Mit sanfter, flehentlicher Hartnäckigkeit schwieg sie, die Lippen zusammengepreßt und Tränen in den Augen.

Doch als Evariste sie fragte, wo sich dieser Mann zur Zeit aufhalte, antwortete sie: „Er hat das Königreich verlassen."

Rasch verbesserte sie sich: „. . . Frankreich."

„Ein Emigrant!" rief Gamelin aus.

Sie blickte ihn stumm an, beruhigt und betrübt zugleich, daß er sich eine Wahrheit nach seinen politischen Ambitionen schuf und seiner Eifersucht willkürlich einen jakobinischen Anstrich gab.

In Wirklichkeit war Elodies Liebhaber ein kleiner Gerichtsschreiber, ein sehr hübscher Junge, ein Laufbursche mit dem Gesicht eines Engels, den sie angebetet hatte und der ihr noch nach drei Jahren in der Erinnerung das Herz warm machte. Er bemühte sich um reiche, ältere Frauen: Elodie verließ er um einer erfahrenen Dame willen, die seine Verdienste belohnte. Nach der Abschaffung aller Behörden war er in die Stadtverwaltung von Paris eingetreten und war zur Zeit Sansculottendragoner und der heimliche Liebhaber einer ehemaligen Aristokratin.

„Ein Adliger! Ein Emigrant!" wiederholte Gamelin. Sie hütete sich, ihn über seinen Irrtum aufzuklären, denn sie hatte niemals gewünscht, daß er die ganze Wahrheit erführe.

„Und hat er dich leichtfertig verlassen?"

Sie nickte.

Er preßte sie an sein Herz.

„Geliebtes Opfer der monarchistischen Verderbtheit, meine Liebe wird dich an diesem Ruchlosen rächen. Gebe der Himmel, daß ich ihm irgendwo begegne! Ich werde ihn zu erkennen wissen!"

Betrübt, lächelnd und enttäuscht zugleich wandte sie den Kopf ab. Sie hätte ihn sich in Liebesdingen klüger, natürlicher und brutaler gewünscht. Sie fühlte, daß er ihr nur deshalb so schnell verzieh, weil seine Vorstellungskraft kalt war und weil das Geständnis, das sie ihm gemacht hatte, keines jener Bilder in ihm erweckte, welche die Wollüstigen quälen, und schließlich, weil er in dieser Verführung lediglich eine moralische und soziale Tatsache sah.

Sie hatten sich erhoben und gingen die grünen Alleen des Jardin entlang. Er sagte ihr, daß er sie um so mehr schätze, weil sie gelitten habe. Soviel verlangte Elodie gar nicht, sie liebte ihn so, wie er war, und sie bewunderte das Genie des Künstlers, das sie in ihm leuchten sah.

Als sie den Jardin du Luxembourg verließen, trafen sie auf Menschenansammlungen in der Rue de l'Egalité und rings um das Théâtre de la Nation, doch überraschte sie das nicht: seit einigen Tagen herrschte eine große Erregung in den patriotischsten Sektionen: dort erklärte man, die orleanistische Meute und die Komplizen Brissots hätten sich angeblich zum Untergang von Paris und zum Massaker an den Republikanern verschworen. Gamelin selbst hatte kurz zuvor die Petition der Commune mit unterzeichnet, welche den Ausschluß der Einundzwanzig forderte.

Als sie unter der Arkade entlanggehen wollten, die das Theater mit dem Nachbarhaus verband, mußten sie durch eine Gruppe von Bürgern in Carmagnolen, denen von der Galerie herab ein junger Soldat, schön wie der Amor des Praxiteles unter seinem pantherfellbesetzten Helm, eine Ansprache hielt. Dieser schmucke Soldat beschuldigte den Volksfreund der Lauheit.

„Du schläfst, Marat!" rief er. „Und die Föderalisten schmieden uns Ketten!"

Kaum hatte Elodie ihm ihre Augen zugewandt, bat sie rasch: „Komm, Evariste!" Die Volksmenge, so sagte sie, flöße ihr Schrecken ein und sie befürchte, in dem Gedränge ohnmächtig zu werden.

Sie trennten sich auf der Place de la Nation und schworen sich ewige Liebe.

An ebendiesem Morgen zu früher Stunde hatte der Bürger Brotteaux der Bürgerin Gamelin einen prächtigen Kapaun geschenkt. Es wäre unvorsichtig von ihm gewesen, zu sagen, wie er ihn sich verschafft hatte, denn er hatte ihn von einer Marktfrau aus der Halle bekommen, für die er manchmal auf der Pointe Eustache Briefe schrieb, und jedermann wußte, daß die „Damen der Halle“ royalistische Gefühle hegten und mit den Emigranten in Verbindung standen. Die Bürgerin Gamelin hatte den Kapaun dankbaren Herzens angenommen. Solch Geflügel bekam man damals kaum noch zu sehen: die Lebensmittel wurden ständig teurer. Das Volk befürchtete eine Hungersnot; die Aristokraten, so hieß es, wünschten sie herbei, und die Wucherer bereiteten sie vor.

Der Bürger Brotteaux, der zum Mittagessen gebeten war, um seinen Teil vom Kapaun zu essen, nahm die Einladung an und beglückwünschte seine Wirtin zu dem lieblichen Küchenduft, den man bei ihr atmete. Und in der Tat duftete das Atelier des Malers nach fetter Fleischbrühe.

„Sie sind ein anständiger Mensch, Monsieur“, sagte die gute Frau. „Um den Magen auf Ihren Kapaun vorzubereiten, habe ich eine Kräutersuppe gekocht, mit einer Speckscheibe und einem dicken Rindsknochen. Nichts gibt einer Suppe solchen Wohlgeruch wie ein Markknochen.“

„Dieser Grundsatz ist löblich, Bürgerin“, erwiderte der alte Brotteaux. „Und Sie wären gut beraten, wenn Sie diesen kostbaren Knochen morgen, übermorgen und die ganze Woche in den Kochtopf legten; er wird der Suppe Wohlgeruch verleihen. Die Sibylle von Panzoust machte es ebenso: sie kochte eine grüne Kohlsuppe mit einer gelben Speckschwarte und einem alten Savorados. So heißt in ihrer Heimat, die auch die meinige ist, der schmackhafte, saftige Markknochen.“

„War diese Dame, von der Sie sprechen, Monsieur, nicht ein wenig zu sparsam, da sie denselben Knochen so viele Male verwendete?“

„Sie lebte kümmerlich“, antwortete Brotteaux. „Obwohl sie eine Prophetin war, war sie arm.“

In diesem Augenblick trat Evariste Gamelin ein, noch stark bewegt von der soeben vernommenen Beichte und mit dem Vorsatz, Elodies Verführer zu finden, um an ihm zugleich die Republik und seine Liebe zu rächen.

Nach den üblichen Höflichkeitsfloskeln nahm der Bürger Brotteaux den Faden seines Gesprächs wieder auf.

„Die berufsmäßigen Wahrsager werden selten reich. Man kommt nur zu bald hinter ihren Schwindel. Ihre Betrügereien machen sie hassenswert. Aber man müßte sie noch viel mehr verabscheuen, wenn sie tatsächlich die Zukunft verkündeten. Denn das Leben des Menschen wäre nicht zu ertragen, wenn er wüßte, was ihm noch zustoßen wird. Er würde schon im voraus an dem zukünftigen Elend leiden und das Gute der Gegenwart nicht genießen, weil er dessen Ende absieht. Unwissenheit ist die notwendige Voraussetzung für das Glück der Menschen, und man muß zugeben, daß sie diese meistenteils sehr gut erfüllen. Von uns selber wissen wir fast nichts, von den anderen überhaupt nichts. Die Unwissenheit gibt uns Ruhe, die Lüge unser Glück."

Die Bürgerin Gamelin stellte die Suppe auf den Tisch, sprach das Tischgebet, lud ihren Sohn und ihren Gast ein, sich zu setzen, und begann im Stehen zu essen. Sie weigerte sich, den Platz einzunehmen, den der Bürger Brotteaux ihr an seiner Seite anbot, denn sie wisse, wie sie sagte, was die Höflichkeit gebiete.

6

Zehn Uhr morgens. Kein Lüftchen regte sich. Es war der heißeste Juli seit Menschengedenken. In der engen Rue de Jérusalem standen an die hundert Bürger der Sektion Schlange vor der Tür des Bäckerladens, unter der Aufsicht von vier Nationalgardisten, die, Gewehr bei Fuß, ihre Pfeife rauchten.

Der Nationalkonvent hatte den Höchstpreis festgesetzt: sofort waren Korn und Mehl verschwunden. Wie das Volk Israel in der Wüste standen die Pariser vor Tagesanbruch auf, wenn sie essen wollten. Männer, Frauen und Kinder drängten sich unter einem Himmel wie von geschmolzenem Blei, der die Abfälle in der Gosse aufheizte und die Ausdünstungen von Schweiß und Unrat vermehrte, schubsten einander, schrien sich an und betrachteten sich gegenseitig mit all den Gefühlen, die Menschen füreinander haben können, Abneigung, Widerwillen Interesse, Lust, Gleichgültigkeit. Durch eine schmerzliche Erfahrung hatte man gelernt, daß es nicht genug Brot für alle gab: so suchten die letzten sich vorzudrängeln; die Zurückgedrängten jammerten und schimpften und beriefen sich vergeblich auf ihr mißachtetes Recht. Die Frauen kämpften zornig mit Ellenbogen und Hüften, um ihren Platz zu behalten oder einen besseren zu ergattern. Wenn das Gedränge zum Ersticken dicht wurde, erhoben sich Rufe: „Nicht drängeln!" Und jeder protestierte und fühlte sich selbst gedrängt.

Um dieses tägliche Gerangel zu vermeiden, waren die beauftragten Kommissare der Sektion auf den Einfall gekommen, an der Tür des Bäckerladens eine Leine zu befestigen, die jeden an seinem Platz hielt. Aber die Hände rückten an der Leine allzu nah aneinander und gerieten in Streit. Wer losließ, konnte die Leine nicht wieder ergreifen. Unzufriedene oder Spaßvögel schnitten sie durch, und so hatte man denn darauf verzichten müssen.

In dieser Schlange erstickte man, glaubte zu sterben, man machte Witze oder riß Zoten, man fluchte auf die Aristokraten und Föderalisten als die Urheber allen Unglücks. Kam ein Hund vorbei, so riefen die Spaßvögel ihn Pitt. Manchmal schallte eine kräftige Ohrfeige, die die Hand einer Bürgerin der Wange eines Unverschämten verpaßt hatte, während ein junges Dienstmädchen, das von seinem Nachbarn bedrängt wurde, mit halbgeschlossenen Augen und leicht geöffnetem Munde wohlig seufzte. Bei jedem Wort, jeder Geste, jeder Haltung, die geeignet waren, den schlüpfrigen Humor der liebenswerten Franzosen zu reizen, stimmte eine Gruppe junger Libertiner das „Ça ira" an, trotz der Proteste eines alten Jakobiners, der sich entrüstete, daß ein Lied des republikanischen Glaubens an eine gerechte und glückliche Zukunft durch derart schmutzige Zweideutigkeiten in Mißkredit gebracht wurde.

Ein Zettelankleber kam mit seiner Leiter unter dem Arm und klebte gegenüber der Bäckerei eine Mitteilung der Commune, die Rationierung von Fleischwaren in der Metzgerei betreffend, an die Mauer. Passanten blieben stehen, um den noch klebrigen Zettel zu lesen. Eine Kohlverkäuferin, die ihre Kiepe auf dem Rücken trug, sagte mit ihrer groben, brüchigen Stimme: „Aus und vorbei mit den schönen Ochsen! Schaben wir das Darmfett ab!"

Plötzlich stieg eine Wolke glühenden Gestanks aus einem Gully, daß es etlichen übel wurde; eine Frau fiel um und wurde ohnmächtig von zwei Nationalgardisten weggetragen, die sie einige Schritte weiter weg unter eine Pumpe brachten. Man hielt sich die Nase zu; dumpfes Murren erscholl; Worte voller Angst und Schrecken wurden gewechselt. Man fragte sich, ob es irgendein Tierkadaver wäre oder etwa ein böswillig ausgestreutes Gift oder vielmehr einer von den Toten des September, ein Adliger oder Priester, der noch vergessen in einem der benachbarten Keller lag.

„Hat man denn welche von ihnen hineingeworfen?"

„Überallhin hat man sie geworfen!"

„Das muß einer vom Châtelet gewesen sein. Am 2. habe ich einen Haufen von dreihundert auf dem Pont au Change liegen sehen."

Die Pariser fürchteten die Rache dieser Ermordeten, deren Leichen Paris vergifteten.

Evariste Gamelin stellte sich in der Schlange an. Er wollte seiner Mutter die Strapaze des langen Anstehens ersparen. Sein Nachbar, der Bürger Brotteaux, begleitete ihn still und lächelnd, seinen Lukrez in der klaffenden Tasche seines flohbraunen Überrocks.

Der gute Alte rühmte diese Szene als ein groteskes Gemälde, des Pinsels eines modernen Teniers würdig.

„Diese Lastenträger und Klatschweiber", sagte er, „sind amüsanter als die Griechen und Römer, die unseren heutigen Malern so lieb und wert sind. Ich für mein Teil habe die flämische Schule immer gemocht."

Was er aus Klugheit und gutem Geschmack nicht erwähnte, war, daß er selbst eine Galerie holländischer Bilder besessen hatte, der in Anzahl und Auswahl der Gemälde nur das Kabinett Choiseul gleichkam.

„Nur die Antike ist schön", erwiderte der Maler, „und das, was von ihr inspiriert ist. Aber ich pflichte Ihnen bei, daß die Grotesken von Teniers, Steen oder Ostade mehr taugen als der Firlefanz eines Watteau, Boucher oder Van Loo; in deren Bildern ist die Menschheit verunstaltet, wenn auch nicht herabgewürdigt wie bei einem Baudouin oder Fragonard."

Ein Ausrufer kam vorbei und schrie:

„*Das Bulletin des Revolutionstribunals!* ... Die Liste der Verurteilten!"

„Ein Revolutionstribunal ist nicht genug", sagte Gamelin. „In jeder Stadt müßte eins sein ... was sage ich, in jeder Gemeinde, jedem Bezirk! Alle Familienväter, alle Bürger müßten sich zu Richtern erheben. Wenn die Nation von feindlichen Kanonen und den Dolchen der Verräter bedroht wird, ist Nachsicht verbrecherisch. Was denn! Lyon, Marseille, Bordeaux in Aufruhr, Korsika in Empörung, die Vendée in Flammen, Mainz und Valenciennes in den Händen der Koalition, Verrat auf dem flachen Lande, in den Städten und in den Feldlagern; Verräter auf den Sitzen des Nationalkonvents, Verräter mit der Karte in der Hand im Kriegsrat unserer Generale! ... Die Guillotine muß das Vaterland retten!"

„Wesentliche Einwände habe ich nicht gegen die Guillotine", erwiderte der alte Brotteaux. „Die Natur, meine einzige Herrin und Lehrmeisterin, hat mir in der Tat nicht beigebracht, daß das Menschenleben irgendwelchen Wert hätte; sie lehrt im Gegenteil auf jede nur mögliche Weise, daß es keinen hat. Der einzige Sinn der Lebewesen scheint zu sein, daß sie anderen Wesen zur Nahrung dienen, die ebenfalls für diesen Zweck bestimmt sind. Mord ist Naturrecht; folglich ist die Todesstrafe legitim, sofern man sie nicht aus Tugend oder Gerechtigkeit verhängt, sondern aus Notwendigkeit oder Vorteil. Dennoch, ich muß verderbte Instinkte haben, denn es widert mich an, Blut fließen zu sehen, und das ist eine Verderbtheit, die all meine Philosophie noch nicht hat läutern können."

„Die Republikaner", entgegnete Evariste, „sind menschlich und zartfühlend. Nur Despoten behaupten, die Todesstrafe sei ein notwendiges Beiwerk der Autorität. Das souveräne Volk wird sie eines Tages abschaffen. Robespierre hat sie bekämpft und mit ihm alle Patrioten; das Gesetz, das sie aufhebt, kann nicht schnell genug erlassen werden. Aber sie muß so lange angewandt werden, bis der letzte Feind der Republik unter dem Schwert des Gesetzes gefallen ist."

Gamelin und Brotteaux hatten jetzt noch einige Nachzügler hinter sich, darunter etliche Frauen der Sektion, unter anderem eine schöne, große Tricoteuse in Kopftuch und Holzschuhen, die einen Säbel am Schulterriemen trug, ein hübsches blondes Mädchen und eine ausgemergelte, blasse junge Mutter, die ihrem kränklichen Kind die Brust gab.

Das Kind, das keine Milch mehr fand, schrie, aber sein schwaches Geschrei wurde von Schluchzen erstickt. Es war erbarmungswürdig klein, mit bleicher, welker Haut und fiebrigen Augen, und seine Mutter betrachtete es mit schmerzlicher Sorge.

„Es ist noch sehr klein", sagte Gamelin und drehte sich nach dem armen Säugling um, der im erstickenden Gedränge der Zuletztgekommenen hinter seinem Rücken wimmerte.

„Sechs Monate alt, der arme Liebling! ... Sein Vater ist bei der Armee; er gehört zu denen, die bei Condé die Österreicher zurückgetrieben haben. Er heißt Michel Dumonteil und ist von Beruf Tuchmachergehilfe. Auf einem Podium vor dem Rathaus hat er sich einschreiben lassen. Der arme Kerl wollte sein Vaterland verteidigen und etwas vom Lande sehen ... Er schrieb mir, ich solle Geduld haben. Aber wie soll ich Paul nähren (so heißt der Kleine), wo ich mich selbst nicht ernähren kann?"

„Ach!" rief die hübsche Blondine. „Das dauert noch eine Stunde, und heute abend beginnt derselbe Tanz vor der

Tür des Krämerladens. Um drei Eier und ein Achtel Butter zu ergattern, kommt man fast um."

„Butter", seufzte die Bürgerin Dumonteil, „die habe ich seit drei Monaten nicht mehr gesehen."

Und die Frauen klagten im Chor über die Knappheit und Teuerung der Lebensmittel, fluchten auf die Emigranten und wünschten die Kommissare der Sektion aufs Schafott, die den schamlosen Weibern zum Preis schimpflicher Gunst Poularden und Vierpfundbrote zusteckten. Man verbreitete alarmierende Gerüchte über in der Seine ersäufte Schlachtrinder, in Kloaken geschüttete Mehlsäcke, in die Latrinen geworfene Brote ... Das seien die royalistischen Aushungerer, die Rolandisten und Brissotisten, die das Volk von Paris ausrotten wollten.

Plötzlich kreischte die hübsche Blondine mit dem zerknitterten Brusttuch auf, als hätte sie Feuer unter den Rökken, die sie heftig ausschüttelte und deren sämtliche Taschen sie nach außen kehrte, und sie behauptete, daß man ihr die Geldbörse gestohlen habe.

Als sich dieser Diebstahl herumsprach, entstand große Entrüstung unter diesem armen Volk, das die Paläste im Faubourg Saint-Germain geplündert hatte und in die Tuilerien eingedrungen war, ohne etwas mitzunehmen, unter diesen Handwerkern und Hausfrauen, die guten Gewissens das Schloß von Versailles in Brand gesteckt hätten, sich aber als entehrt betrachten würden, wenn sie auch nur eine Nadel daraus entwendet hätten. Die jungen Libertiner rissen ein paar Witze über das Mißgeschick des hübschen Mädchens, die aber sogleich im allgemeinen Stimmengewirr untergingen. Man drohte bereits, den Dieb an der Laterne aufzuhängen. Man begann mit einer lärmenden und parteiischen Untersuchung. Die große Tricoteuse schwor, mit dem Finger auf einen alten Mann weisend, den man für einen ehemaligen Mönch hielt, daß dieser „Kapuziner" den Diebstahl begangen habe. Die Menge, sofort davon überzeugt, stieß Todesdrohungen aus.

Der alte Mann, der so plötzlich der öffentlichen Vergeltung anheimfiel, stand ganz bescheiden vor dem Bürger

Brotteaux. Er sah tatsächlich ganz so aus wie ein ehemaliger Mönch. Sein Anblick war verehrungswürdig, obwohl der arme Mann sich betroffen und verwirrt zeigte durch das Aufbegehren der Menge und die noch lebendige Erinnerung an die Septembermorde. Die Furcht, die sich in seinen Zügen malte, machte ihn dem Pöbel verdächtig, der so gern glaubt, nur die Schuldigen fürchten seine Meinungen, als ob die unbedachte Übereilung nicht auch die Unschuldigsten erschrecken müßte.

Brotteaux hatte es sich zur Regel gemacht, dem Volksempfinden niemals zu widersprechen, besonders, wenn es sich unsinnig und wild gebärdete, „weil dann", wie er sagte, „die Stimme des Volkes Gottes Stimme ist". Aber Brotteaux war inkonsequent: er erklärte, daß dieser Mann, ob nun Kapuziner oder nicht, die Bürgerin nicht habe bestehlen können, da er sich ihr keinen Augenblick auch nur genähert habe.

Die Volksmenge schloß daraus, daß derjenige, der den Dieb verteidigte, sein Komplize sein müsse, und man sprach jetzt schon davon, beide Übeltäter streng zu bestrafen; als Gamelin für Brotteaux eintrat, schlugen die Klügsten vor, ihn mitsamt den beiden anderen auf die Sektion zu schicken.

Aber plötzlich rief das junge Mädchen erfreut aus, es habe seine Börse wiedergefunden. Sogleich wurde es mit Spott überschüttet, und man drohte ihm, es wie eine Nonne öffentlich zu verprügeln.

„Mein Herr", sagte der Mönch zu Brotteaux, „ich danke Ihnen, daß Sie mich verteidigt haben. Mein Name hat wenig zu bedeuten, aber ich will ihn Ihnen sagen: ich heiße Louis de Longuemare. Ich bin tatsächlich Ordensgeistlicher, aber kein Kapuziner, wie diese Weiber behaupteten. Das stimmt nicht: ich bin Geistlicher des Ordens der Barnabiten, aus dem viele Kirchengelehrte und Heilige hervorgegangen sind. Der Ursprung unseres Ordens ist weiter zurückzuführen als bis zum heiligen Karl Borromäus: als seinen wahren Gründer muß man den Apostel Paulus ansehen, dessen Namenszug unser Wappen trägt.

Ich mußte mein Kloster verlassen, das zum Sitz der Sektion Pont-Neuf geworden ist, und weltliche Kleidung anlegen."

„Mein Vater", sagte Brotteaux, indem er den langen, grobgewebten Überrock Monsieur Longuemares musterte, „Ihr Anzug bezeugt ausreichend, daß Sie Ihren Stand nicht verleugnet haben: bei seinem Anblick könnte man eher glauben, daß Sie Ihren Orden reformiert statt verlassen haben. Und in diesem strengen Aufzug setzen Sie sich aus freien Stücken den Beleidigungen eines gottlosen Pöbels aus."

„Ich kann doch nicht einen blauen Rock tragen wie ein Tänzer", erwiderte der Mönch.

„Mein Vater, was ich über Ihren Rock sage, ist als Ehrenbezeigung für Ihren Charakter gemeint und als Warnung vor der Gefahr, die Ihnen droht."

„Ganz im Gegenteil, mein Herr, müßten Sie mich zum Bekenntnis meines Glaubens ermutigen. Denn ich fürchte mich nur zu leicht vor Gefahr. Ich habe mein Ordenskleid abgelegt, Herr, und das ist ein Akt der Abtrünnigkeit; zumindest wollte ich das Haus nicht verlassen, in dem ich durch Gottes Gnade so viele Jahre lang ein friedliches, verborgenes Leben geführt hatte. Ich bekam die Erlaubnis, dort zu bleiben, und behielt meine Zelle, während Kirche und Kloster in eine Art Rathaus umgestaltet wurden, das sie Sektion nennen. Ich sah, mein Herr, ich sah, wie die Symbole der heiligen Wahrheit herausgeschlagen wurden, sah den Namen des Apostels Paulus durch eine Sträflingsmütze ersetzt. Manchmal nahm ich sogar an den Beratungen der Sektion teil und vernahm dort erstaunliche Irrtümer. Schließlich verließ ich diese entweihte Stätte und lebe seither von der Pension von hundert Pistolen, die mir die Nationalversammlung gewährt, in einem Stall, dessen Pferde für die Armee requiriert wurden. Dort lese ich die Messe vor einigen Getreuen, die dahin kommen, um die Ewigkeit der Kirche Jesu Christi zu bezeugen."

„Ich, mein Vater", erwiderte der andere, „heiße Brotteaux und war früher Zollpächter, falls Sie es wissen wollen."

„Mein Herr", antwortete Pater Longuemare, „ich weiß durch das Beispiel des heiligen Matthäus, daß man auch von einem Zöllner ein gutes Wort hören kann."

„Zu gütig, mein Vater."

„Bürger Brotteaux", sagte Gamelin, „bewundern Sie dieses wackere Volk, das mehr nach Gerechtigkeit als nach Brot hungert: jeder hätte seinen Platz verlassen, um den Dieb zu bestrafen. Diese armen Männer, diese Frauen, die so viele Entbehrungen auf sich nehmen müssen, sind von strenger Ehrlichkeit und können kein unehrenhaftes Verhalten dulden."

„Wobei man sehen muß", entgegnete Brotteaux, „daß diese Leute in ihrem heftigen Verlangen, den Dieb zu hängen, beinahe dem guten Ordensbruder, seinem Verteidiger und dessen Fürsprecher übel mitgespielt hätten. Ihr eigener Geiz und die selbstsüchtige Liebe zum Besitz trieben sie dazu: der Dieb bedrohte alle, indem er sich an einem von ihnen vergriff; sie schützen durch seine Bestrafung sich selbst ... Im übrigen ist es wahrscheinlich, daß die Mehrzahl dieser Arbeiter und Hausfrauen rechtschaffene Leute sind und das Hab und Gut des anderen achten. Diese Gefühle sind ihnen von Kindheit an von Vater und Mutter beigebracht worden, die sie reichlich versohlt und ihnen die Tugenden durch den Hintern eingebläut haben."

Gamelin verhehlte dem alten Brotteaux nicht, daß ihm eine solche Sprache eines Philosophen unwürdig erscheine.

„Die Tugend", sagte er, „ist den Menschen angeboren: Gott hat ihren Keim in die Herzen der Sterblichen gelegt."

Der alte Brotteaux war Atheist und zog aus seinem Unglauben eine Fülle von Genüssen.

„Ich sehe, Bürger Gamelin, daß Sie in irdischen Dingen revolutionär, was den Himmel betrifft aber ein Konservativer und sogar Reaktionär sind. Robespierre und Marat sind genau wie Sie. Und ich finde es merkwürdig, daß sich die Franzosen, die keinen sterblichen König mehr dulden wollen, hartnäckig einen unsterblichen, viel tyrannischeren und wilderen bewahren. Denn was sind die Bastille und selbst der peinliche Gerichtshof gegen die Hölle? Die Menschheit schafft sich ihre Götter nach ihren Tyrannen, und Sie, der Sie das Original verwerfen, behalten die Kopie."

„Oh, Bürger!" rief Gamelin aus. „Schämen Sie sich nicht solcher Reden? Und können Sie die finsteren, von Unwissenheit und Angst erschaffenen Gottheiten in einen Topf werfen mit dem Schöpfer der Natur? Der Glaube an einen guten Gott ist nötig für die Moral. Das Höchste Wesen ist der Ursprung aller Tugenden, und man ist kein Republikaner, wenn man nicht an Gott glaubt. Robespierre wußte das sehr wohl, als er aus dem Saal der Jakobiner die Büste des Philosophen Helvétius entfernen ließ, der die Franzosen für die Knechtschaft empfänglich machte, indem er sie den Atheismus lehrte ... Zumindest hoffe ich, Bürger Brotteaux, daß Sie, wenn die Republik den Kult der Vernunft eingeführt haben wird, einer so weisen Religion Ihre Zustimmung nicht versagen werden."

„Ich habe Neigung zur Vernunft, aber ich bin nicht ihr Fanatiker", erwiderte Brotteaux. „Die Vernunft leitet und erleuchtet uns: wenn Sie eine Gottheit aus ihr machen, wird sie Sie blenden und zu Verbrechen verleiten."

Und die Füße im Rinnstein, gab sich Brotteaux weiter seinen Gedanken hin, wie einst in einem der vergoldeten Lehnsessel des Barons d'Holbach, welche nach seinen Worten der Naturphilosophie als Grundlage dienten.

„Jean-Jacques Rousseau", sagte er, „der einige Talente, vor allem für die Musik, besaß, war ein Hansdampf, der vorgab, seine Moral aus der Natur abzuleiten, sie aber in Wahrheit aus den Prinzipien Calvins schöpfte. Die Natur lehrt uns, einander aufzufressen, und sie gibt uns das Beispiel aller Verbrechen und Laster, welche die Gesellschaft korrigiert oder kaschiert. Man soll die Tugend lieben, aber es ist gut, zu wissen, daß dies nur ein einfacher Ausweg ist, von den Menschen erfunden, damit sie bequem miteinander auskommen. Was wir Moral nennen, ist nur ein verzweifeltes Unternehmen von unsresgleichen gegen die Weltordnung, die der Kampf, die Metzelei und das blinde

Spiel gegensätzlicher Kräfte ist. Die Moral zerstört sich selber, und je mehr ich darüber nachdenke, desto mehr bin ich davon überzeugt, daß das Weltall tollwütig ist. Die Theologen und Philosophen, die Gott zum Schöpfer der Natur und zum Baumeister des Weltalls machen, lassen ihn uns widersinnig und bösartig erscheinen. Sie sagen, er sei gut, weil sie ihn fürchten, aber sie müssen zugeben, daß er in entsetzlicher Weise wirkt. Sie schreiben ihm eine Bösartigkeit zu, wie sie selbst beim Menschen selten ist. Und dadurch machen sie ihn auf Erden anbetungswürdig. Denn unser elendes Geschlecht würde sich keiner Verehrung gerechter und wohlwollender Götter hingeben, von denen es nichts zu befürchten hat; es würde ihnen für ihre Wohltaten keine unnütze Dankbarkeit erweisen. Ohne Fegefeuer und Hölle wäre der liebe Gott nur ein armseliger Wicht."

„Mein Herr", sagte Pater Longuemare, „sprechen Sie nicht von der Natur: Sie wissen nicht, was das ist."

„Bei Gott, ich weiß es ebenso gut wie Sie, mein Vater!"

„Sie können es nicht wissen, weil Sie keine Religion haben und allein die Religion uns lehrt, was die Natur ist, inwiefern sie gut ist und wie sie verdorben wurde. Erwarten Sie im übrigen nicht, daß ich Ihnen darauf antworte: Gott hat mir weder das Feuer der Sprache noch die Kraft des Geistes gegeben, um Ihre Irrtümer zu widerlegen. Ich müßte fürchten, daß ich Ihnen durch meine Unzulänglichkeit nur Anlaß zu Gotteslästerung und Verstocktheit gäbe, und wenn ich den lebhaften Wunsch empfinde, Ihnen dienstbar zu sein, würde ich als Frucht meiner unklugen Nächstenliebe lediglich Nutzen ziehen ..."

Diese Rede wurde von einem ungeheuren Lärm an der Spitze der Schlange unterbrochen, der die ganze Reihe der Hungrigen davon in Kenntnis setzte, daß die Bäckerei geöffnet wurde. Es ging voran, aber außerordentlich langsam. Ein diensthabender Nationalgardist ließ die Käufer einzeln eintreten. Ein Bäcker, seine Frau und ein Gehilfe wurden von zwei Zivilkommissaren mit einem Band in den Farben der Trikolore am linken Arm beim Brotverkauf unterstützt, die aufpaßten, daß der Kunde auch zur Sektion gehörte und daß jeder nur so viel bekam, wie er Münder zu versorgen hatte.

Der Bürger Brotteaux machte aus dem Streben nach Vergnügen den einzigen Lebenszweck; seiner Meinung nach konnten Vernunft und Sinne, die einzigen Richter in Ermangelung von Göttern, sich keinen anderen vorstellen. Da er also in den Reden des Malers ein bißchen zuviel Fanatismus und in denen des Mönches zuviel Einfalt fand, als daß er ein sonderliches Vergnügen daran gehabt hätte, zog dieser Weise, um sein Verhalten unter den gegebenen Umständen mit seiner Lehre in Einklang zu bringen und sich das lange Warten zu versüßen, aus der offenstehenden Tasche seines flohbraunen Überrocks den Lukrez hervor, der sein höchster Genuß und seine wahre Befriedigung war. Der rote Maroquineinband war durch den ständigen Gebrauch abgegriffen, und aus Vorsicht hatte der Bürger Brotteaux das Wappen herausgekratzt: die drei goldenen Rauten, die sein Vater, der Zollpächter, für gutes Geld bar auf den Tisch gekauft hatte. Er öffnete das Buch an der Stelle, wo der Dichterphilosoph, der die Männer von den vergeblichen Qualen der Liebe heilen will, eine Frau in den Armen ihrer Dienerinnen in einem Zustand überrascht, der alle Sinne eines Liebhabers beleidigen würde. Der Bürger Brotteaux las diese Verse, nicht ohne zuweilen ein Auge auf das goldene Nackenhaar seiner hübschen Nachbarin, der kleinen Schlampe, zu werfen und wollüstig den Duft ihrer feuchten Haut einzuatmen. Der Dichter Lukrez besaß nur eine Weisheit, sein Schüler Brotteaux indes besaß deren mehrere.

Er las und rückte alle Viertelstunde zwei Schritte vor. An seinem Ohr, das von den ernsten wechselnden Rhythmen der lateinischen Muse entzückt war, prallte das Gezeter der Weiber über die Verteuerung des Brotes, des Zuckers, des Kaffees, der Kerzen und der Seife ab. So erreichte er heiteren Sinnes die Schwelle der Bäckerei. Hinter ihm sah Evariste Gamelin über seinem Kopf die vergoldete Ähre auf dem Eisengitter, das das Gesims abschloß.

Gamelin betrat jetzt den Laden: die Körbe, die Regale

waren leer; der Bäcker gab ihm das einzige noch übriggebliebene Brot, das keine zwei Pfund wog. Evariste zahlte, und hinter ihm wurde das Gitter verschlossen, aus Furcht, das Volk könnte die Bäckerei stürmen. Aber das war nicht zu befürchten: die armen Leute, die von ihren alten Bedrückern und ihren jetzigen Befreiern zum Gehorsam erzogen waren, gingen mit gesenkten Köpfen und schleppenden Schritten davon.

An der nächsten Straßenecke sah Gamelin auf einem Prellstein die Bürgerin Dumonteil, ihren Säugling im Arm. Unbeweglich, bleich, tränenlos, mit erloschenem Blick saß sie da. Das Kind sog gierig an ihrem Finger. Einen Augenblick blieb Gamelin unschlüssig und schüchtern vor ihr stehen. Sie schien ihn nicht zu bemerken.

Er stammelte ein paar Worte und zog dann sein Messer aus der Tasche, einen Hirschfänger mit Horngriff, schnitt sein Brot in der Mitte durch und legte die Hälfte davon in den Schoß der jungen Mutter, die erstaunt aufblickte. Aber er war schon um die Ecke gebogen.

Als er nach Hause kam, saß seine Mutter am Fenster und stopfte Strümpfe. Er legte ihr fröhlich sein restliches Brot in die Hand.

„Verzeihen Sie mir, Mutter, ich war müde vom langen Herumstehen und ermattet von der Hitze. Da habe ich auf dem Heimweg auf der Straße schon die Hälfte unserer Ration Stück für Stück aufgegessen. Kaum daß dein Teil übriggeblieben ist."

Und er tat, als klopfe er sich die Brotkrumen von der Weste ab.

7

Mit einem alten Sprichwort hatte die Witwe Gamelin angekündigt: „Vom vielen Kastanienessen werden wir selbst zu Kastanien." An jenem Tag, dem 13. Juli, hatten sie und ihr Sohn zum Mittag wieder Kastanienbrühe gegessen. Als sie die karge Mahlzeit beendet hatten, kam eine Dame zur

Tür herein und erfüllte alsbald das Atelier mit ihrem Glanz und dem Duft ihres Parfüms. Evariste erkannte die Bürgerin Rochemaure. Da er glaubte, sie habe sich in der Tür geirrt und suche den Bürger Brotteaux, ihren ehemaligen Freund, wollte er ihr die Dachkammer des einstigen Aristokraten zeigen oder Brotteaux rufen, um einer eleganten Dame das Hinaufklettern über eine Holzleiter zu ersparen. Aber es wurde sogleich offenkundig, daß ihr Besuch dem Bürger Evariste Gamelin galt, denn sie drückte ihre Freude aus, ihn anzutreffen und ihm ihre Aufwartung zu machen.

Sie waren einander nicht ganz unbekannt: sie hatten sich etliche Male im Atelier von David, auf einer Tribüne der Nationalversammlung, bei den Jakobinern und bei dem Restaurator Vénua getroffen. Er war ihr durch seine Schönheit, seine Jugend und sein ansprechendes Aussehen aufgefallen.

Der Hut, den die Bürgerin Rochemaure trug, war wie eine altmodische Lockenfrisur mit Bändern umwunden und wie die Kopfbedeckung eines Abgeordneten mit einer Feder geschmückt. Sie hatte eine Perücke auf, war geschminkt, duftete nach Moschusparfüm, hatte Schönheitspflästerchen aufgelegt, und doch war ihre Haut noch frisch unter so vielen künstlichen Mitteln: diese gewaltsamen Moderaffinessen verrieten die Lebenshast und das Fieber jener schrecklichen Tage mit ihrem ungewissen Morgen. Das blutrote Oberteil ihres Kleides mit breiten Aufschlägen und langem Schoß glänzte von großen Stahlknöpfen, und da ihr ganzer Aufzug halb aristokratisch und halb revolutionär war, konnte man schwer entscheiden, ob sie die Farben der Opfer oder die des Henkers trug. Ein junger Soldat, ein Dragoner, begleitete sie.

Den langen Stock mit dem Elfenbeingriff in der Hand, hochgewachsen, schön und füllig, die Brust geschwellt von Großmut, machte sie die Runde im Atelier, und mit dem Doppellorgnon vor ihren grauen Augen musterte sie die Bilder des Malers; sie lächelte, brach, von der Schönheit des Künstlers verleitet, in Bewunderung aus und schmeichelte, um selbst Schmeicheleien zu hören.

„Was ist das für ein edles und so rührendes Bild einer schönen, sanften Frau am Bett eines kranken Jünglings?" fragte die Bürgerin.

Gamelin antwortete, daß es Orest darstelle, der von seiner Schwester Elektra gepflegt werde, und daß es, hätte er es vollenden können, vielleicht nicht sein schlechtestes Bild geworden wäre.

„Das Thema", fügte er hinzu, „stammt aus dem ‚Orest' des Euripides. In einer alten Übersetzung dieser Tragödie las ich eine Szene, die mich packte und mit Bewunderung erfüllte: jene, wo die junge Elektra ihren Bruder auf seinem Schmerzenslager aufrichtet, ihm den Schaum vom Munde wischt, ihm das Haar, das ihm den Blick verdunkelt, aus der Stirn streicht und den geliebten Bruder bittet, sie anzuhören, solange die Furien schweigen ...

Während ich diese Übersetzung wieder und wieder las, war mir, als verhüllte mir ein Nebel, den ich nicht vertreiben konnte, die griechischen Formen. Ich stellte mir den Originaltext nerviger und in einem anderen Sprachrhythmus vor. Da ich ein lebhaftes Interesse empfand, mir eine genaue Vorstellung davon zu machen, bat ich Monsieur Gail, der damals, im Jahre 91, am Collège de France Griechisch lehrte, mir diese Szene Wort für Wort auseinanderzusetzen. Er erläuterte mir, worum ich ihn gebeten hatte, und ich fand heraus, daß die Alten viel einfacher und ungezwungener sind, als man denkt. So sagt Elektra zu Orest: ‚Teurer Bruder, wie froh bin ich, daß du schlafen konntest! Soll ich dir beim Aufrichten helfen?' Und Orest antwortet: ‚Ja, hilf mir, halte mich und wische mir die Reste von Schaum ab, die mir an Mund und Augen kleben. Drücke deinen Busen gegen meine Brust und streiche mir das wirre Haar aus dem Gesicht, denn es verdunkelt mir den Blick ...' Erfüllt von dieser so jungen und lebensnahen Poesie, von dieser naiven, kraftvollen Ausdrucksweise, entwarf ich das Gemälde, das Sie hier vor sich sehen, Bürgerin."

Der Maler, der im allgemeinen so zurückhaltend von seinen Werken sprach, ließ vor diesem seiner Rede freien Lauf. Ermutigt durch einen Wink, den ihm die Bürgerin Rochemaure gab, indem sie ihr Lorgnon hob, fuhr er fort: „Hennequin hat die Raserei des Orest meisterhaft dargestellt. Aber Orest bewegt uns noch mehr in seiner Trauer als in seinem Haß. Welch Schicksal! Aus kindlicher Liebe, aus Gehorsam gegen geheiligte Regeln hat er dieses Verbrechen begangen, das die Götter ihm vergeben müssen, das aber die Menschen niemals verzeihen werden. Um die verletzte Gerechtigkeit zu rächen, hat er die Natur verleugnet, wurde unmenschlich und riß sich die Liebe aus dem Herzen. Er wahrt seinen Stolz unter der Last seiner furchtbaren, tugendhaften Untat ... Das wollte ich mit dieser Gruppe von Bruder und Schwester zeigen."

Er trat näher an das Bild heran und betrachtete es wohlgefällig.

„Einige Partien", sagte er, „sind fast fertig, zum Beispiel der Kopf und der Arm des Orest."

„Ein wunderbares Stück! ... Und der Orest sieht Ihnen ähnlich, Bürger Gamelin."

„Finden Sie?" fragte der Maler mit ernstem Lächeln.

Sie setzte sich auf den Stuhl, den Gamelin ihr anbot. Der junge Dragoner stand neben ihr, die Hand auf der Stuhllehne. Daran konnte man erkennen, daß die Revolution eine vollkommene war, denn unter dem Ancien régime hätte ein Herr in Gesellschaft niemals gewagt, auch nur mit einem Finger den Stuhl einer Dame zu berühren, da er zu zuweilen recht harten Zwängen der Höflichkeit erzogen worden war, wobei man allerdings nicht unterschätzen durfte, daß die in Gesellschaft gewahrte Zurückhaltung der heimlichen Hingabe einen einzigartigen Wert verlieh und daß man, um die Ehrerbietung zu verlieren, erst einmal welche besitzen mußte.

Louise Maché de Rochemaure, Tochter eines königlichen Hofjägermeisters und Witwe eines Staatsanwalts, zwanzig Jahre lang die treue Freundin des Finanzmannes Brotteaux des Ilettes, hatte sich die neuen Prinzipien zu eigen gemacht. Im Juli 1790 hatte sie auf dem Marsfeld die Spatenstiche getan. Ihre Neigung, sich stets für die Machthaber zu entscheiden, hatte sie leicht von den Feuillants zu den Girondisten und zur Bergpartei überwechseln lassen, während ein versöhnlerischer Geist, ein heftiges Verlangen und eine gewisse Veranlagung zur Intrige sie noch immer mit den Aristokraten und Gegnern der Revolution verbanden. Sie war eine stadtbekannte Person, denn sie verkehrte sowohl in Vorstadtkneipen als in Theatern, Moderestaurants, Spielsälen, Salons, Zeitungsredaktionen und den Vorzimmern der Ausschüsse. Die Revolution brachte ihr immer Neues, Zerstreuung, Freundlichkeiten und Freuden, Geschäfte und erfolgreiche Unternehmungen. Sie knüpfte politische und galante Intrigen, spielte Harfe, zeichnete Landschaften, sang Romanzen, tanzte griechische Tänze, gab Soupers, empfing hübsche Frauen, wie die Gräfin von Beaufort und die Schauspielerin Descoings, saß die ganze Nacht am Spieltisch beim Trente-et-un oder Biribiri, ließ die Roulettekugel rollen und fand noch Zeit, sich von ihren Freunden bedauern zu lassen. Neugierig, betriebsam, wirrköpfig, frivol wie sie war, kannte sie die Menschen und ignorierte die große Masse; die Meinungen, die sie teilte, waren ihr ebenso fremd wie die, welche sie ablehnen mußte, und während sie absolut nichts von dem begriff, was in Frankreich vorging, zeigte sie sich unternehmungslustig, keck und sogar verwegen aus Unkenntnis der Gefahr und infolge eines grenzenlosen Vertrauens in die Macht ihrer Reize.

Der Soldat, der sie begleitete, stand in der Blüte der Jugend. Sein bildhübsches Gesicht wurde von einem Messinghelm beschattet, der mit einem Pantherfell verbrämt und mit einem mohnroten Helmbusch verziert war, welcher in einem außerordentlich langen Schweif über seinen Rücken auslief. Sein roter, geschnürter Waffenrock reichte knapp bis an die Hüften und betonte deren eleganten Schwung. Am Gürtel trug er einen riesigen Säbel, dessen Adlerschnabelgriff blitzte. Eine zartblaue Latzhose ließ seine wohlgeformte Beinmuskulatur hervortreten, und dunkelblauer Litzenbesatz zeichnete auf seinen Schenkeln reiche Arabesken. Er sah aus wie ein Tänzer, der sich für eine galante Kriegerrolle kostümiert hatte, im „Achill auf Skyros“ oder in der „Hochzeit des Alexander“, gemalt von einem Schüler Davids, der auf knappe Form hielt.

Gamelin erinnerte sich undeutlich, ihn schon einmal gesehen zu haben. In der Tat war es der Soldat, den er vor vierzehn Tagen bemerkt hatte, als er von der Galerie des Théâtre de la Nation herab eine Rede an das Volk hielt.

Die Bürgerin Rochemaure stellte ihn vor.

„Bürger Henry, Mitglied des Revolutionsausschusses für Menschenrechte.“

Er hing ihr ständig am Rockzipfel, ein Spiegel der Liebe und die lebendige Verkörperung des bürgerlichen Pflichtgefühls.

Die Bürgerin beglückwünschte Gamelin zu seinem Talent und fragte ihn, ob er nicht bereit wäre, eine Zeichnung für eine Modistin zu machen, für die sie sich interessierte. Er sollte einen passenden Gegenstand darstellen: eine Dame zum Beispiel, die vor einem Spiegel einen Schal anprobiert, oder ein Ladenmädchen mit einer Hutschachtel unter dem Arm.

Für die Anfertigung eines solchen Modebildchens habe man ihr Fragonard den Jüngeren, den jungen Ducis und auch einen Prudhomme empfohlen, aber sie ziehe es vor, sich an den Bürger Evariste Gamelin zu wenden. Dennoch kam sie in dieser Sache zu keiner festen Absprache, und man merkte, daß sie diese Bestellung nur vorgeschützt hatte, um das Gespräch in Gang zu bringen. In Wahrheit war sie aus einem ganz anderen Grunde gekommen. Sie wollte den Bürger Gamelin um eine Gefälligkeit angehen: da sie wußte, daß er den Bürger Marat kannte, wollte sie ihn bitten, sie bei dem Volksfreund einzuführen, mit dem sie eine Unterredung wünschte.

Gamelin erwiderte, daß er ein viel zu kleines Licht sei, um sie Marat vorzustellen, und daß es im übrigen gar keiner Einführung bedürfe: Marat, obwohl mit Geschäften überhäuft, sei nicht so unzugänglich, wie man ihm nachsage. Und Gamelin setzte hinzu: „Er wird Sie empfangen, Bürgerin, wenn Sie unglücklich sind, denn sein großes Herz läßt ihn offen sein für das Unglück und mitfühlend für jegliches Leid. Er wird Sie empfangen, wenn Sie ihm einige Enthüllungen betreffs der öffentlichen Wohlfahrt zu machen haben: er hat sein Leben der Entlarvung der Verräter geweiht."

Die Bürgerin Rochemaure entgegnete, sie schätze sich glücklich, in Marat einen berühmten Bürger zu begrüßen, der dem Vaterland große Dienste geleistet habe und ihm noch größere leisten könne; sie hoffe, diesen Gesetzgeber mit einigen Wohlgesinnten bekannt zu machen, begüterten Menschenfreunden, die ihm neue Mittel zur Befriedigung seiner glühenden Menschenliebe liefern könnten. „Es ist wünschenswert", fügte sie hinzu, „die Reichen zur Mitarbeit für das Allgemeinwohl heranzuziehen."

Tatsächlich hatte die Bürgerin dem Bankier Morhardt versprochen, daß er mit Marat speisen würde.

Morhardt, ein Schweizer wie der Volksfreund, hatte sich mit etlichen Konventsmitgliedern wie Jullien (aus Toulouse), Delaunay (aus Angers) und dem ehemaligen Kapuziner Chabot zusammengetan, um mit den Aktien der Ostindischen Gesellschaft zu spekulieren. Das Spiel war ganz einfach und bestand darin, diese Aktien durch manipulierte Kursschwankungen auf 650 Livres herabzudrücken, um dann möglichst viele zu diesem Preis aufzukaufen und den Kurs anschließend durch beruhigende Gerüchte auf 4000 oder 5000 Livres heraufzutreiben. Aber Chabot, Julien und Delaunay waren durchschaut. Man verdächtigte auch Lacroix, Fabre d'Eglantine und sogar Danton. Der Strohmann der Börsenspekulanten, Baron de Batz, suchte neue Helfershelfer im Konvent und riet dem Bankier Morhardt, Marat aufzusuchen.

Dieser Gedanke der konterrevolutionären Börsenspekulanten war nicht so abwegig, wie es zunächst schien. Diese Leute bemühten sich stets um Verbindungen zu den Mächtigen des Tages, und Marat stellte durch seine Popularität, seine Schriften, seinen Charakter eine außergewöhnliche Macht dar. Die Girondisten waren gescheitert; die Dantonisten, vom Sturm geschlagen, herrschten nicht mehr. Robespierre, der Abgott des Volkes, war von eifernder Redlichkeit, mißtrauisch und ließ niemanden an sich heran. Man mußte also Marat umgarnen und sich seines Wohlwollens versichern für den Tag, da er Diktator sein würde, und alles deutete darauf hin: seine Popularität, sein Ehrgeiz, seine Bereitwilligkeit, zum äußersten Mittel zu raten. Und deshalb würde Marat vielleicht die Ordnung, die Finanzen, den Wohlstand wiederherstellen können. Mehrfach war er gegen die Heißsporne aufgetreten, die ihn in Patriotismus überboten; seit einiger Zeit denunzierte er die Demagogen fast ebenso wie die Gemäßigten. Nachdem er das Volk angestachelt hatte, die Wucherer in ihren geplünderten Läden zu erhängen, ermahnte er die Bürger zur Ruhe und Umsicht; er wurde zum Herrscher.

Trotz gewisser Gerüchte, die über ihn wie über alle anderen Männer der Revolution umliefen, hielten ihn die Börsenschmarotzer für unbestechlich, aber sie kannten ihn auch als eitel und leichtgläubig: sie hofften, ihn durch Schmeicheleien und vor allem durch eine herablassende Vertraulichkeit zu gewinnen, die sie aus ihrer Sicht für die verführerischste Schmeichelei hielten. Sie gedachten durch seine Hilfe alle Werte, die sie kaufen oder verkaufen wollten, steigen oder fallen zu lassen und ihn, im guten Glauben, zugunsten des öffentlichen Wohles zu wirken, für ihre eigenen Interessen einzuspannen.

War die Bürgerin Rochemaure auch noch im liebesfähigen Alter, so war sie dennoch eine große Intrigantin und hatte die Mission übernommen, den gesetzgebenden Journalisten und den Bankier zusammenzubringen, und in ihrer überspannten Vorstellung sah sie den Mann aus den Kellern, dessen Hände noch rot waren vom Blut der Septembermorde, auf seiten der Finanzleute, deren Agentin sie war; gerade durch seine Empfindsamkeit und Aufrichtigkeit würde er mitten in den Börsenwucher hineingeraten, in diese ihr so teure Welt von Schiebern, Armeelieferanten, Emissären des Auslands, Spielhaltern und galanten Frauen.

Sie drang in den Bürger Gamelin, sie bei dem Volksfreund einzuführen, der ganz in der Nähe, in der Rue des Cordeliers, nahe der Kirche, wohnte. Nach einigem Widerstreben gab der Maler dem Wunsch der Bürgerin nach.

Der Dragoner Henry, der mitkommen sollte, lehnte unter dem Vorwand ab, er wolle seine Freiheit wahren, selbst dem Bürger Marat gegenüber, der zweifellos der Republik Dienste erwiesen habe, jetzt aber an Kraft verlöre: habe er nicht in seiner Zeitung dem Volk von Paris Ergebenheit angeraten?

Und mit melodischer Stimme und langen Seufzern beklagte der junge Henry die Republik, die von denen verraten würde, in die sie ihre Hoffnungen gesetzt hatte: Danton, der den Gedanken einer Besteuerung der Reichen zurückwies, Robespierre, der sich dem weiteren Bestehen der Sektionen widersetzte, Marat, dessen kleinmütige Ratschläge den Bürgern den Elan nahmen.

„Oh!“ rief er aus. „Wie schwach erscheinen diese Männer neben Leclerc und Jacques Roux! ... Roux! Leclerc! Ihr seid die wahren Freunde des Volkes!“

Gamelin hörte diese Reden, die ihn empört hätten, nicht: er war ins Nebenzimmer gegangen, um seinen blauen Rock anzuziehen.

„Sie können stolz auf Ihren Sohn sein“, sagte die Bürgerin Rochemaure zur Bürgerin Gamelin. „Er ist groß an Talent wie an Charakter.“

In ihrer Antwort stellte die Witwe Gamelin ihrem Sohn ein gutes Zeugnis aus, ohne indes vor so einer vornehmen Dame mit ihm zu prahlen, denn sie hatte als Kind gelernt, daß die erste Pflicht der kleinen Leute die Bescheidenheit gegenüber den Großen ist. Sie klagte gern: Anlaß dazu gab es mehr als genug, und Klagen war ihr eine Erleichterung in ihrem Kummer. Vor fremden Leuten, von denen sie glaubte, sie könnten ihr Unglück lindern, erging sie sich lang und breit darüber, und Madame de Rochemaure schien ihr zu jenen zu gehören. So nutzte sie also den günstigen Augenblick und erzählte in einem Atemzug, wie schlecht es ihr und ihrem Sohn ginge und wie sie beide fast verhungerten. Bilder ließen sich nicht mehr verkaufen: die Revolution hatte den Handel vernichtet. Die Lebensmittel waren knapp und überteuert ...

Und die gute Frau brachte diese Klagen mit der ganzen Gewandtheit ihrer weichlichen Lippen und ihrer dicken Zunge vor, um damit fertig zu sein, bevor ihr Sohn zurückkam, dessen Stolz solche Klagen niemals gebilligt hätte. Sie bemühte sich, eine Dame, die sie für reich und einflußreich hielt, so rasch wie nur möglich zu rühren und am Geschick ihres Sohnes zu interessieren. Und sie merkte, daß Evaristes gutes Aussehen ihr zu Hilfe kam, eine so vornehme Dame weich zu stimmen.

In der Tat zeigte die Bürgerin Rochemaure Teilnahme; der Gedanke an Evaristes und seiner Mutter Leiden bewegte sie, und sie sann nach, womit sie sie lindern könnte. Sie würde dafür sorgen, daß reiche Freunde dem Maler Bilder abkauften. „Denn", sagte sie lächelnd, „es gibt noch Geld in Frankreich, aber es verbirgt sich."

Besser noch: da die Kunst verloren war, wollte sie Evariste eine Stellung bei Morhardt oder den Brüdern Perregaux verschaffen oder einen Posten als Gehilfe bei einem Armeelieferanten.

Dann überlegte sie, daß dies nicht das Richtige für einen Mann seines Charakters wäre, und nach einem Augenblick des Nachdenkens gab sie zu verstehen, daß sie es gefunden hatte.

„Für das Revolutionstribunal müssen noch mehrere Geschworene ernannt werden. Geschworener, Beamter, das ist etwas für Ihren Sohn. Ich habe Beziehungen zu den Mitgliedern des Wohlfahrtsausschusses: ich kenne den älteren Robespierre; sein Bruder ißt sehr häufig bei mir zu Abend. Ich werde mit ihnen reden. Sie sollen mit Montané, Dumas und Fouquier sprechen."

Die Bürgerin Gamelin, gerührt und dankbar, legte den Finger auf den Mund, denn Evariste trat wieder in das Atelier.

Er stieg mit der Bürgerin Rochemaure die dunkle Treppe hinab, deren hölzerne und geflieste Stufen mit einer alten Schmutzschicht bedeckt waren.

Auf dem Pont-Neuf, wo der Sockel, auf dem einst das Bronzepferd stand und der jetzt mit den Farben der Nation beflaggt war, in der schon tief stehenden Sonne einen langen Schatten warf, lauschten Männer und Frauen aus dem Volke, die in Grüppchen herumstanden, einigen Bürgern, die mit leiser Stimme sprachen. Die bestürzte Menge verharrte in Schweigen, das nur von Zeit zu Zeit von Stöhnen und Zornesrufen unterbrochen wurde. Viele eilten zur Rue de Thionville, der vormaligen Rue Dauphine; Gamelin, der sich zu einer der Gruppen gesellte, erfuhr, daß Marat ermordet sei.

Allmählich wurde die Nachricht bestätigt, und Einzelheiten wurden bekannt: er war in seinem Badezimmer ermordet worden, von einer Frau, die zu diesem Verbrechen eigens aus Caën gekommen war.

Einige glaubten, sie sei entflohen, aber die meisten sagten, man habe sie festgenommen.

Sie alle standen da wie eine Herde ohne Hirt, und sie dachten: Marat, der sensible, menschliche, wohltätige Marat, ist nicht mehr da, um uns zu führen, er, der sich niemals irrte, der alles erriet, der alles aufzudecken wagte! . . . Was tun, was soll nun werden? Wir haben unseren Ratgeber, unseren Verteidiger, unseren Freund verloren. Sie wußten, woher der Schlag kam und wer den Arm jener Frau geführt hatte. Sie klagten: „Marat fiel durch die verbrecherischen Hände, die auch uns auslöschen wollen. Sein Tod ist das Zeichen zur Ermordung aller Patrioten."

Über die näheren Umstände dieses tragischen Todes und die letzten Worte des Opfers gab es unterschiedliche Berichte; man stellte Fragen nach dem Mörder, von dem man nur wußte, es war eine junge Frau, die die föderalistischen Verräter vorgeschickt hatten. Mit gekrallten Fingern und gefletschten Zähnen verurteilten die Bürgerinnen die Verbrecherin zum Tode, und da ihnen die Guillotine für dieses Scheusal zu milde erschien, forderten sie Auspeitschung, Rad oder Vierteilen und ersannen neue Martern.

Bewaffnete Nationalgardisten zerrten einen Mann von resolutem Aussehen zur Sektion. Seine Kleidung hing in Fetzen; Blutfäden rannen über sein bleiches Gesicht. Man hatte ihn bei den Worten ertappt, Marat habe sein Schicksal verdient, da er ständig zu Plünderung und Mord aufgewiegelt habe. Und nur mit großer Mühe hatten die Gardisten ihn dem Volkszorn entrissen. Man zeigte mit dem Finger auf ihn, als wäre er ein Komplize der Mörderin, und wo er vorbeikam, wurden Todesdrohungen laut.

Gamelin war betäubt vor Schmerz. Karge Tränen trockneten in seinen brennenden Augen. In seinen Sohnesschmerz mischten sich patriotische Besorgnis und volksverbundenes Mitleid, das ihm das Herz zerriß.

Er dachte: Nach Lepeletier und Bourdon jetzt Marat! ... Ich erkenne das Schicksal der Patrioten: niedergemetzelt auf dem Marsfeld, in Nancy, in Paris, werden sie alle untergehen. Und er dachte an den Verräter Wimpfen, der erst kürzlich an der Spitze einer Horde von sechzigtausend Royalisten auf Paris marschiert war und der, wäre er nicht in Vernon von den tapferen Patrioten zum Stehen gebracht worden, die heldenhafte und geächtete Stadt in Feuer und Blut getaucht hätte.

Und wie viele Gefahren, wie viele verbrecherische Vorhaben, wie viele Verrätereien standen noch bevor, die allein Marats Weisheit und Wachsamkeit erkennen und vereiteln konnte! Wer würde nun Custine anklagen, der müßig im Feldlager von César stand und sich weigerte, die Blockade von Valenciennes zu durchbrechen, wer Biron, der es in der Basse-Vendée tatenlos geschehen ließ, daß Saumur genommen und Nantes belagert wurde, oder Dillon, der in den Argonnen das Vaterland verriet?

Indessen wurden rings um ihn die unheilverkündenden Rufe immer lauter: „Marat ist tot! Die Aristokraten haben ihn gemordet!“

Als er sich, das Herz von Schmerz, Haß und Liebe erfüllt, aufmachte, um dem Märtyrer der Freiheit das Ehrengeleit zu geben, trat eine alte Bäuerin in einer Haube des Limousin an ihn heran und fragte ihn, ob dieser Herr Marat, der ermordet worden war, etwa der Pfarrer Mara aus Saint-Pierre-de-Queyroix wäre.

8

Am Vorabend des Festes, einem stillen, klaren Abend, schlenderte Elodie an Evaristes Arm über das Champ de la Fédération. Arbeiter beeilten sich, mit dem Aufbau von Säulen, Statuen, Tempeln, einem Berg und einem Altar fertig zu werden. Gigantische Symbole, der volkstümliche Herkules, der seine Keule schwang, die Natur, die das Universum an ihren unerschöpflichen Brüsten säugte, erhoben sich plötzlich in der Hauptstadt, die dem Hunger und dem Schrecken ausgeliefert war und lauschte, ob man auf der Straße von Meaux nicht schon die österreichischen Kanonen hörte. Die Vendée machte ihre Niederlage vor Nantes durch kühne Siege wett. Ein Ring von Eisen, Feuer und Haß umgab die große revolutionäre Stadt. Und dennoch empfing sie prunkvoll, wie die Herrscherin eines mächtigen Reiches, die Deputierten der ersten konstituierenden Versammlungen, welche die Verfassung angenommen hatten. Der Föderalismus war bezwungen: die einige, unteilbare Republik überwältigte alle ihre Feinde.

Evariste wies mit dem Arm über den belebten Platz und sagte: „Hier ließ der infame Bailly am 17. Juli 91 am Fuße des Altars des Vaterlandes auf das Volk schießen. Der Grenadier Passavant, ein Zeuge des Blutbades, ging nach Hause, zerriß seinen Rock und rief aus: ‚Ich habe geschworen, mit der Freiheit zu sterben; sie ist nicht mehr: ich sterbe!‘ Und er schoß sich eine Kugel in den Kopf."

Inzwischen begutachteten die Künstler und die friedlichen Bürger die Vorbereitungen für das Fest, doch die Lebensfreude, die man von ihren Gesichtern ablesen konnte, war so trübsinnig wie ihr eigenes Leben: die größten Ereignisse schrumpften, sobald sie in ihren Geist drangen, auf ihr eigenes Maß und wurden fad wie sie. Jedes Ehepaar trug Kinder auf dem Arm, führte sie an der Hand oder ließ sie vor sich her laufen, und diese Kinder waren nicht schöner als ihre Eltern, hatten keine Aussicht, glücklicher zu werden, und würden wiederum Kinder in die Welt setzen, die genauso mittelmäßig mit Freuden und Schönheit bedacht sein würden wie sie. Zuweilen sah man ein hochgewachsenes, schönes junges Mädchen vorübergehen, das den jungen Männern die Herzen höher schlagen und die Greise wehmütig an das schöne Leben zurückdenken ließ.

Nahe der Militärschule zeigte Evariste Elodie ägyptische Statuen, die David nach römischen Vorbildern aus der augustinischen Zeit gestaltet hatte. Sie hörten einen gepuderten alten Pariser rufen: „Man kommt sich vor wie am Ufer des Nils!“

In den drei Tagen, da Elodie ihren Freund nicht gesehen hatte, waren im „Amour peintre“ schwerwiegende Dinge geschehen. Der Bürger Blaise war beim Allgemeinen Sicherheitsausschuß wegen Unterschlagung bei den Armeelieferungen angezeigt worden. Zum Glück war der Kunsthändler in seiner Sektion bekannt: der Überwachungsausschuß der Sektion Des Piques hatte beim Allgemeinen Sicherheitsausschuß für seinen Bürgersinn gebürgt und ihn für unschuldig erklärt.

Elodie erzählte aufgeregt von dieser Begebenheit und setzte dann hinzu: „Jetzt sind wir beruhigt, aber das war ein heftiger Schock. Es hätte nicht viel gefehlt, und mein Vater wäre ins Gefängnis gekommen. Wenn die Gefahr ein paar Stunden länger gedauert hätte, wäre ich zu Ihnen gekommen, Evariste, und hätte Sie gebeten, sich bei Ihren einflußreichen Freunden für ihn zu verwenden.“

Evariste gab keine Antwort. Elodie ermaß bei weitem nicht die Tiefe dieses Schweigens.

Hand in Hand gingen sie am Ufer der Seine entlang. Sie tauschten Zärtlichkeiten in der Sprache von Julie und Saint-Preux: der gute Jean-Jacques gab ihnen die Mittel, ihre Liebe malerisch auszuschmücken.

Die Stadtverwaltung hatte das Wunder zuwege gebracht, für einen Tag in der hungernden Stadt Überfluß herrschen zu lassen. Auf der Place des Invalides am Seineufer hatte sich ein Jahrmarkt aufgetan: in den Buden verkauften Händler Würstchen, Zervelat- und Schlackwurst, lorbeergeschmückte Schinken, Kuchen aus Nanterre, Pfefferkuchen, Eierkuchen, Vierpfundbrote, Limonade und Wein. Außerdem gab es Stände, an denen patriotische Lieder, Kokarden, Trikolorebänder, Geldbörsen, Messingkettchen und allerlei billige Schmuckwaren verkauft wurden. Evariste blieb vor der Auslage eines armseligen Juweliers stehen und suchte einen Silberring aus, auf dem Marats Kopf, mit einem Seidenschal umwunden, als Relief herausgearbeitet war. Und er steckte ihn Elodie an den Finger.

Am selben Abend ging Gamelin in die Rue de l'Arbre-Sec zur Bürgerin Rochemaure, die ihn wegen einer dringenden Sache zu sich bestellt hatte. Er fand sie in ihrem Schlafgemach, wo sie in elegantem Negligé auf einer Chaiselongue lag.

Während diese Haltung der Bürgerin schmachtende Wollust verriet, deutete alles ringsum auf ihre Anmut, ihre Vergnügungen und ihre Talente hin: die Harfe neben dem aufgeklappten Klavier; die Gitarre in einem Lehnsessel; der Stickrahmen, auf den ein Stück Atlas gespannt war; auf dem Tisch die Skizze einer Miniatur, Papiere und Bücher; der Bücherschrank, der in Unordnung geraten war, als hätte eine schöne Hand darin herumgestöbert, die ebenso wißbegierig wie gefühlvoll war.

Sie reichte ihm die Hand zum Kuß und sagte: „Seien Sie gegrüßt, Bürger Geschworener! ... Gerade heute hat mir der ältere Robespierre für Sie ein Empfehlungsschreiben zu Händen des Präsidenten Herman gegeben, ein sehr geschicktes Schreiben, in dem es ungefähr hieß: ‚Ich möchte Sie auf den Bürger Gamelin aufmerksam machen, den ich wegen seiner Talente und seiner patriotischen Gesinnung empfehlen kann. Ich hielt es für meine Pflicht, Ihnen einen

Patrioten zu benennen, der sich durch Grundsätze und entschlossenes Auftreten in den republikanischen Reihen auszeichnet. Versäumen Sie nicht die Gelegenheit, einem Republikaner behilflich zu sein ...' Diesen Brief habe ich umgehend dem Präsidenten Herman gebracht, der mich mit ausgesuchter Höflichkeit empfing und sofort Ihre Ernennung unterzeichnete. Die Sache ist also amtlich."

Nach kurzem Schweigen sagte Gamelin: „Bürgerin, obwohl ich kein Stück Brot für meine Mutter habe, schwöre ich bei meiner Ehre, daß ich das Amt des Geschworenen nur annehme, um der Republik zu dienen und sie an allen ihren Feinden zu rächen."

Die Bürgerin fand den Dank kühl und das Kompliment nüchtern. Sie hielt Gamelin für ungeschliffen. Aber sie liebte die Jugend zu sehr, als daß sie ihm ein wenig Schroffheit nicht verziehen hätte. Gamelin war schön; sie fand, das sei ein Verdienst. Man wird ihn sich zurechtbiegen, dachte sie. Und sie lud ihn zu ihren Soupers ein: allabendlich nach der Theatervorstellung gab sie einen Empfang.

„Bei mir treffen Sie Leute von Geist und Talent: Elleviou, Talma und den Bürger Vigée, der wunderbar geschickt Gedichte mit Endreimen macht. Der Bürger François hat uns seine ‚Paméla' vorgelesen, die augenblicklich im Théâtre de la Nation einstudiert wird. Der Stil ist elegant und rein, wie alles, was der Bürger François schreibt. Das Stück ist ergreifend: es hat uns zu Tränen gerührt. Die junge Lange wird die Rolle der Paméla übernehmen."

„Ich verlasse mich ganz auf Ihr Urteil, Bürgerin", entgegnete Gamelin. „Aber das Théâtre de la Nation ist wenig national. Und für den Bürger François ist es ärgerlich, daß seine Stücke über jene Bretter gehen, die durch die elenden Verse von Laya entweiht wurden: der Skandal um ‚L'Ami des Lois' ist noch nicht vergessen."

„Bürger Gamelin, ich lasse Ihnen Laya hingehen. Er gehört nicht zu meinen Freunden."

Nicht aus reiner Güte hatte die Bürgerin ihren Einfluß geltend gemacht, damit Gamelin für einen begehrten Posten ernannt würde: nach all dem, was sie für ihn getan hatte und noch künftig für ihn tun würde, baute sie darauf, ihn eng an sich zu binden und sich eines Beistandes bei der Justiz zu versichern, mit der sie eines Tages in Konflikt geraten konnte, denn schließlich verschickte sie viele Briefe innerhalb Frankreichs und ins Ausland, und eine derartige Korrespondenz war dazumal suspekt.

„Gehen Sie oft ins Theater, Bürger?"

In jenem Augenblick trat der Dragoner Henry, charmanter als der Knabe Bathyllos, ins Zimmer. In seinem Gürtel steckten zwei riesige Pistolen.

Er küßte der schönen Bürgerin die Hand, die zu ihm sagte:

„Das ist der Bürger Evariste Gamelin, dessentwegen ich den ganzen Tag beim Sicherheitsausschuß zugebracht habe und der mir dafür nicht einmal Dank weiß. Schelten Sie ihn aus."

„Ach, Bürgerin", rief der Soldat, „Sie haben gerade unsere Gesetzgeber in den Tuilerien gesehen. Welch betrüblicher Anblick! Müssen Vertreter eines freien Volkes ihren Sitz ausgerechnet in den getäfelten Gemächern eines Despoten aufschlagen? Dieselben Kronleuchter, die einst über den Verschwörungen Capets und den Orgien der Marie-Antoinette flammten, beleuchten heute die Nachtsitzungen unserer Gesetzgeber. Da schaudert die Natur."

„Mein Freund", entgegnete sie, „gratulieren Sie dem Bürger Gamelin; er ist zum Geschworenen beim Revolutionstribunal ernannt worden."

„Meinen Glückwunsch, Bürger!" sagte Henry. „Ich sehe mit Freuden einen Mann von Ihrem Charakter in einer solchen Stellung. Aber ehrlich gesagt, habe ich wenig Vertrauen in diese methodische Justiz, die von den Gemäßigten im Konvent geschaffen wurde, in diese allzu gutmütige Nemesis, die Rücksicht auf die Verschwörer nimmt, die Verräter schont, kaum wagt, die Föderalisten zu bestrafen, und sich fürchtet, die Österreicherin vor ihre Schranken zu zitieren. Nein, das Revolutionstribunal wird die Republik nicht retten. Schwere Schuld tragen jene, die in der verzweifelten Lage, in der wir uns befinden, den Schwung der Volksjustiz gebremst haben!"

„Henry", sagte die Bürgerin Rochemaure, „reichen Sie mir doch dieses Flakon herüber ..."

Als Gamelin heimkehrte, fand er seine Mutter und den alten Brotteaux im Lichte einer blakenden Talgkerze beim Pikettspiel. Die Bürgerin sagte gerade ungeniert „Terz für den König" an.

Als sie erfuhr, daß ihr Sohn Geschworener war, umarmte sie ihn stürmisch und dachte, daß dies für sie beide eine große Ehre sei und daß sie von nun an alle Tage satt zu essen hätten.

„Ich bin glücklich und stolz, die Mutter eines Geschworenen zu sein", sagte sie. „Die Justiz ist eine gute Sache und das Notwendigste von allem: ohne Justiz würden die Schwachen fortwährend schikaniert werden. Und ich glaube, du wirst ein guter Richter sein, Evariste, denn von klein auf kenne ich dich als gerecht und wohlwollend in allen Dingen. Ungerechtigkeit konntest du nicht ertragen, und der Gewalt hast du dich mit aller Kraft widersetzt. Du hattest Mitleid mit den Unglücklichen, und das ist der schönste Schmuck eines Richters ... Aber sag mal, Evariste, was für eine Kleidung tragt ihr denn in diesem großen Gericht?"

Gamelin antwortete ihr, daß die Richter einen schwarzen Federhut aufsetzten, die Geschworenen aber keine einheitliche Kleidung hätten und Zivil trügen.

„Besser wäre", entgegnete die Bürgerin, „wenn sie Talar und Perücke trügen. Darin sähen sie würdiger aus. Wenn du dich auch meist nachlässig kleidest, so bist du doch hübsch und verschönst deine Kleidung; die meisten Männer hingegen brauchen irgendeinen Schmuck, um nach etwas auszusehen. Deshalb wäre es besser, wenn die Geschworenen Robe und Perücke trügen."

Die Bürgerin wußte vom Hörensagen, daß das Amt eines Geschworenen beim Tribunal etwas einbrachte; sie konnte sich die Frage nicht verkneifen, ob man dort so viel verdiente, daß man auskömmlich leben könne, „denn ein Geschworener", so sagte sie, „muß etwas darstellen in der Welt".

Zu ihrer Zufriedenheit erfuhr sie, daß die Geschworenen für jede Sitzung achtzehn Livres Vergütung erhielten und daß sie wegen der großen Zahl von Verbrechen gegen die Sicherheit des Staates zu sehr zahlreichen Sitzungen gezwungen waren.

Der alte Brotteaux sammelte die Karten zusammen, erhob sich und sagte zu Gamelin: „Bürger, Sie sind mit einem erhabenen und furchtbaren Amt betraut worden. Ich gratuliere Ihnen, daß Sie die Lauterkeit Ihres Gewissens in den Dienst eines Gerichtes stellen, das vielleicht zuverlässiger und unfehlbarer ist als jedes andere, weil es Gut und Böse nicht an sich und nach seinem Wesen erforscht, sondern nur im Hinblick auf greifbare Interessen und offenkundige Gefühle. Sie haben zwischen Haß und Liebe zu entscheiden, was spontan geschieht, und nicht zwischen Wahrheit und Irrtum, die der schwache Geist der Menschen unmöglich unterscheiden kann. Wenn Sie nach den Regungen Ihres Herzens urteilen, laufen Sie nicht Gefahr, sich zu irren, denn das Urteil wird gut sein, sofern es die Leidenschaften befriedigt, die Ihr heiliges Gesetz sind. Aber wie dem auch sei, wenn ich Ihr Präsident wäre, machte ich es wie Bridoie: ich ließe die Würfel entscheiden. In der Justiz ist das noch das Sicherste."

9

Am 14. September sollte Evariste Gamelin sein Amt antreten, anläßlich der Umbildung des Tribunals, das nunmehr in vier Sektionen zu je fünfzehn Geschworenen unterteilt war. Die Gefängnisse waren überfüllt; der Staatsanwalt arbeitete achtzehn Stunden täglich. Den Niederlagen der Armeen, den Aufständen der Provinzen, den Verschwörungen, Komplotten und Verrätereien setzte der Konvent den Schrecken entgegen. Die Götter dürsteten.

Der erste Gang des neuen Geschworenen war ein Antrittsbesuch beim Präsidenten Herman, der ihn durch die Sanftheit seiner Rede und seine entgegenkommenden Umgangsformen für sich einnahm. Als Landsmann und Freund Robespierres, dessen Ansichten er teilte, hatte er ein empfindsames und tugendhaftes Herz. Er war tief durchdrungen von jenen Gefühlen der Menschlichkeit, die den Herzen der Richter so lange fremd gewesen waren und die einem Dupaty und einem Beccaria zu ewigem Ruhm gereichen. Er war glücklich über die Mäßigung der Sitten, die in der Gerichtsordnung über die Aufhebung der Folter und der schimpflichen oder grausamen Strafen zum Ausdruck kam. Er sah mit Freuden, daß die Todesstrafe, mit der man einst verschwenderisch umgegangen war und die noch in jüngster Zeit zur Bestrafung der geringfügigsten Delikte diente, seltener geworden war und nur noch den großen Verbrechen vorbehalten blieb. Er selbst, wie auch Robespierre, hätte sie in allen Fällen, die nicht die öffentliche Sicherheit antasteten, gern abgeschafft. Aber er hätte sich für einen Staatsverräter gehalten, wenn er die Verbrechen gegen die nationale Souveränität nicht mit dem Tode bestrafte.

Alle seine Kollegen dachten ebenso: die alte monarchistische Idee von der Staatsräson beeinflußte das Revolutionstribunal. Acht Jahrhunderte des Absolutismus hatten dessen Beamten erzogen, und nach den Prinzipien des göttlichen Rechts richtete es die Feinde der Freiheit.

Am selben Tag stellte sich Evariste Gamelin beim Staatsanwalt, dem Bürger Fouquier, vor, der ihn in seinem Kabinett empfing, wo er mit seinem Schreiber arbeitete. Er war ein stämmiger Mann mit rauher Stimme und Katzenaugen, auf dessen breitem pockennarbigem, bleifahlem Gesicht sich die Schädigungen zeigten, welche durch sitzende Lebensweise und Stubenluft bei kräftigen Männern auftreten, die für den Aufenthalt im Freien und für körperliche Anstrengungen geschaffen sind. Die Aktenstöße türmten sich um ihn wie die Mauern einer Gruft, und offensichtlich liebte er diesen schrecklichen Papierkram, der ihn zu ersticken drohte. Seine Worte waren die eines fleißigen, pflichttreuen Beamten, dessen Geist nicht über den Kreis seiner Amtsgeschäfte hinausreicht. Sein heißer Atem roch nach Branntwein, den er zu sich nahm, um sich aufrecht zu halten, und der ihm offenbar nicht zu Kopfe stieg, so klar waren seine stets nur mittelmäßigen Reden.

Er lebte in einer kleinen Wohnung des Justizpalastes mit seiner jungen Frau, die ihm Zwillinge geschenkt hatte. Sein gesamter Haushalt bestand aus eben dieser jungen Frau, seiner Tante Henriette und dem Dienstmädchen Pélagie. Gegen diese Frauen erwies er sich sanft und menschlich. Kurz, er war ein ausgezeichneter Familienvater und Justizbeamter, ohne viel Ideen und ohne jegliche Vorstellungskraft.

Gamelin konnte ein gewisses Mißbehagen nicht unterdrücken, als er merkte, wie sehr diese Beamten der neuen Ordnung in Geist und Benehmen denen des Ancien régime glichen. Und daraus waren sie ja auch hervorgegangen: Herman war Oberstaatsanwalt am Gerichtshof von Artois gewesen und Fouquier ein ehemaliger Staatsanwalt am Châtelet. Sie hatten ihren Charakter behalten. Doch Evariste Gamelin glaubte an die revolutionäre Wiedergeburt.

Nach Verlassen der Staatsanwaltschaft ging er durch die Bogengänge des Justizpalastes und blieb vor den kleinen Läden stehen, wo allerlei Waren kunstvoll ausgelegt waren. Vor der Auslage der Bürgerin Ténot blätterte er in historischen, politischen und philosophischen Werken, wie: „Die Ketten der Sklaverei", „Essay über den Despotismus" oder „Die Verbrechen der Königinnen". Recht so, dachte er, das sind republikanische Schriften! Und er fragte die Buchhändlerin, ob sie viele derartige Bücher verkaufe. Sie schüttelte den Kopf.

„Es werden nur Lieder und Romane gekauft."

Und ein Bändchen aus einer Schublade ziehend, sagte sie: „Dies hier ist etwas Gutes."

Evariste las den Titel: „Die Nonne im Hemd".

Vor dem Laden nebenan traf er Philippe Desmahis, der großspurig und zärtlich zwischen den Duftwässerchen, Puderdosen und Tütchen der Bürgerin Saint-Jorre stand, der schönen Verkäuferin seine Liebe beteuerte, ihr versprach, sie zu malen, und sie um ein kurzes Stelldichein am Abend im Tuileriengarten bat. Er war schön. Die Überredung sprudelte von seinen Lippen und sprühte aus seinen Blicken. Die Bürgerin Saint-Jorre hörte ihm schweigend zu und schlug, geneigt, ihm Glauben zu schenken, die Augen nieder.

Um sich mit dem furchtbaren Amt, in das er eingesetzt war, vertraut zu machen, wollte der neue Geschworene sich unter das Volk mischen und an einer Gerichtssitzung teilnehmen. Er stieg die Treppe hinauf, auf der eine Menge Leute saßen wie in einem Amphitheater, und drang bis in den ehemaligen Saal des Pariser Gerichtshofs vor.

Man drückte sich fast tot, um die Verurteilung eines Generals zu sehen. „Denn damals stellte", wie der alte Brotteaux sagte, „der Konvent nach dem Beispiel der Regierung Seiner Majestät des Königs von England die besiegten Generale vor Gericht, weil man der verräterischen Generale, die sich dem Urteil entzogen, nicht habhaft wurde. Keineswegs muß ein besiegter General notwendigerweise ein Verbrecher sein", fügte Brotteaux hinzu, „denn zwangsläufig muß es in jeder Schlacht einen Unterlegenen geben. Aber nichts ermutigt die anderen so sehr, wie wenn ein General zum Tode verurteilt wird . . ."

Schon waren mehrere dieser leichtsinnigen und dickköpfigen Militärs mit Spatzenhirnen in Ochsenschädeln auf die Anklagebank geraten. Dieser hier wußte kaum mehr über die Belagerungen und Schlachten, die er durchgeführt hatte, als die Beamten, die ihn verhörten: Anklage und Verteidigung verbreiteten sich über Truppenstärken, militärische Vorhaben, Kriegsmaterial, Bewegungen und Gegenbewegungen. Und die Menge der Bürger, die diesen dunklen und endlosen Debatten folgte, sah hinter dem einfältigen Militär das jedem Feind offenstehende, zerrissene

Vaterland, das tausendfachen Tod erlitt; mit Blick und Stimme drängte sie die ruhig auf ihren Bänken sitzenden Geschworenen, ihren Urteilsspruch wie einen Keulenschlag auf die Feinde der Republik hernieder zu fällen.

Evariste fühlte es glühendheiß: was in diesem Elenden gestraft werden sollte, waren die zwei Schreckgespenster, die das Vaterland zerrissen: Aufstand und Niederlage. Es ging wahrhaft darum, zu wissen, ob dieser General schuldlos oder schuldig war! Wenn die Vendée wieder Mut faßte, wenn Toulon sich dem Feind auslieferte, wenn die Rheinarmee vor den Siegern von Mainz zurückwich, wenn die aus dem Feldlager zurückgenommene Nordarmee im Handstreich von Kaiserlichen, Engländern und Holländern, die Valenciennes beherrschten, vernichtet werden konnte, dann mußten die Generale Befehl erhalten, zu siegen oder zu sterben. Als Gamelin diesen schwachen, dummen Haudegen sah, der sich beim Verhör in seinen Karten verirrte, wie er sich in den nördlichen Ebenen verirrt hatte, verließ er schnell den Saal, um nicht mit dem Publikum in den Ruf: „Aufs Schafott!" einzustimmen.

In der Versammlung der Sektion nahm der neue Geschworene die Glückwünsche des Vorsitzenden Olivier entgegen, der ihn am alten Hauptaltar der Barnabiten, welcher zum Altar des Vaterlandes geworden war, schwören ließ, im heiligen Namen der Menschlichkeit jede menschliche Schwäche zu unterdrücken.

Gamelin hob die Hand und rief zum Zeugen seines Schwures den erhabenen Geist Marats, des Märtyrers der Freiheit, an, dessen Büste an einem Pfeiler der einstigen Kirche, gegenüber der Büste Lepeletiers, aufgestellt war.

Beifall erscholl, in den sich Murren mischte. Die Versammlung war erregt. Am Eingang des Kirchenschiffes schimpfte lautstark eine Gruppe mit Piken bewaffneter Sektionsmitglieder.

„Es ist unrepublikanisch", sagte der Präsident, „in einer Versammlung freier Männer Waffen zu tragen."

Und er ordnete an, die Gewehre und Piken umgehend in der vormaligen Sakristei abzulegen.

Ein Buckliger mit lebhaften Augen und wulstigen Lippen, der Bürger Beauvisage vom Wachausschuß, bestieg die Kanzel, die zum Rednerpult geworden und mit einer roten Mütze geschmückt war.

„Die Generale verraten uns", sagte er, „und liefern unsere Armeen dem Feinde aus. Die Kaiserlichen schieben Teile ihrer Kavallerie um Péronne und Saint-Quentin vor, Toulon wurde den Engländern preisgegeben, die dort vierzehntausend Mann anlanden. Selbst im Schoße des Konvents konspirieren die Feinde der Republik. In der Hauptstadt werden unzählige Komplotte zur Befreiung der Österreicherin geschmiedet. Während ich hier rede, läuft das Gerücht um, daß der Sohn Capets aus dem Temple entflohen sei und im Triumph nach Saint-Cloud gebracht werde: für ihn will man den Thron des Tyrannen wieder aufstellen. Die Verteuerung der Lebensmittel, die Entwertung der Assignaten sind die Auswirkung von Machenschaften, die ausländische Agenten in unserer Heimat, vor unseren Augen betreiben. Im Namen der öffentlichen Wohlfahrt fordere ich den Bürger Geschworenen auf, gegen die Verschwörer und Verräter unerbittlich vorzugehen."

Während er von der Rednertribüne herabstieg, wurden in der Versammlung Stimmen laut: „Nieder mit dem Revolutionstribunal! Nieder mit den Gemäßigten!"

Ein dicker Mann von blühendem Aussehen, der Bürger Dupont der Ältere, Tischler an der Place de Thionville, stieg auf die Tribüne, begierig, so sagte er, eine Frage an den Bürger Geschworenen zu richten. Und er fragte Gamelin, welche Haltung er gegenüber den Brissotisten und der Witwe Capets einnehme.

Evariste war schüchtern und konnte eigentlich nicht vor der Öffentlichkeit reden. Aber die Entrüstung beflügelte ihn. Bleich erhob er sich und sagte mit dumpfer Stimme: „Ich bin Beamter. Ich handle nur nach meinem Gewissen. Jedes Versprechen, das ich euch machen würde, wäre pflichtwidrig. Ich habe vor Gericht zu reden und überall sonst zu schweigen. Ich kenne euch nicht mehr. Ich bin Richter: ich kenne weder Freunde noch Feinde."

Die Versammlung, uneins, unsicher und schwankend wie alle Versammlungen, stimmte zu. Aber der Bürger Dupont der Ältere unternahm einen neuen Vorstoß; er verzieh es Gamelin nicht, daß er eine Stellung einnahm, nach der er selber getrachtet hatte.

„Ich begreife, ich billige sogar die Bedenken des Bürgers Geschworenen", sagte er. „Es heißt von ihm, er sei ein Patriot: er selbst muß wissen, ob sein Gewissen ihm erlaubt, in einem Gerichtshof zu sitzen, der die Feinde der Republik vernichten soll, während er entschlossen ist, sie zu schonen. Es gibt eine Mitschuld, der sich ein guter Bürger entziehen muß. Hat es sich nicht als wahr erwiesen, daß etliche Geschworene dieses Tribunals sich von den Angeklagten mit Geld haben bestechen lassen und daß der Präsident Montané eine Fälschung begangen hat, um den Kopf der Dirne Corday zu retten?"

Bei diesen Worten hallte der Raum von heftigem Applaus wider. Das letzte Klatschen stieg noch zu den Gewölben, als Fortuné Trubert die Tribüne bestieg. Er war in den letzten Monaten stark abgemagert. In seinem bleichen Gesicht standen rötliche Backenknochen spitz hervor; seine Lider waren entzündet und die Augen glasig.

„Bürger", sagte er mit schwacher und leicht keuchender, seltsam durchdringender Stimme, „man kann nicht das Revolutionstribunal verdächtigen, ohne zugleich gegen den Konvent und den Wohlfahrtsausschuß Mißtrauen zu hegen, aus denen es hervorgegangen ist. Der Bürger Beauvisage hat uns beunruhigt durch den Hinweis, der Präsident Montané habe das Verfahren zugunsten eines Schuldigen beeinflußt. Warum hat er nicht zu unserer Beruhigung hinzugefügt, daß Montané auf Anzeige des Staatsanwalts abgesetzt und ins Gefängnis gebracht wurde? ... Kann man die öffentliche Wohlfahrt nicht vertreten, ohne überall Verdacht auszustreuen? Gibt es keine Talente, keine Tugenden mehr im Konvent? Sind Robespierre, Couthon,

Saint-Just nicht ehrenwerte Männer? Es ist auffällig, daß die heftigsten Reden von Leuten gehalten werden, die man noch nie für die Republik kämpfen sah! Anders würden sie auch nicht reden, wenn sie sie verhaßt machen wollten. Bürger, weniger Lärm und mehr Arbeit! Mit Kanonen, nicht mit Geschrei retten wir Frankreich. Die Hälfte der Keller der Sektion ist noch nicht durchsucht worden. Etliche Bürger halten noch beträchtliche Mengen Bronze zurück. Wir erinnern die Reichen, daß patriotische Gaben für sie die beste Sicherheit sind. Ich empfehle eurer Freigebigkeit die Töchter und Frauen unserer Soldaten, die sich an der Grenze und an der Loire mit Ruhm bedecken. Einer von ihnen, der Husar Augustin Pommier, früher Kellermeisterlehrling in der Rue de Jérusalem, wurde am 10. des vergangenen Monats, als er vor Condé die Pferde zur Tränke führte, von sechs österreichischen Reitern überfallen; er tötete zwei von ihnen und nahm die übrigen gefangen. Ich beantrage, daß die Sektion erklärt, Augustin Pommier habe seine Pflicht getan."

Diese Rede wurde mit Beifall bedacht, und mit dem Ruf: „Es lebe die Republik!" trennten sich die Sektionsmitglieder.

Mit Trubert in der Kirche allein zurückgeblieben, drückte Gamelin ihm die Hand.

„Ich danke dir! Wie geht es dir?"

„Mir? Bestens, ausgezeichnet!" antwortete Trubert und spie in einem plötzlichen Hustenanfall Blut in sein Taschentuch. „Die Republik hat viele äußere und innere Feinde, und allein unsere Sektion hat deren eine beträchtliche Anzahl. Nicht mit Geschrei, sondern mit Eisen und Gesetzen werden Staaten gegründet ... Guten Abend, Gamelin: ich muß noch ein paar Briefe schreiben."

Und er ging, das Taschentuch vor den Lippen, in die ehemalige Sakristei.

Die Witwe Gamelin, die Kokarde jetzt fester an der Mütze, hatte von einem Tag auf den anderen bürgerliche Wichtigkeit, republikanischen Stolz und ein würdiges Benehmen angenommen, wie es der Mutter eines Geschworenen ansteht. Die Achtung vor der Justiz, in der sie aufgewachsen war, die Bewunderung, die ihr Robe und Talar von Kindesbeinen an eingeflößt hatten, der heilige Schrekken, den sie immer beim Anblick dieser Männer empfunden, denen Gott selbst sein Recht über Leben und Tod auf Erden abgetreten hatte, diese Gefühle machten ihr ihren Sohn, den sie noch vor kurzem fast für ein Kind gehalten, erhaben, verehrungswürdig und heilig. In ihrer Einfalt empfand sie das Fortbestehen der Justiz während der Revolution so lebhaft, wie die Gesetzgeber des Konvents das Fortbestehen des Staates im Wechsel der Regierungsformen empfanden, und das Revolutionstribunal erschien ihr ebenso majestätisch wie alle früheren Gerichtsbarkeiten, die zu verehren sie gelernt hatte.

Der Bürger Brotteaux erwies dem jungen Justizbeamten eine mit Überraschung und einer erzwungenen Ehrerbietung gemischten Teilnahme. Wie die Witwe Gamelin sah auch er das Fortbestehen der Justiz durch alle Regierungsformen, aber im Gegensatz zu der Dame verachtete er die Revolutionstribunale genauso wie die Gerichtshöfe des Ancien régime. Da er nicht wagte, seinen Gedanken offen auszusprechen, sich aber auch nicht entschließen konnte, den Mund zu halten, verfiel er auf Paradoxien, die Gamelin gerade nur so weit verstand, um einen Mangel an Bürgersinn darin zu wittern.

„Das Hohe Gericht, in dem Sie bald sitzen werden", sagte er einmal zu ihm, „ist vom französischen Senat zum Wohle der Republik eingesetzt worden, und es war gewiß ein tugendhafter Gedanke unserer Gesetzgeber, ihren Feinden Richter zu geben. Ich begreife zwar den Edelmut dabei, aber für politisch halte ich ihn nicht. Mir scheint, sie wären geschickter gewesen, wenn sie ihre unversöhnlichen Gegner im stillen beseitigt und die anderen durch Geschenke oder Versprechungen gewonnen hätten. Ein Gericht schlägt langsam zu und bewirkt weniger Schaden als Furcht: es dient vor allem der Abschreckung. Der Nachteil Ihres Tribunals besteht darin, daß es alle, die es erschreckt, zusammenschweißt und so aus einem Haufen entgegengesetzter Interessen und Leidenschaften eine große Partei bildet, die zu gemeinsamem und machtvollem Handeln fähig ist. Sie säen Furcht; aber mehr noch als der Mut bringt die Furcht Helden hervor; mögen Sie, Bürger Gamelin, davor verschont bleiben, eines Tages Wunder an Furcht gegen sich ausbrechen zu sehen!"

DerKupferstecher Desmahis, der sich in dieser Woche in eine Dirne vom Palais-Egalité verliebt hatte, die braune Flora, eine Riesin, hatte dennoch fünf Minuten Zeit gefunden, um seinem Gefährten zu gratulieren und ihm zu sagen, daß eine solche Ernennung eine große Ehre für die Kunst sei.

Selbst Elodie, die unbewußt alles Revolutionäre verabscheute und die öffentlichen Ämter als die gefährlichsten Rivalen fürchtete, die ihr das Herz des Geliebten abspenstig machen könnten, die zärtliche Elodie unterlag dem Einfluß eines Beamten, der berufen war, Urteile in Kapitalverbrechen zu fällen. Im übrigen hatte Evaristes Ernennung zum Geschworenen für sie glückliche Auswirkungen, die sie in ihrer Empfindsamkeit erfreulich berührten: der Bürger Jean Blaise kam in das Atelier an der Place de Thionville und umarmte den Geschworenen mit überschwenglicher männlicher Zärtlichkeit.

Wie alle Konterrevolutionäre empfand er Achtung für die Mächtigen der Republik, und seit er wegen Unterschlagung bei Armeelieferungen angezeigt worden war, flößte ihm das Revolutionstribunal eine respektvolle Furcht ein. Er stand zu sehr im Lichte der Öffentlichkeit und war an zu vielen Geschäften beteiligt, um sich ganz sicher zu fühlen: der Bürger Gamelin schien ihm ein Mann zu sein, mit dem man behutsam umgehen sollte. Schließlich war man ja ein guter Bürger und ein Freund der Gesetze.

Er reichte dem Maler und Justizbeamten die Hand, gab sich herzlich und patriotisch, den Künsten und der Freiheit gewogen. Hochherzig drückte Gamelin diese ihm offen entgegengestreckte Hand.

„Bürger Evariste Gamelin", sagte Jean Blaise, „ich appelliere an Ihre Freundschaft und an Ihr Talent. Ich nehme

Sie morgen für zwei Tage aufs Land mit. Sie werden zeichnen, und wir können uns unterhalten."

Der Kunsthändler machte jedes Jahr mehrere Landpartien von zwei oder drei Tagen in Gesellschaft von Malern, die nach seinen Anweisungen Landschaften und Ruinen zeichneten. Da er geschickt erfaßte, was dem Publikum gefallen konnte, brachte er von diesen Ausflügen Skizzen heim, die ihm, im Atelier fertiggestellt und geistvoll gestochen, als Rötelzeichnungen oder farbige Radierungen einen guten Verdienst einbrachten. Nach diesen Entwürfen ließ er auch Sopraporten und Spiegelaufsätze ausführen, die sich ebenso gut und sogar besser verkauften als die Dekorationsstücke von Hubert Robert.

Diesmal wollte er den Bürger Gamelin mitnehmen, um Arbeiten nach der Natur zu zeichnen, so sehr war der Geschworene in seiner Wertschätzung als Maler gestiegen. Noch zwei andere Künstler waren mit von der Partie: der Kupferstecher Desmahis, der ein guter Zeichner war, und der unbekannte Philippe Dubois, der im Genre von Robert hervorragende Arbeit leistete. Nach alter Gewohnheit begleiteten die Bürgerin Elodie und ihre Freundin, die Bürgerin Hasard, die Maler. Jean Blaise, der es verstand, seine Gefühle und sein Vergnügen in Einklang zu bringen, hatte außerdem die Bürgerin Thévenin zu dieser Landpartie eingeladen, eine Schauspielerin vom Vaudevilletheater, die als seine Freundin galt.

10

Am Samstag, früh um sieben Uhr, klopfte der Bürger Blaise, angetan mit schwarzem Zweispitz, scharlachroter Weste, Lederhosen und gelben Stulpenstiefeln, mit dem Stiel seiner Reitpeitsche an die Tür des Ateliers. Die Witwe Gamelin war gerade in eine ehrbare Unterhaltung mit dem Bürger Brotteaux vertieft, während Evariste sich vor einem kleinen Spiegelscherben seine hohe weiße Halsbinde knüpfte.

„Gute Reise, Monsieur Blaise!“ sagte die Bürgerin. „Aber da Sie Landschaften malen wollen, nehmen Sie doch Monsieur Brotteaux mit, der ebenfalls Maler ist.“

„Na schön!“ sagte Jean Blaise. „Kommen Sie mit uns, Bürger Brotteaux.“

Nachdem Brotteaux, der von geselliger Gemütsart war und Zerstreuungen liebte, sich versichert hatte, daß er nicht lästig falle, nahm er das Angebot an.

Die Bürgerin Elodie war die vier Treppen heraufgekommen, um die Witwe Gamelin zu umarmen, die sie ihre „liebe Mutter“ nannte. Sie war ganz in Weiß gekleidet und duftete nach Lavendel.

Eine alte, mit zwei Pferden bespannte Reisekutsche wartete mit heruntergeklapptem Verdeck auf dem Platz. Rose Thévenin und Julienne Hasard saßen auf dem Rücksitz. Elodie ließ die Schauspielerin rechts von sich Platz nehmen, setzte sich auf die linke Seite und plazierte die schlanke Julienne zwischen sie beide. Brotteaux setzte sich ebenfalls hinten in die Kutsche, der Bürgerin Thévenin gegenüber, Philippe Dubois der Bürgerin Hasard und Evariste Elodie gegenüber. Philippe Desmahis reckte seinen athletischen Körper auf dem Bock zur Linken des Kutschers, den er damit in Erstaunen setzte, daß er ihm erzählte, in einem gewissen Land in Amerika wüchsen Leberwürste und Schlackwurst auf den Bäumen.

Der Bürger Blaise, der ein vorzüglicher Reiter war, legte den Weg zu Pferde zurück und ritt vorweg, um nicht den Staub der Kutsche zu schlucken.

Da nun die Räder über das Vorstadtpflaster dahinrollten, vergaßen die Reisenden allmählich ihre Sorgen; und beim Anblick der Felder, der Bäume und des Himmels wurden ihre Gedanken heiter und sanft. Elodie träumte, sie sei dazu berufen, eine Hühnerzucht zu betreiben und mit Evariste zu leben, der in einem Dorf am Fluß nahe dem Walde Friedensrichter wäre. Die Ulmenbäumchen am Wege flogen im Vorbeifahren dahin. Fuhr man in die Dörfer ein, sprangen die Hofhunde von der Seite gegen den Wagen an und kläfften vor den Beinen der Pferde, während sich ein großer Spaniel, der quer auf der Chaussee lag, widerwillig erhob; die Hühner stoben auseinander und jagten in wilder Flucht über die Straße; die Gänse watschelten in geschlossenem Trupp langsam davon. Schmutzige Kinder schauten dem vorbeifahrenden Wagen nach. Der Morgen war warm und der Himmel klar. Die rissige Erde wartete auf Regen. Nahe Villejuif stiegen sie aus. Als sie durch den Ort gingen, betrat Desmahis den Laden einer Obsthändlerin, um Kirschen zu kaufen, die er den Bürgerinnen als Erfrischung anbieten wollte. Die Verkäuferin war hübsch: Desmahis ließ sich nicht wieder blicken. Philippe Dubois rief ihn bei dem Spitznamen, mit dem ihn seine Freunde zu rufen pflegten: „He! Barbaroux! . . . Barbaroux!"

Bei diesem verhaßten Namen spitzten die Vorübergehenden die Ohren, und Gesichter erschienen an allen Fenstern. Und als sie aus dem Laden der Obsthändlerin einen schönen jungen Mann mit offener Weste und flatterndem Jabot auf der athletischen Brust heraustreten sahen, der einen Korb mit Kirschen auf der Schulter trug und seinen Rock an der Spitze eines Stockes aufgehängt hatte, hielten sie ihn für den geächteten Girondisten, und Sansculotten ergriffen ihn mit Gewalt und hätten ihn trotz seines entrüsteten Protestes auf das Gemeindeamt geführt, wenn der alte Brotteaux, Gamelin und die drei jungen Frauen nicht bezeugt hätten, daß dieser Bürger Philippe Desmahis heiße, Kupferstecher und ein guter Jakobiner sei. Außerdem mußte der Verdächtige seinen Bürgerschein zeigen, den er rein zufällig bei sich trug, denn in solchen Dingen war er sehr nachlässig. Unter diesen Umständen entging er den Händen der dörflichen Patrioten ohne weiteren Verlust als den einer seiner Spitzenmanschetten, die sie ihm zerrissen hatten; doch der Schaden war gering. Die Nationalgardisten, die ihn am härtesten angepackt und davon gesprochen hatten, ihn im Triumph auf das Gemeindeamt zu schleppen, entschuldigten sich sogar bei ihm.

Als Desmahis wieder frei war und die Bürgerinnen Elodie, Rose und Julienne ihn umringten, warf er Philippe

Dubois, den er nicht mochte und den er für einen Verräter hielt, ein bitteres Lächeln zu, und ihn um Haupteslänge überragend, sagte er: „Dubois, wenn du mich noch einmal Barbaroux nennst, rufe ich dich Brissot: das ist ein kleiner, dicker, lächerlicher Mann mit speckigem Haar, fettiger Haut und klebrigen Händen. Niemand wird daran zweifeln, daß du der schändliche Brissot, der Volksfeind, bist; und bei deinem Anblick von Schrecken und Abscheu ergriffen, werden die Republikaner dich an der nächsten Laterne aufknüpfen . . . Hast du verstanden?"

Der Bürger Blaise, der mit seinem Pferd von der Tränke kam, versicherte, er habe die Sache in Ordnung gebracht, obwohl es allen schien, als sei sie ohne ihn beigelegt worden.

Man stieg wieder in den Wagen. Unterwegs ließ Desmahis den Kutscher wissen, daß hier auf die Ebene von Longjumeau einst mehrere Bewohner des Mondes herabgefallen seien, die nach Form und Farbe Fröschen ähnelten, aber viel größer gewesen seien. Philippe Dubois und Gamelin sprachen über ihre Kunst. Dubois, ein Schüler von Regnaults, war in Rom gewesen. Er hatte die Tapisserien Raffaels gesehen, die er über alle Meisterwerke stellte. Er bewunderte Correggios Farbgebung, Annibale Caraccis Einfallsreichtum und die Zeichnung des Domenichino, aber was den Stil anging, so fand er nichts, was mit den Bildern des Pompeo Batoni vergleichbar wäre. In Rom hatte er bei Monsieur Ménageot und Madame Lebrun verkehrt, die sich beide gegen die Revolution erklärt hatten: deshalb schwieg er darüber. Dagegen rühmte er Angelika Kauffmann, die einen unverdorbenen Geschmack habe und die Antike kenne.

Gamelin beklagte, daß auf die Blütezeit der französischen Malerei, die, sehr spät, erst mit Lesueur, Claude und Poussin angesetzt werden konnte und die mit dem Niedergang der italienischen und flämischen Schule zusammenfiel, ein so rascher und tiefer Verfall gefolgt sei. Er sah die Gründe dafür in den öffentlichen Sitten und in der Akademie, die deren Ausdruck war. Aber zum Glück war die

Akademie aufgelöst worden, und unter dem Einfluß der neuen Prinzipien schufen David und seine Schule eine Kunst, die eines freien Volkes würdig war. Unter den jungen Malern erkannte Gamelin neidlos Hennequin und Topino-Lebrun den ersten Rang zu. Philippe Dubois zog Regnault, seinen Lehrer, David vor und setzte seine Hoffnungen in der Malerei auf den jungen Gérard.

Elodie machte der Bürgerin Thévenin Komplimente über ihre rote Samtkappe und ihr weißes Kleid. Und die Schauspielerin gratulierte ihren beiden Gefährtinnen zu ihren Toiletten und zeigte ihnen, wie sie sie noch verschönern könnten, indem sie ihrer Meinung nach auf mehr Einfachheit hielten.

„Man ist nie einfach genug gekleidet", sagte sie. „Das lernen wir auf dem Theater, wo durch die Kleidung alle Bewegungen zu sehen sein müssen. Dann ist sie schön, und etwas anderes will sie gar nicht."

„Das haben Sie gut gesagt, meine Schöne", antwortete Elodie. „Aber bei der Toilette ist nichts kostspieliger als Einfachheit. Und nicht immer ist es schlechter Geschmack, wenn wir Firlefanz tragen: manchmal ist es Sparsamkeit."

Mit lebhafter Anteilnahme sprachen sie über die Herbstmode, über einteilige Kleider und kurze Taillen.

„So viele Frauen machen sich häßlich, indem sie der Mode folgen!" sagte die Thévenin. „Man sollte sich nach seiner Figur kleiden."

„Schön sind nur die um den Körper gelegten und drapierten Stoffe", warf Gamelin ein. „Alles Zugeschnittene und Genähte ist scheußlich."

Diese Worte, die eher in ein Buch von Winckelmann paßten als in den Mund eines Mannes, der mit Pariserinnen spricht, wurden mit Verachtung übergangen.

„Zum Winter", sagte Elodie, „gibt es gesteppte Überröcke auf lappländische Art, aus Futtertaft oder Köperseide, und Jacken à la Zuleima in rundem Zuschnitt, die mit einer türkischen Weste getragen werden."

„Das sind Armeleutekleider", sagte die Thévenin. „Sie

werden als Fertigware verkauft. Ich habe eine kleine Schneiderin, die geradezu himmlisch arbeitet und nicht teuer ist. Ich werde sie Ihnen schicken, meine Liebe."

Und leicht und flink flogen die Worte hin und her, entfalteten die feinen Gewebe und hoben sie in die Höhe: gestreiften Seidentaft, einfarbige Pekingseide, Köper, Gaze und Nankingstoff. Und der alte Brotteaux, der ihnen zuhörte, dachte mit melancholischer Wollust an diese Hüllen für eine Saison, mit denen die reizenden Formen verhüllt werden, die nur wenige Jahre überdauern und doch ewig neu erstehen wie die Blumen auf den Feldern. Und seine Blicke, die von den drei jungen Frauen zu den Kornblumen und dem Klatschmohn in den Ackerfurchen wanderten, wurden feucht von Tränen des Lächelns.

Gegen neun Uhr kamen sie in Orangis an und hielten vor dem Gasthof „De la Cloche", in dem die Eheleute Poitrine Gäste zu Fuß oder zu Pferde beherbergten. Der Bürger Blaise, der sich schon umgezogen hatte, streckte den Bürgerinnen die Hand entgegen. Nachdem man das Essen zum Mittag bestellt hatte, gingen sie mit ihren Malkästen, Zeichenkartons, Staffeleien und Sonnenschirmen, die ein kleiner Junge aus dem Dorf vor ihnen her trug, zu Fuß durch die Felder bis zum Zusammenfluß der Orge und der Yvette, einem reizenden Platz, von dem aus man die grüne Ebene von Longjumeau überblickt, die von der Seine und den Wäldern von Sainte-Geneviève begrenzt wird.

Jean Blaise, der die Künstlergruppe führte, wechselte mit dem ehemaligen Finanzmann spaßige Reden, in denen es kreuz und quer von Verboquet dem Großmütigen, der Hausiererin Catherine Cuissot, den Fräulein Chaudron, dem Zauberer Galichet bis zu den neueren Gestalten von Cadet-Rousselle und Madame Angot ging.

Evariste, der beim Anblick der garbenbindenden Erntearbeiter von einer plötzlichen Begeisterung für die Natur erfüllt wurde, fühlte, wie seine Augen sich mit Tränen füllten; Träume von Eintracht und Liebe schwellten sein Herz. Desmahis blies den Bürgerinnen die leichten Samenkörner des Löwenzahns ins Haar. Da sie alle drei die Vorliebe der Städterinnen für Blumensträuße hatten, pflückten sie auf den Wiesen Königskerzen mit ihren dicht um den Stengel wachsenden Blüten, Glockenblumen, die ihre zartlila Glöckchen schaukelten, die schlanken Blütenzweige des Eisenkrauts, Attich, Minze, Reseda, Schafgarbe, all die Feldblumen des Spätsommers. Und da Jean-Jacques die Botanik bei den Stadtmädchen in Mode gebracht hatte, kannten sie alle drei die Namen und die bevorzugten Standorte der Blumen. Als sich die zarten Blütenkronen, von der Trockenheit schlaff geworden, in Elodies Händen entblätterten und zu ihren Füßen niederregneten, seufzte sie: „Sie welken schon, die Blumen!"

Alle machten sich ans Werk und suchten die Natur so wiederzugeben, wie sie sie sahen; aber jeder sah sie nach Art eines bestimmten Meisters. In kurzer Zeit hatte Philippe Dubois einen verlassenen Bauernhof, umgebrochene Bäume, einen ausgetrockneten Wildbach im Stil Hubert Roberts entworfen. Evariste Gamelin fand am Ufer der Yvette die Landschaften von Poussin wieder. Philippe Desmahis stand vor einem Taubenschlag und malte in der pikaresken Manier Callots und Duplessis'. Der alte Brotteaux, der sich bemühte, die Flamen nachzuempfinden, zeichnete mit Sorgfalt eine Kuh. Elodie skizzierte eine Strohhütte, und ihre Freundin Julienne, die Tochter eines Farbenhändlers, machte ihr die Palette zurecht. Ein paar Kinder standen dicht gedrängt um sie herum und sahen ihr beim Malen zu. Sie scheuchte sie aus dem Licht, nannte sie „Fliegen" und schenkte ihnen Karamelbonbons. Und wenn die Bürgerin Thévenin besonders hübsche unter ihnen fand, wischte sie ihnen den Schmutz ab, küßte sie und flocht ihnen Blumen ins Haar. Sie streichelte sie mit melancholischer Sanftheit, da sie nicht die Freude hatte, Mutter zu sein, und um sich durch die Äußerung eines zärtlichen Gefühls zu verschönen und sich in ihrer Kunst der Haltung und Gruppierung zu üben.

Sie zeichnete und malte als einzige nicht. Sie beschäftigte sich mit dem Einstudieren einer Rolle und mehr noch damit, zu gefallen. Und ihr Rollenheft in der Hand, ging sie leichtfüßig und anmutig von einem zum anderen. „Kein Teint, keine Figur, kein Körper, keine Stimme“, sagten die Frauen, doch erfüllte sie den Raum mit Bewegung, Farbe und Harmonie. Verblüht, hübsch, müde, unermüdlich, war sie für die Reise ein Genuß. Launisch und dennoch stets fröhlich, empfindlich, reizbar und trotzdem umgänglich und verträglich, beißend, in ihren Reden trotz höflichsten Tons, eitel, bescheiden, ehrlich, falsch, köstlich, so war Rose Thévenin, und wenn es um ihre Angelegenheiten schlecht stand und sie nicht zur Göttin wurde, dann nur, weil die Zeiten schlecht waren und Paris weder Weihrauch noch Altäre für die Grazien mehr hatte. Die Bürgerin Blaise, die zwar Grimassen schnitt und sie ihre „Stiefmutter“ nannte, wenn sie von ihr sprach, konnte nicht umhin, sich von so viel Charme beeindrucken zu lassen.

Man probte im Théâtre Feydeau „Die Visitandinerinnen“, und Rose war glücklich, in diesem Stück eine Rolle voller Natürlichkeit zu spielen. Natürlichkeit war es, was sie suchte, anstrebte und erreichte.

„‚Paméla‘ werden wir also nicht zu sehen bekommen?“ fragte der schöne Desmahis.

Das Théâtre de la Nation war geschlossen und die Schauspieler in die Madelonnettes und nach Pélagie geschickt worden.

„Ist das die Freiheit?“ rief die Thévenin und schlug entrüstet ihre schönen Augen zum Himmel auf.

„Die Schauspieler vom Théâtre de la Nation sind Aristokraten“, sagte Gamelin, „und das Stück des Bürgers François zielt darauf, die Sehnsucht nach den Adelsprivilegien wiederaufleben zu lassen.“

„Meine Herren“, sagte die Thévenin, „können Sie nur die anhören, die Ihnen schmeicheln? . . .“

Gegen Mittag, als alle großen Hunger verspürten, kehrte die kleine Gruppe ins Gasthaus zurück.

Evariste, der neben Elodie ging, rief ihr lächelnd die Erinnerung an ihre erste Begegnung wach.

„Zwei junge Vögel waren vom Dach gefallen, wo sie über Ihrem Fenstersims nisteten. Sie päppelten sie auf; der eine kam durch und flog davon. Der andere starb in dem Nest aus Watte, das Sie für ihn gemacht hatten. ‚Gerade den hatte ich am liebsten', sagten Sie damals. An jenem Tag trugen Sie eine rote Schleife im Haar, Elodie."

Philippe Dubois und Brotteaux, die ein wenig hinter den anderen zurückgeblieben waren, sprachen von Rom, wo sie beide gewesen waren, der eine im Jahre 72, der andere in den letzten Tagen der Akademie. Und er rief dem alten Brotteaux die Prinzessin Mondragone ins Gedächtnis, der er in seiner Verliebtheit etwas vorgeseufzt hätte, wenn ihr der Graf Altieri nicht wie ein Schatten gefolgt wäre. Philippe Dubois verschwieg nicht, daß er bei Kardinal de Bernis zum Essen geladen war und daß dieser der liebenswürdigste Gastgeber der Welt gewesen sei.

„Ich habe ihn gekannt", sagte Brotteaux, „und ohne mich zu rühmen, kann ich sagen, daß ich eine Zeitlang zu seinen vertrautesten Bekannten gehörte: er verkehrte gern mit dem Pöbel. Er war ein liebenswerter Mann, und obwohl er von Berufs wegen Märchen erzählte, hatte er in seinem kleinen Finger mehr gesunde Philosophie, als alle Ihre Jakobiner im Kopf haben, die uns tugendhaft und göttergleich machen wollen. Wahrhaftig, mir sind unsere schlichten Gottesmänner, die nicht wissen, was sie sagen und tun, lieber als diese fanatischen Gesetzesschmierer, die uns hingebungsvoll guillotinieren, um uns tugendhaft und weise zu machen und uns das Höchste Wesen verehren lassen, das sie nach seinem Ebenbild geschaffen hat. Früher ließ ich in der Kapelle von Les Ilettes einen armen Teufel von Pfarrer die Messe lesen, der nach einem guten Schluck sagte: ‚Schmähen wir die Sünder nicht: wir leben von ihnen, wir unwürdigen Priester!' Geben Sie zu, Monsieur, daß dieser Gebeteleierer gesunde Grundsätze über die Regierung hatte. Das müßte man wieder erreichen und die Menschen so regieren, wie sie sind, und nicht so, wie man sie haben möchte."

Die Thévenin hatte sich dem alten Brotteaux genähert. Sie wußte, daß dieser Mann früher ein großes Haus geführt hatte, und in ihrer Phantasie schmückte diese glänzende Erinnerung die gegenwärtige Armut des einstigen Finanzmannes, die sie nicht als so demütigend empfand, weil sie allgemein war und ihre Ursache in dem öffentlichen Ruin hatte. Voller Neugier und nicht ohne Hochachtung sah sie in ihm das Schattenbild eines jener freigebigen Krösusse, die ihre älteren Kolleginnen noch seufzend rühmten. Zudem gefielen ihr die Manieren dieses Biedermannes in dem so abgetragenen und doch so gepflegten flohbraunen Rock.

„Monsieur Brotteaux", sagte sie zu ihm, „es ist bekannt, daß Sie einst in Ihrem schönen illuminierten Park des Nachts beim Klang ferner Flöten und Geigen mit Schauspielerinnen und Tänzerinnen in die Myrtenbüsche huschten ... Ach, Ihre Göttinnen von der Oper und der Comédie-Française waren schöner als wir armseligen kleinen Volksschauspielerinnen, nicht wahr?"

„Glauben Sie das nicht, Mademoiselle", antwortete Brotteaux, „und seien Sie versichert, daß, wäre mir zu jener Zeit eine wie Sie begegnet, sie, sofern sie nur gewollt hätte, als alleinige Gebieterin und ohne Rivalin in dem Park umherspaziert wäre, von dem Sie sich eine so schmeichelhafte Vorstellung zu machen belieben ..."

Der Gasthof „De la Cloche" war rustikal. Ein Stechpalmenzweig hing über der Einfahrt, die auf einen immer feuchten Hof führte, auf dem die Hühner pickten. Hinten im Hof war das Gasthaus, das aus einem Erdgeschoß und einem oberen Stockwerk bestand; es war mit einem hohen bemoosten Ziegeldach gedeckt, und seine Mauern verschwanden unter alten Kletterrosenstöcken, die in voller Blüte standen. Zur Rechten reckten Disteln ihre Köpfe über die niedrige Gartenmauer. Links waren der Pferdestall mit einer Futterraufe außen und eine Fachwerkscheune. An der Mauer lehnte eine Leiter. Ebenfalls auf dieser Seite bewachte ein weißer Hahn seine Hennen von der Höhe eines alten Kabrioletts herab, das unter einem Schuppen stand, der Ackergerät und Stubben barg. Der Hof war in dieser Richtung durch Viehställe begrenzt, vor denen sich wie ein stolzer Hügel ein Misthaufen erhob, den gerade eine strohblonde Magd, mehr breit als lang, mit ihrer Forke umgrub. Die Jauche, die in ihren Holzschuhen stand, näßte ihre nackten Füße, so daß die Hacken, die sich hin und wieder hoben, safrangelb waren. Unter ihrem hochgeschürzten Rock kam der Dreck an ihren dicken, tief ansetzenden Waden zum Vorschein. Während Philippe Desmahis ihr zusah, erstaunt und belustigt über dieses bizarre Spiel der Natur, die dieses Mädchen in die Breite gebaut hatte, rief der Wirt: „He! Klotz! Geh Wasser holen!"

Sie wandte sich um und zeigte ein scharlachrotes Gesicht mit einem breiten Mund, in dem ein Zahn fehlte. Das Horn eines Stieres war nötig gewesen, um eine Lücke in dieses mächtige Gebiß zu schlagen. Die Forke über der Schulter, grinste sie. Ihre nackten Arme, dick wie Schenkel, glänzten in der Sonne.

Der Tisch war in der niedrigen Wirtsstube gedeckt, wo unter dem mit alten Flinten geschmückten Kaminsims die Brathühner brutzelten. Der weißgekalkte Raum war mehr als zwanzig Fuß lang und wurde nur durch die grünlichen Scheiben der Tür und ein einziges rosenumranktes Fenster erhellt, an dem die Großmutter ihr Spinnrad drehte. Sie trug eine Haube und einen Nackenschleier von Spitze aus der Zeit der Regentschaft. Die knotigen Finger ihrer braungefleckten Hände hielten die Spindel. Fliegen setzten sich auf den Rand ihrer Augenlider, aber sie verscheuchte sie nicht. Im Arm ihrer Mutter hatte sie noch Ludwig XIV. in seiner Karosse vorbeifahren sehen.

Es war sechzig Jahre her, daß sie die Reise nach Paris gemacht hatte. Mit schwacher, singender Stimme erzählte sie den drei jungen Frauen, die vor ihr standen, daß sie das Rathaus, die Tuilerien und die Samaritaine gesehen habe und daß, als sie über den Pont-Neuf ging, ein Kahn geborsten sei, der Äpfel zum Markt von Mail transportierte, so daß die Äpfel von der Strömung davongetragen wurden und der Fluß ganz purpurrot gewesen sei.

Über die neuen Veränderungen im Königreich wußte sie Bescheid, und vor allem über den Streit zwischen den Pfarrern, die den Eid auf die neue Verfassung geleistet, und denen, die ihn nicht geleistet hatten. Sie wußte auch, daß es Kriege und Hungersnöte gegeben hatte und daß Zeichen am Himmel erschienen waren. Sie glaubte absolut nicht, daß der König tot sei. Man habe ihn, sagte sie, durch einen Kellerausgang entfliehen lassen und statt seiner einen Mann aus dem Volke dem Henker überantwortet.

Zu Füßen der Ahne lag in seiner Wiege das jüngste Kind der Poitrine, Jeannot, das gerade zahnte. Die Thévenin schaukelte die Wiege aus Weidengeflecht und lächelte dem Kind zu, das, erschöpft von Fieber und Krämpfen, leise vor sich hin greinte. Es mußte wohl ziemlich krank sein, denn man hatte den Arzt gerufen, den Bürger Pelleport, der in der Tat als stellvertretendes Konventsmitglied kein Geld für seine Visiten nahm.

Als Kind vom Theater fühlte sich die Bürgerin Thévenin überall zu Hause. Unzufrieden damit, wie der Klotz das Geschirr abgewaschen hatte, wischte sie die Teller, Gläser und Gabeln nach. Während die Bürgerin Poitrine die Suppe kochte und als gute Wirtin abschmeckte, schnitt Elodie ein noch ofenwarmes Vierpfundbrot auf. Als Gamelin sie bei dieser Beschäftigung sah, sagte er zu ihr:

„Vor einigen Tagen las ich in einer sehr guten Übersetzung ein Buch von einem jungen Deutschen, dessen Namen ich vergessen habe. Darin kam ein schönes junges Mädchen namens Charlotte vor, das wie Sie das Brot schnitt, Elodie, und wie Sie dies so anmutig und hübsch tat, daß sich der junge Werther beim Zuschauen in sie verliebte."

„Und das endete mit einer Heirat?" fragte Elodie.

„Nein", antwortete Evariste, „es endete mit Werthers gewaltsamem Tode."

Sie tafelten ausgiebig, denn sie hatten großen Hunger, aber das Essen war mäßig. Jean Blaise beschwerte sich darüber, denn er war ein Feinschmecker, und gut zu essen war für ihn eine Lebensregel; zweifellos reizte ihn gerade der allgemeine Mangel an Lebensmitteln, seine Feinschmeckerei zum System zu erheben. Die Revolution hatte in allen Häusern den Suppentopf umgekippt. Die Mehrheit der

Bürger hatte nichts zu beißen. Geschickte Leute wie Jean Blaise, die am allgemeinen Elend groß verdienten, gingen ins Restaurant, wo sie zeigten, wes Geistes Kind sie waren, indem sie sich den Bauch vollschlugen. Und Brotteaux, der im Jahre 2 der Revolution von Kastanien und Brotrinden lebte, erinnerte ihn daran, daß er bei Grimod de la Reynière am Eingang der Champs-Elysées soupiert hatte. Darauf bedacht, sich angesichts des Kohls mit Speck der Frau Poitrine als Feinschmecker zu erweisen, erging er sich in kunstvollen Küchenrezepten und guten gastronomischen Regeln. Und als Gamelin erklärte, daß ein Republikaner die Freuden der Tafel geringachte, gab der alte Steuerpächter und Antiquitätenliebhaber dem jungen Spartaner das echte Rezept der schwarzen Suppe.

Nach dem Essen ließ Jean Blaise, der die ernsten Geschäfte nicht vergaß, seine ländliche Akademie Entwürfe und Skizzen des Gasthofes anfertigen, den er in seinem Verfall recht romantisch fand. Während Philippe Desmahis und Philippe Dubois die Stallungen zeichneten, ging der Klotz die Schweine füttern. Der Bürger und zweitklassige Arzt Pelleport, der eben aus der Stube im Erdgeschoß kam, wo er den kleinen Poitrine versorgt hatte, trat zu den Künstlern, und nachdem er sie zu ihren Talenten beglückwünscht hatte, die der ganzen Nation zur Ehre gereichten, wies er auf den Klotz inmitten der Schweine.

„Sehen Sie diese Kreatur", sagte er, „das ist nicht *ein* Mädchen, wie Sie vielleicht glauben könnten, sondern zwei. Ich meine es wörtlich, verstehen Sie. Verwundert über den riesigen Umfang ihres Knochengerüstes, habe ich sie untersucht und festgestellt, daß die meisten Knochen bei ihr doppelt sind: an jedem Schenkel hat sie zwei zusammengewachsene Schenkelknochen, an jeder Schulter zwei Oberarmknochen. Auch die Muskeln hat sie doppelt. Meiner Meinung nach sind es eng zusammengewachsene, besser gesagt, miteinander verschmolzene Zwillinge. Der Fall ist interessant. Ich habe Monsieur Saint-Hilaire darauf aufmerksam gemacht, der mir dafür dankbar war. Es ist eine Mißgeburt, die Sie dort sehen, Bürger. Die Leute hier nennen sie Klotz. Sie müßten Klötze sagen, denn es sind zwei. Die Natur bringt derartige Wunderlichkeiten hervor ... Guten Abend, Bürger Maler! Heute nacht wird es ein Gewitter geben ...

Nach dem Abendessen bei Kerzenschein spielte die Akademie Blaise auf dem Hof des Gasthauses Blindekuh; ein Sohn und eine Tochter der Familie Poitrine nahmen daran teil, und die jungen Mädchen und Männer machten so eifrig mit, was wohl an ihrem Alter lag, wenn man nicht meinen will, daß die Gewalttätigkeit und Ungewißheit der Zeiten ihr Feuer anfachte. Als es ganz dunkel war, schlug Jean Blaise vor, in der Wirtsstube arglose Spiele zu spielen. Elodie wünschte sich „Herzenfangen", was von der ganzen Gesellschaft akzeptiert wurde. Nach den Anweisungen des jungen Mädchens zeichnete Philippe Desmahis mit Kreide sieben Herzen auf die Möbel, die Türen und Wände, das heißt eins weniger, als sie Mitspieler waren, denn der alte Brotteaux hatte sich höflicherweise dazugesellt. Man tanzte das Kreisspiel „Turm, gib acht", und auf ein Zeichen von Elodie rannte jeder los und versuchte die Hand auf ein Herz zu legen. Gamelin, der zerstreut und ungeschickt war, fand kein freies Herz mehr: er mußte ein Pfand geben, das kleine Messer, das er für sechs Sous auf dem Jahrmarkt von Saint-Germain gekauft und mit dem er für die bedürftige Mutter das Brot abgeschnitten hatte. Das Spiel begann aufs neue, und nacheinander waren es Blaise, Elodie, Brotteaux und die Thévenin, die kein Herz erwischten und ihr Pfand geben mußten: einen Ring, eine Handtasche, ein Büchlein im Maroquineinband, ein Armband. Dann wurden die Pfänder Elodie in den Schoß gelegt und ausgelost, und jeder mußte, um das seine wiederzubekommen, seine gesellschaftlichen Talente beweisen, ein Lied singen oder Verse aufsagen. Brotteaux rezitierte die Rede des Schutzpatrons Frankreichs aus dem ersten Gesang der „Jungfrau":

„Ich bin Denis und Heiliger von Beruf,
ich liebe Gallien ..."

Der Bürger Blaise, obwohl literarisch nicht so bewandert, gab ohne Zögern die Antwort des Richemond:

> „Herr Heiliger, es lohnte sich die Mühe nicht,
> daß Ihr verließet himmlischer Gefilde Licht."

Damals las jedermann mit Entzücken immer und immer wieder das Meisterwerk des französischen Ariost; die ernstesten Männer schmunzelten über Jeannes Liebschaft mit Dunois, über die Abenteuer von Agnès und Monrose und die Heldentaten des geflügelten Esels. Jeder Gebildete konnte die schönen Stellen dieses vergnüglichen philosophischen Gedichtes auswendig. Selbst Evariste Gamelin, obwohl von sehr ernster Wesensart, rezitierte gutwillig Grisbourdons Höllenfahrt, als er sein Sechssousmesser von Elodies Schoß nahm. Die Bürgerin Thévenin sang ohne Begleitung die Romanze der Nina, „Wenn der Geliebte wiederkehrt". Desmahis sang nach der Melodie eines Scherzliedes:

> „Dem heiligen Antonius,
> dem stahlen sie das Schwein
> und hüllten es in Ordenskleid
> und in Kapuze ein.
> Ein Mönch blieb es bis heute:
> ja, Kleider machen Leute! . . ."

Dennoch war Desmahis voller Sorge. Zur Stunde war er sterblich verliebt in die drei Frauen, mit denen er das Pfänderspiel trieb, und allen dreien warf er feurige und schmachtende Blicke zu. Die Thévenin liebte er wegen ihrer Anmut, ihrer Schmiegsamkeit, ihrer klug dargebotenen Kunst, ihrer zärtlichen Blicke und ihrer zu Herzen gehenden Stimme Elodie liebte er, weil er in ihr die überschäumende, reiche und freigebige Natur spürte; Julienne Hasard liebte er trotz ihres farblosen Haars, ihrer weißen Wimpern, ihrer Sommersprossen und ihrer mageren Figur, weil er, wie jener Dunois, von dem Voltaire in seiner „Jungfrau“ spricht, in seiner Großzügigkeit jederzeit bereit war, auch der weniger Schönen einen Liebesbeweis zu geben, und das um so mehr, als sie ihm für den Augenblick die am wenigsten Umworbene und daher die am leichtesten Zugängliche schien. Da er ohne Eitelkeit war, wußte er nie mit Sicherheit, ob er Anklang finden würde oder nicht. So hielt er sich für alle Fälle bereit. Die günstige Gelegenheit des Pfänderspiels wahrnehmend, richtete er ein paar zärtliche Worte an die Thévenin, die darüber nicht böse war, aber unter den eifersüchtigen Blicken des Bürgers Blaise kaum darauf eingehen konnte. Noch verliebter redete er auf die Bürgerin Elodie ein, die, wie er wußte, mit Gamelin liiert war, aber er war nicht so anspruchsvoll, ein Herz für sich allein haben zu wollen. Elodie konnte ihn nicht lieben, aber sie fand ihn schön und konnte ihm dies nicht ganz verbergen. Schließlich flüsterte er der Bürgerin Hasard seine glühendsten Beteuerungen ins Ohr: sie reagierte darauf mit verwunderter Miene, die sowohl Ausdruck tiefer Hingebung als lauer Gleichgültigkeit sein konnte. Aber Desmahis glaubte keineswegs, daß sie gleichgültig war.

In dem Gasthaus gab es nur zwei Schlafzimmer, beide im ersten Stock und auf dem gleichen Flur. Das zur Linken war das schönere; es hatte eine geblümte Tapete und war mit einem handgroßen Spiegel ausgestattet, dessen vergoldeter Rahmen seit den Kindheitstagen Ludwigs XV. den beleidigenden Beschmutzungen durch Fliegen ausgesetzt war. Dort standen unter einem Betthimmel aus geblümtem Kattun zwei Betten mit Federkissen, Daunenbetten und Steppdecken. Dieses Zimmer war für die drei Bürgerinnen bestimmt.

Als es Zeit war, sich zur Ruhe zu begeben, wünschten Desmahis und die Bürgerin Hasard, beide mit einer Kerze in der Hand, auf dem Flur einander gute Nacht. Der verliebte Kupferstecher steckte der Tochter des Farbenhändlers einen Zettel zu, worin er sie bat, sich mit ihm, wenn alles schliefe, auf dem Boden über dem Zimmer der Bürgerinnen zu treffen.

In kluger Voraussicht hatte er am Tage die Ecken und Winkel ausgekundschaftet und diesen Boden entdeckt, der mit Zwiebelknollen, trocknenden Früchten, um die die Wespen schwärmten, Truhen und alten Reisekoffern angefüllt war. Sogar ein altes, wackliges und, wie ihm schien, ausrangiertes Gurtbett hatte er dort gesehen sowie einen aufgeschlitzten Strohsack, auf dem die Flöhe umhersprangen.

Dem Zimmer der Bürgerinnen gegenüber lag eine ziemlich kleine Kammer mit drei Betten, wo die reisenden Bürger sich nach Belieben einrichten mußten. Aber Brotteaux, der ein Sybarit war, war in die Scheune gegangen, um im Heu zu schlafen. Und Jean Blaise war verschwunden. Dubois und Gamelin schliefen sofort ein. Auch Desmahis legte sich nieder; als aber die Stille der Nacht das Haus wie ein stehendes Wasser umschloß, erhob sich der Kupferstecher und stieg die Holztreppe hinauf, die unter seinen bloßen Füßen knarrte. Die Bodentür stand halb offen. Eine stickige Hitze und der herbe Geruch von fauligem Obst kamen ihm entgegen. Auf dem wackligen Gurtbett schlief offenen Mundes, mit hochgerutschtem Hemd und gespreizten Beinen der Klotz. Sie war ungeheuerlich. Ein Mondstrahl, der durch die Dachluke fiel, badete ihre Haut in Blau und Silber, eine Haut, die zwischen Schmutzkrusten und Jauchespritzern jugendfrisch schimmerte. Desmahis warf sich über sie; aus dem Schlaf geschreckt, fürchtete sie sich und schrie; doch als sie begriff, was man von ihr wollte, zeigte sie, nunmehr beruhigt, weder Überraschung noch Widersetzlichkeit und tat so, als läge sie noch im Halbschlaf, der ihr das Bewußtsein von den Vorgängen raubte und ihr erlaubte, sich ganz ihren Gefühlen zu überlassen ...

Desmahis kehrte in sein Zimmer zurück, wo er bis zum hellen Tag ruhig und tief schlief.

Am nächsten Abend nach einem letzten Arbeitstag machte sich die Wanderakademie auf die Heimfahrt nach Paris. Als Jean Blaise den Wirt in Assignaten bezahlte, klagte der Bürger Poitrine, daß er nur „viereckiges Geld“

zu sehen bekäme, und versprach dem Kerl, der die Goldfüchse wieder einführte, eine schöne Opferkerze.

Den Bürgerinnen überreichte er Blumen. Auf sein Geheiß schnitt der Klotz, in Holzpantinen und hochgeschürztem Rock auf einer Leiter stehend und ihre schmutzigen und glänzenden Waden zur Schau stellend, unermüdlich Rosen von den Kletterrosenstöcken, die die Mauer bedeckten. Aus ihren breiten Händen regneten die Rosen reichlich, einem Gießbach gleich, in die aufgespannten Röcke Elodies, Juliennes und der Thévenin. Die ganze Kutsche war damit angefüllt. Als sie in der Nacht zurückkehrten, brachten sie Arme voll Blumen heim, und ihr Schlaf und ihr Erwachen waren ganz von Rosenduft durchdrungen.

11

Als sich am Morgen des 7. September die Bürgerin Rochemaure zu dem Geschworenen Gamelin begab, der sich eines Verdächtigen aus ihrem Bekanntenkreis annehmen sollte, traf sie auf dem Treppenflur den früheren Brotteaux des Ilettes, den sie in den Tagen des Glücks geliebt hatte. Brotteaux wollte soeben zwölf Dutzend selbstgefertigte Hampelmänner zu dem Spielwarenhändler in der Rue de la Loi bringen. Und um sie leichter transportieren zu können, war ihm der Einfall gekommen, sie nach Art der Straßenhändler oben an einer Stange zu befestigen. Er benahm sich galant gegen alle Frauen, selbst gegen solche, deren Anziehungskraft für ihn durch lange Gewohnheit abgestumpft war, wie dies bei Madame de Rochemaure der Fall sein mußte, sofern sie ihm nicht durch Verrat, Trennung, Untreue und rundliche Fülle aufs neue begehrenswert erschien. Jedenfalls begrüßte er sie auf dem schmutzigen Flur mit den ausgetretenen Treppenfliesen wie einst auf den Stufen der Freitreppe von Les Ilettes und bat sie um die Ehre ihres Besuches in seiner Dachkammer. Recht behende stieg sie die Leiter hinauf und befand sich unter einem Dachstuhl, dessen schräge Balken ein Ziegeldach trugen, in dem eine Luke war. Aufrecht konnte man dort nicht stehen. Sie setzte sich auf den einzigen Stuhl, den es in dieser Behausung gab, und nachdem sie einen Augenblick lang ihre Blicke über das schadhafte Ziegeldach hatte schweifen lassen, fragte sie überrascht und betrübt:

„Hier hausen Sie, Maurice? Aufdringlichkeiten haben Sie hier wohl kaum zu befürchten. Um Sie hier zu finden, müßte man der Teufel oder eine Katze sein."

„Ich habe freilich wenig Platz", antwortete der einst so Wohlhabende. „Und ich verhehle Ihnen nicht, daß es manchmal auf mein schäbiges Bett regnet. Das ist eine kleine Unannehmlichkeit. Und in wolkenlosen Nächten sehe ich hier den Mond, das Symbol und den Zeugen der Liebe der Menschen. Denn der Mond, Madame, wurde zu allen Zeiten von den Liebenden zum Zeugen angerufen, und wenn er voll ist, bleich und rund, ruft er dem Liebenden den Gegenstand seines Verlangens ins Gedächtnis."

„Ich verstehe", sagte die Bürgerin.

„Zur Paarungszeit machen die Katzen einen mächtigen Lärm in der Dachrinne", fuhr Brotteaux fort. „Aber man muß es der Liebe nachsehen, wenn sie auf den Dächern miaut und schwört, wo sie doch das Leben der Menschen mit Qualen und Verbrechen erfüllt."

Sie waren beide so klug gewesen, sich wie Freunde zu begegnen, die sich am Abend zuvor getrennt hatten, um sich zur Ruhe zu legen; und obwohl sie einander fremd geworden waren, unterhielten sie sich freundlich und vertraulich.

Dennoch schien Madame de Rochemaure bekümmert. Die Revolution, die für sie lange Zeit erfreulich und erfolgreich gewesen war, bereitete ihr jetzt Sorgen und Beunruhigung: ihre Soupers waren weniger glanzvoll und fröhlich als zuvor. Der Klang ihrer Harfe hellte die düsteren Mienen nicht mehr auf. Die reichsten Glücksspieler hatten ihre Spieltische verlassen. Etliche ihrer Vertrauten galten jetzt als verdächtig und verbargen sich; ihr Freund, der Bankier Morhardt, war verhaftet, und um seinetwegen wollte sie bei dem Geschworenen Gamelin vorsprechen. Sie selbst war verdächtig. Nationalgardisten hatten bei ihr Haussuchung gehalten, die Schubfächer ihrer Kommoden durchwühlt, die Dielen ihres Fußbodens aufgebrochen und mit den Bajonetten in ihre Matratzen gestochen. Sie hatten nichts gefunden, um Entschuldigung gebeten und ihren Wein getrunken. Aber sie waren ganz nahe an der Stelle vorbeigegangen, wo sich ihr Briefwechsel mit einem Emigranten, Monsieur d'Expilly, befand. Einige Freunde, die sie unter den Jakobinern besaß, hatten sie gewarnt, daß der schöne Henry, ihr heimlicher Liebhaber, zur Gefahr wurde durch seine Leidenschaftlichkeit, die zu maßlos war, um aufrichtig zu erscheinen.

Die Ellenbogen auf die Knie gestützt und die Fäuste an die Wangen gepreßt, fragte sie ihren alten Freund, der auf dem Strohsack saß, träumerisch:

„Was denken Sie von alledem, Maurice?"

„Ich denke, daß diese Leute einem Philosophen und Liebhaber von Schaustellungen reichlich Stoff zum Nachdenken und zur Unterhaltung bieten, daß es aber für Sie, liebe Freundin, besser wäre, sich außerhalb Frankreichs aufzuhalten."

„Maurice, wohin führt uns das?"

„Das haben Sie mich schon einmal gefragt, Louise, in einer Kutsche am Ufer des Cher auf dem Wege nach Les Ilettes, als unser Pferd durchging und in wildem Galopp mit uns dahinjagte. Wie neugierig die Frauen doch sind! Heute wollen Sie wieder wissen, wohin wir fahren. Fragen Sie die Kartenlegerinnen danach. Ich bin kein Wahrsager, meine Beste. Und die Philosophie, selbst die beste, ist eine schwache Hilfe, um die Zukunft zu ergründen. Diese Dinge werden ein Ende haben, denn alles nimmt ein Ende. Und dafür kann man verschiedene Möglichkeiten voraussehen: den Sieg der Koalition und den Einmarsch der Alliierten in Paris. Sie sind nicht weit davon entfernt; dennoch bezweifle ich, daß sie es schaffen. Diese Soldaten der Republik sind, selbst wenn sie geschlagen werden, von einer Begeisterung, die nichts auslöschen kann. Möglich ist auch, daß Robespierre die Königin heiratet und sich, solange Ludwig XVII. noch minderjährig ist, zum Protektor des Königreiches machen läßt."

„Glauben Sie?" rief die Bürgerin aus, voller Ungeduld, sich in diese schöne Intrige einzumischen.

„Außerdem kann es sein", fuhr Brotteaux fort, „daß die Vendée siegt und die Priesterschaft sich auf den Trümmerhaufen und Leichenhügeln von neuem etabliert. Sie können sich ja nicht vorstellen, liebe Freundin, welche Macht der Klerus über die meisten Esel noch hat ... Ich habe mich versprochen, ich wollte sagen: die meisten Seelen. Meiner Meinung nach ist es am wahrscheinlichsten, daß das Revolutionstribunal die Zerstörung des Regimes herbeiführt, von dem es eingesetzt wurde: es bedroht zu viele Köpfe. Diejenigen, denen es Schrecken einjagt, sind zahllos; sie werden sich zusammenschließen, und um es zu vernichten, werden sie das ganze Regime stürzen. Ich nehme an, daß Sie die Berufung des jungen Gamelin an diesen Gerichtshof veranlaßt haben. Er ist tugendhaft: er wird schrecklich sein. Je mehr ich darüber nachdenke, meine schöne Freundin, um so mehr glaube ich, daß dieses Tribunal, das zur Rettung der Republik eingesetzt wurde, sie zerstören wird. Der Konvent wollte, genau wie das Königtum, seine Großen Strafgerichte, seinen Peinlichen Gerichtshof haben und durch von ihm ernannte und von ihm abhängige Beamte Vorsorge für seine Sicherheit treffen. Aber wie sehr sind die Strafgerichte des Konvents denen der Monarchie unterlegen, und wieviel unpolitischer ist sein Peinlicher Gerichtshof als der Ludwigs XIV.! Im Revolutionstribunal herrscht ein Geist niederer Justiz und abgeschmackter Gleichmacherei, der es bald verhaßt und lächerlich werden läßt und der jedermann anwidern wird. Wissen Sie, Louise, daß dieses Tribunal, das demnächst die Königin von Frankreich und einundzwanzig Gesetzgeber vor seine Schranken ruft, gestern ein Dienstmädchen verurteilt hat, weil dieses in böser Absicht und mit dem Hintergedanken, die Republik zu stürzen, ‚Es lebe der König!' gerufen hat? Unsere Richter mit ihren schwarzen Federhüten arbeiten im Stil des den Engländern so teuren William Shakespeare, der in die tragischsten Szenen die gröbsten Narrenpossen einflicht."

„Nun denn, Maurice, haben Sie noch immer Glück in der Liebe?" fragte die Bürgerin.

„Ach", erwiderte Brotteaux, „die Tauben fliegen zum weißen Taubenschlag und setzen sich nicht auf die Turmruine."

„Sie haben sich nicht verändert ... Leben Sie wohl, mein Freund!"

Als am selben Abend der Dragoner Henry ungebeten zu Madame de Rochemaure kam, traf er diese beim Versiegeln eines Briefes an, auf dem er die Adresse des Bürgers Rauline in Vernon las. Es war, wie er wußte, ein Brief nach England. Rauline erhielt durch einen Postillon der Paketpost die Korrespondenz der Madame de Rochemaure und ließ sie von einer Seefischhändlerin nach Dieppe befördern. In der Nacht brachte sie der Eigner eines Fischerbootes zu einem britischen Schiff, das vor der Küste kreuzte; ein Emigrant, Monsieur d'Expilly, empfing sie in London und machte, wenn er es für nützlich befand, dem Kabinett von Saint-James Mitteilung.

Henry war jung und schön: so viel Anmut vereint mit Kraft besaß nicht einmal Achill, als er die Waffen anlegte, die ihm Odysseus reichte. Aber die Bürgerin Rochemaure, die sonst für den Charme des jungen Helden der Commune empfänglich gewesen war, wandte ihre Blicke und ihr Denken von ihm ab, seit sie erfahren hatte, daß dieser junge Soldat den Jakobinern als Radikaler denunziert worden war und er sie kompromittieren und ins Verderben stürzen konnte. Henry fühlte, daß es vielleicht nicht gerade über seine Kräfte ginge, der Liebe zu Madame de Rochemaure zu entsagen; aber es mißfiel ihm, daß sie ihn nicht mehr auszeichnete. Er zählte auf sie zur Deckung gewisser Ausgaben, zu denen der Dienst an der Republik ihn verpflichtete. Wenn er schließlich an die Übertreibungen dachte, zu denen Frauen sich bisweilen hinreißen lassen, wie schnell sie von der glühendsten Zärtlichkeit zur kältesten Fühllosigkeit übergehen und wie leicht es ihnen fällt, zu opfern, was sie geliebt, und jene zu vernichten, die sie angebetet haben, so argwöhnte er, diese hinreißende Louise könnte ihn eines Tages ins Gefängnis werfen lassen, um ihn loszuwerden. Seine Klugheit riet ihm, die verlorene Schönheit zurückzuerobern. Deshalb war er gewappnet mit allen seinen Reizen gekommen. Er näherte sich ihr, entfernte sich, kam wieder näher, streifte sie und floh sie nach allen Ballettregeln der Verführung. Dann warf er sich in einen Sessel, und mit seiner bezwingenden Stimme, einer Stimme, die den Frauen in die Eingeweide drang, pries er die Natur und die Einsamkeit und schlug ihr seufzend einen Spaziergang nach Ermenonville vor.

Sie jedoch schlug ein paar Akkorde auf ihrer Harfe an und blickte ungeduldig und gelangweilt um sich. Plötzlich stand Henry mit finsterer Entschlossenheit auf und verkündete, daß er zur Armee gehen und in einigen Tagen vor Maubeuge stehen werde.

Ohne Zweifel oder Überraschung zu zeigen, nickte sie ihm billigend zu.

„Sie beglückwünschen mich zu diesem Entschluß?"

„Ich beglückwünsche Sie dazu."

Sie wartete auf einen neuen Freund, der ihr ausnehmend gefiel und von dem sie sich große Vorteile erhoffte. Das war ein anderer Mann als dieser: ein auferstandener Mirabeau, ein gereinigter und zum Armeelieferanten gewordener Danton, ein Löwe, der davon sprach, alle Patrioten in die Seine zu werfen. Jeden Augenblick glaubte sie die Klingel zu hören und bebte.

Um Henry loszuwerden, schwieg sie, gähnte, blätterte in einer Partitur und gähnte erneut. Als sie sah, daß er keine Anstalten machte zu gehen, sagte sie, daß sie ausgehen müsse, und betrat ihr Ankleidezimmer.

Mit bewegter Stimme rief er ihr nach: „Leben Sie wohl, Louise! . . . Werde ich Sie jemals wiedersehen?" Und seine Hände wühlten in dem offenen Schreibsekretär.

Sobald er auf der Straße war, öffnete er den an den Bürger Rauline gerichteten Brief und las ihn mit Interesse. Er enthielt in der Tat eine sonderbare Schilderung der öffentlichen Geisteshaltung in Frankreich. Es war darin die Rede von der Königin, der Thévenin, dem Revolutionstribunal, ja selbst vertrauliche Gespräche mit dem guten Brotteaux des Ilettes waren wiedergegeben.

Nachdem er seine Lektüre beendet und den Brief in die Tasche gesteckt hatte, zögerte er ein Weilchen; dann ging er, wie ein Mann, der seinen Entschluß gefaßt hat und sich sagt, je eher werde desto besser sein, nach den Tuilerien und betrat das Vorzimmer des Allgemeinen Sicherheitsausschusses.

Am selben Tag um drei Uhr nachmittags nahm Evariste Gamelin auf der Geschworenenbank Platz, zusammen mit vierzehn Kollegen, die er größtenteils kannte, einfache, anständige und patriotische Leute, Gelehrte, Künstler oder Handwerker: ein Maler wie er und ein Zeichner, alle beide talentiert, ein Wundarzt, ein Schuhmacher, ein ehemaliger Marquis, der seinen Bürgersinn hinlänglich bewiesen hatte, ein Drucker, kleine Kaufleute, kurz, eine Musterauswahl des Volkes von Paris. Sie saßen in ihren Arbeitskitteln oder in bürgerlicher Kleidung da, frisiert à la Titus oder mit Zopf, den Zweispitz ins Gesicht gedrückt, den runden Hut nach hinten geschoben oder die rote Mütze über die Ohren gezogen. Die einen trugen Weste, Rock und Kniehosen wie in der alten Zeit, die anderen Carmagnole und gestreifte Hosen nach Art der Sansculotten. Mit ihren Stiefeln, Schnallen- oder Holzschuhen führten sie an sich die Verschiedenartigkeit der damaligen Männermode vor. Da sie alle bereits an etlichen Sitzungen teilgenommen hatten, schienen sie sich auf ihrer Bank durchaus wohl zu fühlen, und Gamelin beneidete sie um ihre Ruhe. Sein Herz klopfte, in seinen Ohren rauschte es, seine Augen verschleierten sich, und alles ringsum nahm für ihn einen fahlen Schein an.

Als der Gerichtsdiener das Hohe Gericht ankündigte, nahmen drei Richter auf einem ziemlich kleinen Podium vor einem grünen Tisch Platz. Sie trugen Hüte mit Kokarden und schwarzen Federn und auf der Amtsrobe ein Band in den Nationalfarben, von dem eine schwere silberne Medaille auf ihre Brust herabhing. Vor ihnen, zu Füßen des Podiums, saß der Vertreter der Anklage in gleicher Tracht. Der Gerichtsschreiber setzte sich zwischen das Gericht und den leeren Lehnstuhl für den Angeklagten. Gamelin erschienen diese Männer anders, als er sie bisher gesehen hatte, schöner, ernster, furchtgebietender, obwohl sie sich zwanglos benahmen, in Papieren blätterten, einen Gerichtsdiener riefen oder sich zurücklehnten, um eine Mitteilung von einem Geschworenen oder einem diensthabenden Justizbeamten entgegenzunehmen.

Über den Richtern hingen die Tafeln, auf denen die Menschenrechte geschrieben standen; rechts und links standen an den alten Mauern aus der Feudalzeit die Büsten von Lepeletier Saint-Fargeau und Marat. Gegenüber der Geschworenenbank, im Hintergrund des Saales, erhob sich die Tribüne für das Publikum. Die erste Reihe nahmen Frauen ein, die, blond, braun oder grau, sämtlich die hohe Haube trugen, deren feingefältelter Nackenschleier ihre Wangen beschattete; auf ihrem Busen, dem die Mode unterschiedslos die üppige Fülle einer Ammenbrust verlieh, kreuzte sich das weiße Brusttuch oder wölbte sich der Latz einer blauen Schürze. Sie verschränkten die Arme auf der Brüstung der Tribüne. Hinter ihnen sah man auf den Stufen vereinzelt Bürger in jener Mannigfaltigkeit der Kleidung, die den damaligen Menschenansammlungen ein absonderliches und malerisches Aussehen verlieh. Rechts, zur Eingangstür hin, war hinter einem Begrenzungsgitter Raum für Stehplätze. Diesmal war wenig Publikum gekommen. Der Fall, mit dem sich diese Sektion des Tribunals zu beschäftigen hatte, interessierte nur eine kleine Zahl von Zuschauern, und zweifellos verhandelten die anderen Sektionen, die zu gleicher Zeit Sitzung hatten, bewegendere Dinge.

Das beruhigte Gamelin ein wenig, denn sein Herz, das ihm fast versagte, hätte die hitzige Atmosphäre großer Sitzungen nicht ertragen. Seine Augen hefteten sich an die geringsten Kleinigkeiten: er bemerkte die Watte im Ohr des Gerichtsschreibers und einen Tintenfleck auf den Akten des Vertreters der Anklage. Wie durch eine Lupe sah er die gemeißelten Kapitelle aus einer Zeit, da jede Kenntnis der antiken Bauweise verlorengegangen war und die gotischen Säulen mit Nessel- und Stechpalmenblatt verziert wurden. Aber immer wieder kehrten seine Blicke zu dem altmodischen, mit rotem Utrechter Samt bezogenen Lehnstuhl zurück, der auf der Sitzfläche abgewetzt und an den Armlehnen geschwärzt war. An allen Ausgängen standen bewaffnete Nationalgardisten.

Endlich erschien der Angeklagte, von Grenadieren eskortiert, aber ungefesselt, wie es das Gesetz vorschrieb. Es war ein Mann in den Fünfzigern, hager, verhärtet, braun, glatzköpfig, mit eingefallenen Wangen und schmalen bläulichen Lippen, nach alter Mode mit einem rotbraunen Rock bekleidet. Er hatte wohl Fieber, denn seine Augen glänzten wie Schmucksteine, und seine Wangen schienen wie mit Firnis überzogen. Er setzte sich. Er schlug die Beine, die ausnehmend mager waren, übereinander und umfaßte sie mit großen knochigen Händen. Sein Name war Marie-Adolphe Guillergues, und er war der Vergeudung von Furage für die Republik angeklagt. Die Anklageschrift legte ihm zahlreiche schwere Vergehen zur Last, von denen jedoch keines völlig bewiesen war. Beim Verhör leugnete Guillergues die meisten dieser Taten und legte die übrigen zu seinen Gunsten aus. Er sprach exakt, kalt und merkwürdig geschickt und machte den Eindruck eines Mannes, mit dem man sich besser in kein Geschäft einließ. Auf alles hatte er eine Entgegnung. Wenn der Richter ihm eine verwirrende Frage stellte, blieben sein Gesicht ruhig und seine Worte bestimmt, aber seine auf der Brust gefalteten Hände krampften sich angstvoll zusammen. Gamelin bemerkte es und flüsterte seinem Nachbarn, einem Maler wie er, ins Ohr: „Sehen Sie nur seine Daumen!"

Der erste Zeuge, der vernommen wurde, brachte belastende Dinge vor. Auf ihn stützte sich die ganze Anklage.

Die nach ihm Aufgerufenen dagegen sagten zu seinen Gunsten aus. Der Vertreter der Anklage wurde heftig, doch blieben seine Worte unbestimmt. Die Rede des Verteidigers war so aufrichtig, was dem Angeklagten Sympathien einbrachte, die er selbst sich nicht hätte verschaffen können. Die Verhandlung wurde unterbrochen, und die Geschworenen kamen im Beratungszimmer zusammen. Dort teilten sie sich nach einer dunklen, wirren Debatte in zwei zahlenmäßig etwa gleich starke Gruppen. Auf der einen Seite standen die Gleichgültigen, die Lauen, die Klugredner, die keine Leidenschaft beseelte, und auf der anderen Seite jene, die sich vom Gefühl leiten ließen, sich Vernunftgründen wenig zugänglich zeigten und mit dem Herzen richteten. Jene verurteilten generell. Es waren die Guten, die Lauteren: sie dachten nur an die Rettung der Republik und ließen sich auf das übrige nicht ein. Ihr Verhalten machte einen tiefen Eindruck auf Gamelin, der sich ihnen verbunden fühlte.

Dieser Guillergues, dachte er, ist ein geschickter Spitzbube, ein Halunke, der auf die Furage unserer Kavallerie spekuliert hat. Ihn freisprechen heißt einen Verräter davonkommen lassen, das heißt das Vaterland verraten und die Armee dem Untergang weihen. Und Gamelin sah bereits die Husaren der Republik auf ihren stolpernden Pferden, niedergemäht von den Säbeln der feindlichen Kavallerie ... Wenn Guillergues aber unschuldig war? ...

Plötzlich dachte er an Jean Blaise, der ebenfalls der Unterschlagung bei Heereslieferungen verdächtigt wurde. Und wie viele andere mochten noch, wie Guillergues und Blaise, die Niederlage vorbereiten, die Republik dem Untergang weihen! Hier mußte ein Exempel statuiert werden. Wenn aber Guillergues unschuldig war? ...

„Es gibt keine Beweise“, sagte Gamelin laut.

„Beweise gibt es nie“, entgegnete achselzuckend der Obmann der Geschworenen, einer von den Guten, Lauteren.

Schließlich ergaben sich sieben Stimmen für die Verurteilung und acht für den Freispruch.

Die Geschworenen kehrten in den Gerichtssaal zurück, und die Verhandlung wurde wiederaufgenommen. Sie mußten ihr Urteil begründen; der Reihe nach sprach jeder von ihnen vor dem leeren Lehnstuhl. Die einen waren weitschweifig; die anderen begnügten sich mit wenigen Worten; einige gaben unverständliche Reden von sich.

Als Gamelin an der Reihe war, erhob er sich und sagte: „Den Verteidigern des Vaterlandes die Mittel zum Sieg zu entziehen ist ein schweres Verbrechen, für das man klare Beweise braucht, und die haben wir nicht."

Mit Stimmenmehrheit wurde der Angeklagte freigesprochen.

Vom wohlwollenden Murmeln der Zuschauer begleitet, das ihm seine Freilassung ankündigte, wurde Guillergues den Richtern wieder vorgeführt. Er war wie verwandelt. Die Härte seiner Züge hatte sich entspannt, seine Lippen waren nicht mehr so verkniffen. Er sah ehrwürdig aus; sein Gesicht drückte Unschuld aus. Mit bewegter Stimme verlas der Präsident das Urteil, das den Angeklagten freisprach: im Saal brandete Beifall auf. Der Gendarm, der Guillergues vorgeführt hatte, schloß ihn in seine Arme. Der Präsident rief ihn heran und gab ihm den Bruderkuß. Die Geschworenen umarmten ihn. Gamelin weinte heiße Tränen.

Im Hofe des Justizpalastes wogte, von den letzten Sonnenstrahlen beschienen, eine lärmende Menge. Am Tag zuvor hatten die vier Sektionen des Revolutionstribunals dreißig Todesurteile verhängt, und auf den Stufen der großen Treppe kauerten Tricoteusen und warteten auf die Abfahrt der Henkerkarren. Aber Gamelin, der im Strom der Geschworenen und Zuschauer die Stufen herabstieg, sah und hörte nichts als seine gerechte und menschliche Tat und die Glückwünsche, die er sich selbst aussprach, dafür, daß er die Unschuld erkannt hatte. Auf dem Hof warf sich Elodie, ganz in Weiß und unter Tränen lächelnd, in seine Arme und blieb ohnmächtig darin liegen. Und als sie ihrer Stimme wieder mächtig war, sagte sie zu ihm: „Evariste, Sie sind schön, Sie sind gut, Sie sind großmütig! Dort im

Saal hat mich der Klang Ihrer männlichen und sanften Stimme mit ihren magnetischen Wellen gänzlich durchdrungen. Ich war davon elektrisiert. Ich habe euch auf eurer Bank angeschaut. Ich sah nur Sie. Aber Sie, mein Freund, ahnten Sie denn nichts von meiner Anwesenheit? Hat Ihnen nichts gesagt, daß ich da war? Ich saß auf der Tribüne, rechts, in der zweiten Reihe. Mein Gott, wie schön ist es, Gutes zu tun! Sie haben diesen Unglücklichen gerettet. Ohne Sie wäre es um ihn geschehen gewesen: er wäre hingerichtet worden. Sie haben ihn dem Leben wiedergegeben, der Liebe seiner Angehörigen. In diesem Augenblick muß er Sie segnen. Wie glücklich und stolz bin ich, Sie zu lieben, Evariste!"

Arm in Arm, eng aneinandergeschmiegt, gingen sie durch die Straßen und fühlten sich so leicht, daß sie zu fliegen glaubten.

Sie gingen zum „Amour peintre". Am Oratorium angelangt, sagte Elodie: „Wir wollen nicht durch den Laden gehen."

Sie ließ ihn durch die Hofeinfahrt eintreten und mit ihr zur Wohnung hinaufsteigen. Auf dem Flur zog sie einen großen eisernen Schlüssel aus ihrer Handtasche.

„Ein wahrer Gefängnisschlüssel", sagte sie. „Evariste, Sie sollen mein Gefangener sein."

Sie durchschritten das Eßzimmer und traten in das Zimmer des jungen Mädchens.

Evariste fühlte die glühende Frische von Elodies Lippen auf den seinen. Er schloß sie fest in seine Arme. Ihr Kopf sank zurück, ihre Augen schlossen sich, ihr Haar löste sich, ihr Körper gab nach, halb ohnmächtig entwand sie sich ihm und eilte, den Riegel vorzuschieben ...

Die Nacht war schon vorgeschritten, als die Bürgerin Blaise ihrem Geliebten die Wohnungstür öffnete und ihm im Dunkeln zuflüsterte: „Leb wohl, mein Geliebter! Um diese Zeit kommt mein Vater heim. Wenn du ein Geräusch auf der Treppe hörst, steig schnell in das obere Stockwerk hinauf und komm erst wieder herunter, wenn keine Gefahr mehr besteht, daß er dich sieht. Klopfe dreimal an das Fenster der Concierge, damit sie dir die Haustür öffnet. Leb wohl, mein Leben, leb wohl, meine Seele!“

Als er auf der Straße war, sah er, wie das Fenster von Elodies Zimmer aufging und eine kleine Hand eine rote Nelke pflückte, die wie ein Blutstropfen zu seinen Füßen niederfiel.

12

Als der alte Brotteaux eines Abends zwölf Dutzend Hampelmänner zum Bürger Caillou in der Rue de la Loi trug, bereitete der sonst sanftmütige und höfliche Spielwarenhändler ihm inmitten seiner Puppen und Marionetten einen unfreundlichen Empfang.

„Nehmen Sie sich in acht, Bürger Brotteaux“, sagte er zu ihm, „seien Sie auf der Hut! Die Zeit des Lachens dauert nicht ewig, und nicht alle Witze sind gut. Ein Mitglied des Sicherheitsausschusses der Sektion, das gestern meinen Laden aufsuchte, hat Ihre Hampelmänner gesehen und fand sie konterrevolutionär.“

„Er hat Spaß gemacht“, sagte Brotteaux.

„Keineswegs, Bürger, keineswegs. Dies ist ein Mann, der niemals scherzt. Er hat gesagt, daß in diesen kleinen Kerlchen die Nationalversammlung aufs niederträchtigste nachgebildet sei, daß man besonders die Karikaturen von Couthon, Saint-Just und Robespierre erkenne, und er hat sie beschlagnahmt. Das ist ein herber Verlust für mich, ganz zu schweigen von der Gefahr, in der ich jetzt schwebe.“

„Was! Diese Harlekine, diese Hanswurste, Prahlhänse, Schäfer und Schäferinnen, die ich gemalt habe, wie sie Boucher vor fünfzig Jahren gemalt hat, sollen Konterfeis von Couthon und Saint-Just sein? Kein vernünftiger Mensch wird das behaupten.“

„Möglich“, entgegnete der Bürger Caillou, „daß Sie sich nichts Böses dabei gedacht haben, obwohl man einem geistvollen Mann wie Ihnen immer mißtrauen sollte. Doch das Spiel ist gefährlich. Wollen Sie ein Beispiel? Natoile, der ein kleines Theater auf den Champs-Elysées unterhält, wurde vorgestern wegen unbürgerlicher Gesinnung verhaftet, weil er den Konvent von Polichinell spielen ließ."

„Schauen Sie noch einmal", sagte Brotteaux, indem er die Leinwand anhob, die seine kleinen Hampelmänner bedeckte, „sehen Sie diese Masken und Gesichter an: sind sie etwas anderes als Figuren aus Komödie und Schäferspiel? Wie konnten Sie, Bürger Caillou, sich einreden lassen, ich hätte den Nationalkonvent zum besten haben wollen."

Brotteaux war frappiert. Obwohl er der menschlichen Dummheit viel zugestand, hätte er niemals geglaubt, daß sie so weit ginge, seine Prahlhänse und Schäferinnen zu verdächtigen. Er beteuerte ihre Unschuld und die seine. Aber der Bürger Caillou wollte nichts hören.

„Bürger Brotteaux, nehmen Sie Ihre Hampelmänner wieder mit. Ich schätze und ehre Sie, will aber Ihretwegen weder gerügt noch beunruhigt werden. Ich respektiere das Gesetz. Ich will ein guter Bürger bleiben und als solcher behandelt werden. Guten Abend, Bürger Brotteaux; nehmen Sie Ihre Hampelmänner wieder mit."

Der alte Brotteaux machte sich auf den Heimweg, seine Verdächtigen auf der Spitze einer Stange über der Schulter tragend, verulkt von den Kindern, die glaubten, er sei der Rattengifthändler. Seine Gedanken waren trübe. Zweifellos lebte er nicht allein von seinen Hampelmännern: er malte Porträts zu zwanzig Sous in den Hofeinfahrten und in einem Gewölbe der Markthallen in Gesellschaft von Flickschneiderinnen, und viele junge Männer, die zur Armee gingen, wollten Ihrer Liebsten ihr Bild dalassen. Aber diese kleinen Arbeiten machten ihm sehr viel Mühe, und seine Porträts gelangen ihm bei weitem nicht so gut wie seine Hampelmänner. Manchmal diente er auch den „Damen der Halle" als Sekretär, aber dadurch konnte er in royalistische Komplotte verwickelt werden, und das Risiko war groß. Er erinnerte sich, daß in der Rue Neuve-des-Petits-Champs, nahe an der ehemaligen Place Vendôme, ein anderer Spielwarenhändler namens Joly wohnte, und er beschloß, am nächsten Morgen hinzugehen und ihm anzubieten, was der kleinmütige Caillou abgelehnt hatte.

Es hatte angefangen zu nieseln. Brotteaux, der um seine Hampelmänner fürchtete, beschleunigte den Schritt. Als er über den dunklen und menschenleeren Pont-Neuf ging und um die Ecke zur Place de Thionville bog, sah er beim Schein einer Laterne auf einem Prellstein einen hageren alten Mann sitzen, der vor Ermüdung und Hunger erschöpft schien und dennoch ein ehrwürdiges Aussehen bewahrte. Er war mit einem zerrissenen Priesterrock bekleidet, trug keinen Hut und schien über sechzig Jahre alt. Als sich Brotteaux dem Unglücklichen genähert hatte, erkannte er den Pater Longuemare, den er vor sechs Monaten vor der Laterne gerettet hatte, als sie beide in der Schlange vor dem Bäckerladen in der Rue de Jérusalem standen. Da Brotteaux dem Mönch schon einmal einen Dienst erwiesen hatte, trat er an ihn heran, gab sich als der Steuerpächter zu erkennen, der an einem Tag großer Hungersnot neben ihm unter dem Pöbel gestanden hatte, und fragte ihn, ob er ihm behilflich sein könne.

„Sie sehen müde aus, mein Vater. Nehmen Sie einen herzstärkenden Schluck."

Und Brotteaux zog aus der Tasche seines flohbraunen Rockes eine kleine Schnapsflasche, die dort neben seinem Lukrez steckte.

„Trinken Sie. Und dann werde ich Sie zu Ihrer Wohnung bringen."

Pater Longuemare schob die Schnapsflasche mit der Hand zurück und versuchte aufzustehen. Aber er sank wieder auf seinen Prellstein zurück.

„Mein Herr", sagte er mit schwacher, aber sicherer Stimme, „seit drei Monaten wohne ich in Picpus. Als ich erfuhr, daß man gestern nachmittag um fünf Uhr zu mir gekommen sei, um mich zu verhaften, bin ich nicht in meine Wohnung zurückgekehrt. Ich habe keine Bleibe; ich irre durch die Straßen und bin ein wenig müde."

„Nun denn, mein Vater", sagte Brotteaux, „geben Sie mir die Ehre, meine Dachkammer mit mir zu teilen."

„Mein Herr", erwiderte der Barnabit, „verstehen Sie recht: ich bin verdächtig."

„Ich auch", sagte Brotteaux, „und meine Hampelmänner sind es ebenfalls, und das ist das Schlimmste von allem. Unter dieser dünnen Leinwand sehen Sie sie dem feinen Regen ausgesetzt, der uns durchnäßt. Denn wissen Sie, mein Vater, nachdem ich Finanzpächter war, fertige ich jetzt Hampelmänner an, um mein Leben zu fristen."

Pater Longuemare ergriff die Hand, die ihm der ehemalige Finanzmann hinstreckte, und nahm die angebotene Gastfreundschaft an. In seiner Dachkammer bewirtete Brotteaux ihn mit Brot, Käse und Wein, den er zum Kühlen in die Dachrinne gestellt hatte, denn er war ein Sybarit.

Nachdem er seinen Hunger gestillt hatte, sagte Pater Longuemare:

„Mein Herr, ich muß Ihnen von den Umständen berichten, die zu meiner Flucht geführt haben und mich halbtot auf jenen Prellstein brachten, wo Sie mich fanden. Als ich aus meinem Kloster vertrieben worden war, lebte ich von der kümmerlichen Rente, die mir die Nationalversammlung ausgesetzt hatte; ich gab Latein- und Mathematikstunden und verfaßte Schriften über die Verfolgung der Kirche Frankreichs. Ich habe sogar ein recht umfangreiches Werk geschrieben, um darzulegen, daß der Eid der Priester auf die Verfassung der kirchlichen Disziplin widerspricht. Das Fortschreiten der Revolution beraubte mich all meiner Schüler, und meine Pension wurde mir nicht ausgezahlt, weil ich die gesetzlich vorgeschriebene Bürgersinnsbescheinigung nicht hatte. Um diese Bescheinigung wollte ich im Rathaus nachsuchen, in der Überzeugung, sie zu verdienen. Als Mitglied eines Ordens, der vom Apostel Paulus persönlich gegründet worden war, welcher den Titel eines römischen Bürgers für sich in Anspruch nahm, bildete ich mir ein, mich nach seinem Vorbild als guter französischer Bürger zu benehmen, der alle menschlichen Gesetze achtet, sofern sie nicht im Widerspruch zu den göttlichen stehen. Ich trug meine Bitte Monsieur Colin, dem Schlächter und Stadtrat, vor, der mit der Ausstellung dieser Karten beauftragt war. Er fragte mich nach meinem Beruf. Ich sagte ihm, daß ich Priester sei: er fragte mich, ob ich verheiratet wäre, und auf meine Antwort, daß dies nicht der Fall sei, sagte er mir, das sei um so schlimmer für mich. Nach verschiedenen anderen Fragen erkundigte er sich schließlich, ob ich meinen Bürgersinn am 10. August, am 2. September und am 31. Mai bewiesen hätte. ‚Solche Bescheinigungen kann man nur an diejenigen ausgeben', fügte er hinzu, ‚die ihren Bürgersinn durch ihr Verhalten bei diesen drei Anlässen bewiesen haben.' Ich konnte ihm keine befriedigende Antwort geben. Dennoch schrieb er sich meinen Namen und meine Adresse auf und versprach mir, umgehend eine Untersuchung meines Falles zu veranlassen. Er hielt Wort, und die Folge seiner Untersuchung war, daß in meiner Abwesenheit zwei Kommissare des Allgemeinen Sicherheitsausschusses von Picpus, unterstützt von der bewaffneten Macht, in meine Wohnung kamen, um mich ins Gefängnis abzuführen. Ich weiß nicht, welchen Verbrechens man mich beschuldigt. Aber Sie werden zugeben, daß man Monsieur Colin bedauern muß, weil sein Sinn so verwirrt ist, daß er einem Geistlichen vorwirft, am 10. August, am 2. September und am 31. Mai seinen Bürgersinn nicht bewiesen zu haben. Ein Mensch, der eines solchen Gedankens fähig ist, verdient Mitleid."

„Mir geht es genauso, ich habe auch keine Bescheinigung", sagte Brotteaux. „Wir sind alle beide verdächtig. Aber Sie sind müde. Legen Sie sich schlafen, mein Vater. Morgen werden wir auf Ihre Sicherheit bedacht sein."

Er gab seinem Gast die Matratze und behielt für sich den Strohsack, um den der Mönch aus Demut so inständig bat, daß Brotteaux ihm nachgeben mußte: andernfalls hätte er auf dem Fußboden geschlafen.

Nach diesem Hin und Her blies Brotteaux sowohl aus Sparsamkeit als auch aus Vorsicht die Kerze aus.

„Mein Herr", sagte der Mönch zu ihm, „ich danke Ihnen für das, was Sie für mich getan haben. Ach, ach!, es nützt Ihnen wenig, daß ich Ihnen dankbar bin. Möge Gott es Ihnen vergelten! Das wäre für Sie von unendlicher Bedeutung. Aber Gott zieht nicht in Betracht, was nicht zu seinem Ruhme getan wird und nur Ausdruck einer ganz natürlichen Tugend ist. Deshalb bitte ich Sie, Monsieur, um seinetwillen zu tun, was Sie für mich tun wollten."

„Mein Vater", erwiderte Brotteaux, „machen Sie sich keine Sorgen und danken Sie mir nicht. Was ich im Augenblick tue und was Sie übertrieben hoch einschätzen, tue ich nicht aus Liebe zu Ihnen: denn obwohl Sie liebenswert sind, mein Vater, kenne ich Sie schließlich viel zuwenig, um Sie zu lieben. Ebensowenig tue ich es aus Liebe zur Menschheit: denn ich bin nicht so einfältig wie Don Juan, daß ich wie dieser glaube, die Menschheit besäße Rechte; und dieses Vorurteil bei einem so freien Geist wie dem seinen betrübt mich. Ich handle aus jenem Egoismus, der dem Menschen alle Taten des Edelmuts und der Hingebung eingibt, indem er ihn in allen Elenden sein Ebenbild erkennen läßt, ihn geneigt macht, im Unglück des anderen sein eigenes Unglück zu beklagen, und ihn veranlaßt, einem Sterblichen zu helfen, den Natur und Schicksal ihm gleich gemacht haben, bis er schließlich glaubt, sich selbst zu helfen, indem er jenem beisteht. Außerdem tue ich es aus Müßiggang: denn das Leben ist so monoton, daß man sich um jeden Preis zerstreuen muß, wobei die Wohltätigkeit eine ziemlich abgeschmackte Zerstreuung ist, die man sich anstelle von anderen, besseren gönnt; ich tue es aus Stolz und um mich Ihnen überlegen zu fühlen; und schließlich tue ich es aus Prinzip und um Ihnen zu zeigen, wozu ein Atheist fähig ist."

„Machen Sie sich nicht schlecht, Monsieur", antwortete Pater Longuemare. „Ich habe von Gott mehr Gnade erfahren, als er Ihnen bislang gewährt hat; aber ich bin weniger wert als Sie und bin Ihnen an natürlichen Verdiensten weit unterlegen. Erlauben Sie mir trotzdem, Ihnen eines vorauszuhaben. Da Sie mich nicht kennen, können Sie mich nicht lieben. Ich aber, mein Herr, liebe Sie, ohne Sie zu kennen, mehr als mich selbst: Gott befiehlt es mir."

Nach diesen Worten kniete Pater Longuemare auf dem Boden nieder, und nachdem er seine Gebete verrichtet hatte, streckte er sich auf dem Strohsack aus und schlief friedlich ein.

13

Evariste Gamelin hatte die zweite Sitzung im Tribunal. Vor Eröffnung der Verhandlung unterhielt er sich mit seinen Geschworenenkollegen über die neuesten Meldungen vom heutigen Morgen. Einige waren ungenau und falsch; aber das übrige war furchtbar. Die Armeen der Koalition, in deren Hand alle Straßen waren, rückten gemeinsam vor, die Vendée war siegreich, Lyon in Aufruhr, Toulon den Engländern ausgeliefert, die dort vierzehntausend Mann an Land brachten.

Diese Ereignisse, die die ganze Welt in Atem hielten, waren für die Beamten Vorgänge, die sie direkt betrafen. In der Gewißheit, daß der Untergang des Vaterlandes auch der ihre war, machten sie die Rettung des Vaterlandes zu ihrer eigenen Sache. Und das nationale Interesse, das mit ihrem eigenen verschmolzen war, diktierte ihre Gefühle, ihre Leidenschaften, ihr Verhalten.

Auf seiner Bank erhielt Gamelin einen Brief von Trubert, dem Sekretär des Verteidigungsausschusses; es war die Nachricht von seiner Ernennung zum Kommissar für Pulver und Salpeter.

„Du wirst alle Keller der Sektion auskratzen lassen, um die nötigen Substanzen zur Herstellung von Pulver daraus zu gewinnen. Der Feind steht vielleicht morgen vor Paris: der Boden des Vaterlandes muß uns den Blitz liefern, den wir seinen Angreifern entgegenschleudern. Beiliegend sende ich Dir eine Instruktion des zuständigen Konvents über die Behandlung des Salpeters. Heil und Brüderlichkeit!“

In jenem Augenblick wurde der Angeklagte hereingeführt. Es war einer der letzten besiegten Generale, die der Konvent vor das Tribunal stellte, und der ruhmloseste. Bei seinem Anblick schauderte es Gamelin: er glaubte jenen Militär wiederzusehen, dessen Verurteilung zur Guillotine er drei Wochen zuvor als Zuschauer miterlebt hatte. Es war derselbe Mann, dickköpfig und dumm: es war der gleiche Prozeß. Er antwortete in hinterhältiger und rücksichtsloser Weise und verdarb sich dadurch seine besten Entgegnungen. Seine Verdrehungen der Tatsachen, seine Spitzfindigkeiten, die Beschuldigungen, die er auf seine Untergebenen abwälzte, ließen vergessen, daß er die achtbare Aufgabe erfüllte, seine Ehre und sein Leben zu verteidigen. In dieser Sache war alles unklar und strittig; Stellung der Armeen, Stärke der Truppen, Munitionsbestände, erlassene und empfangene Befehle, Truppenbewegungen: nichts war bekannt. Niemand verstand etwas von diesen konfusen, sinn- und ziellosen Operationen, die zu einer Niederlage geführt hatten, niemand, weder der Verteidiger noch der Angeklagte selbst, weder der öffentliche Ankläger noch die Richter und Geschworenen, und sonderbarerweise gestand keiner dem anderen oder sich selbst ein, daß er nichts verstand. Die Richter gefielen sich im Aufstellen von Schlachtplänen, in Erörterungen von Taktik und Strategie; der Angeklagte verriet seine natürlichen Anlagen für Scharmützel.

Man stritt endlos. Und während dieser Debatten sah Gamelin auf den holprigen Straßen des Nordens die im Schlamm steckengebliebenen Versorgungswagen, die in den Fahrspuren umgekippten Kanonen und die geschlagenen Kolonnen auf allen Wegen ungeordnet vorüberziehen, während die feindliche Kavallerie von allen Seiten aus den verlassenen Hohlwegen brach. Und er hörte aus dieser verratenen Armee ein ungeheures Geschrei aufsteigen, das den General anklagte. Zum Schluß der Verhandlung füllte Dunkelheit den Saal, und die verschwommene Büste Marats erschien wie ein Gespenst über dem Kopf des Präsidenten. Als die Geschworenen aufgerufen wurden, sich zu äußern, gingen die Meinungen auseinander. Mit dumpfer Stimme, die ihm im Halse steckenblieb, aber in entschlossenem Ton erklärte Gamelin den Angeklagten des Verrats an der Republik für schuldig, und ein beifälliges Murmeln aus der Menge schmeichelte seiner jungen Tugend. Das Urteil wurde bei Fackelschein verlesen, dessen fahles Licht auf den eingesunkenen Schläfen des Angeklagten zitterte, auf denen man Schweißperlen sah. Während Gamelin beim Hinausgehen auf den Treppenstufen, die von kokardengeschmückten Klatschweibern wimmelten, seinen Namen tuscheln hörte, der den ständigen Besuchern der Sitzungen schon geläufig war, wurde er von ein paar Tricoteusen bestürmt, die mit erhobenen Fäusten den Kopf der Österreicherin forderten.

Am nächsten Tag hatte Evariste über das Schicksal einer armen Frau, der Witwe Meyrion, einer Brotausträgerin, zu entscheiden. Sie schob einen kleinen Wagen durch die Straßen und trug an ihrem Gürtel ein weißes Holztäfelchen, in das sie mit ihrem Messer die Zahl der ausgelieferten Brote einritzte. Ihr Verdienst belief sich auf acht Sous täglich. Der Vertreter der Anklage zeigte sich sonderbar heftig gegenüber dieser Unglücklichen, die, wie es schien, mehrmals „Es lebe der König!" gerufen, in den Häusern, in die sie täglich das Brot brachte, konterrevolutionäre Reden geführt und sich an einer Verschwörung beteiligt hatte, welche die Flucht der Frau Capets bezweckte. Vom Richter verhört, bekannte sie sich zu den Taten, deren sie beschuldigt wurde, aus Einfalt oder Fanatismus legte sie eine gewaltig übertriebene royalistische Gesinnung an den Tag und stürzte sich selbst ins Verderben.

Das Revolutionstribunal verhalf der Gleichheit zum Siege, indem es sich gegen Lastträger und Dienstmägde genauso streng zeigte wie gegen Aristokraten und Finanzleute. Gamelin konnte sich nicht vorstellen, daß es unter einer Volksherrschaft anders sein könnte. Er hätte es als verächtlich und beleidigend für das Volk angesehen, wenn man es straflos ausgehen ließ. Das hätte ja so ausgesehen, als erachte man es sozusagen der Strafe für unwürdig. Die

Guillotine, nur den Aristokraten vorbehalten, wäre ihm als eine Art ungerechtes Privileg erschienen. Gamelin fing an, sich von der Bestrafung eine religiöse und mystische Vorstellung zu bilden, ihr eine Tugend, eigene Verdienste beizumessen. Er dachte, man schulde den Verbrechern die Strafe und täte ihnen unrecht, wenn man sie ihnen vorenthielte. Er erklärte die Witwe Meyrion für schuldig und der Todesstrafe würdig und bedauerte nur, daß die Fanatiker, die sie ins Verderben gebracht hatten und schuldiger waren als sie, nicht greifbar waren, um ihr Schicksal zu teilen.

Fast jeden Abend ging Evariste zu den Jakobinern, die sich in der Rue Honoré in der ehemaligen Kapelle der Dominikaner, im Volksmund „Jakobiner“ genannt, zusammenfanden. Auf einem Hof, wo ein Freiheitsbaum stand, eine Pappel, deren vom Wind bewegte Blätter unaufhörlich rauschten, sah man die in armseligem, trostlosem Stil erbaute und mit klobigen Ziegeln gedeckte Kapelle mit ihrer kahlen Giebelfront, in der sich eine Fensterrosette und eine rundbogige Tür befanden, über welcher die mit der Freiheitsmütze geschmückte Fahne in den Farben der Nation wehte. Die Jakobiner hatten, genau wie die Cordeliers und die Feuillants, die Wohnstätte und den Namen der vertriebenen Mönche übernommen. Gamelin, der bislang regelmäßig zu den Sitzungen der Cordeliers gegangen war, fand bei den Jakobinern nicht mehr die Holzschuhe, die Carmagnolen und das Geschrei der Anhänger Dantons. In Robespierres Klub herrschten administrative Umsicht und bürgerliche Gemessenheit. Seit dem Tode des Volksfreundes folgte Evariste den Lehren Maximiliens, dessen Ideen bei den Jakobinern vorherrschten und sich von dort aus über tausend angeschlossene Gesellschaften in ganz Frankreich verbreiteten. Während der Verlesung des Protokolls ließ er seine Blicke über die nackten, tristen Mauern schweifen, die einst die geistigen Söhne des Großinquisitors der Ketzerei beherbergt hatten und jetzt die eifrigen Inquisitoren der Verbrechen gegen das Vaterland versammelt sahen.

Ohne Pomp tagte dort die höchste Staatsgewalt, die nur

durch das Wort ausgeübt wurde. Sie beherrschte die Stadt und das Reich und diktierte dem Konvent ihre Beschlüsse. Diese Begründer der neuen Ordnung der Dinge, die das Gesetz so sehr achteten, daß sie im Jahre 1791 Royalisten geblieben waren und es auch nach der Rückkehr aus Varennes aus hartnäckiger Anhänglichkeit an die Verfassung bleiben wollten, diese Leute, die selbst nach den Massakern auf dem Champ-de-Mars Freunde der bestehenden Ordnung geblieben waren, die sich niemals gegen die Revolution erhoben hatten und den Volksbewegungen fernstanden, nährten in ihren düsteren, starken Seelen eine Vaterlandsliebe, die vierzehn Armeen ins Leben gerufen und die Guillotine errichtet hatte. Evariste bewunderte ihre Wachsamkeit, ihren mißtrauischen Geist, ihr dogmatisches Denken, ihre Ordnungsliebe, ihre Kunst zu herrschen und ihre staatsmännische Weisheit.

Von dem im Saal versammelten Publikum war nur ein einmütiges, gleichmäßiges Rauschen zu hören, wie von den Blättern des Freiheitsbaumes vor der Schwelle.

An jenem Tag, dem 11. Vendémiaire, bestieg ein junger Mann mit fliehender Stirn, durchdringendem Blick, spitzer Nase, scharfem Kinn, pockennarbigem Gesicht und kalter Miene langsam die Tribüne. Er trug gepudertes Haar und einen blauen Rock mit enger Taille. Er hatte jenes abgezirkelte Benehmen, trug jene gemessene Haltung zur Schau, die die einen zu der spöttischen Bemerkung veranlaßte, er sehe wie ein Tanzlehrer aus, und die anderen, ihn als den „französischen Orpheus" zu begrüßen. Mit klarer Stimme hielt Robespierre eine überzeugende Rede gegen die Feinde der Republik. Mit furchtbaren metaphysischen Argumenten schmetterte er Brissot und seine Komplizen nieder. Er sprach lange, wortreich, harmonisch. In den himmlischen Sphären der Philosophie schwebend, schleuderte er den Blitz auf die am Boden kriechenden Verräter.

Evariste hörte zu und begriff. Bisher hatte er die Girondisten beschuldigt, die Restauration der Monarchie oder den Sieg der Orléanistenmeute vorzubereiten und den Untergang der heldenhaften Stadt zu planen, die Frankreich befreit hatte und eines Tages die ganze Welt befreien würde. Nun, da er der Stimme des Weisen lauschte, erkannte er höhere und reinere Wahrheiten; er entwarf eine revolutionäre Metaphysik, die seinen Geist, geschützt vor den Irrtümern der Sinne, über plumpe Zufälligkeiten in das Reich der absoluten Gewißheit erhob. Die Dinge sind durch sich selbst vermischt und völlig wirr; die Fülle der Fakten ist so groß, daß man sich darin verliert. Robespierre vereinfachte sie ihm, brachte Gut und Böse für ihn auf unkomplizierte, klare Formeln. Föderalismus, Unteilbarkeit: in der Einheit und Unteilbarkeit lag das Heil; im Föderalismus die Verdammnis. Gamelin kostete die tiefe Freude eines Gläubigen aus, der das rettende und das verderbenbringende Wort kennt. Fortan würde das Revolutionstribunal, wie einst die geistlichen Gerichte, über das absolute Verbrechen, das buchstäbliche Verbrechen urteilen. Und da Evariste religiös war, nahm er diese Offenbarungen mit düsterer Begeisterung auf; sein Herz war voller Entzücken und Freude bei dem Gedanken, daß er künftig ein Symbol besäße, um Verbrechen und Unschuld zu unterscheiden. O Schätze des Glaubens, ihr ersetzt alles!

Der weise Maximilien klärte ihn auch über die hinterhältigen Absichten derer auf, die das Eigentum gleichmachen und Grund und Boden teilen, Reichtum und Armut aufheben und die glückliche Mittelmäßigkeit für alle einführen wollten. Von ihren Grundsätzen verführt, hatte er zunächst ihre Vorhaben gebilligt, die nach seiner Meinung mit den Prinzipien eines echten Republikaners übereinstimmten. Aber Robespierre hatte ihm durch seine Reden bei den Jakobinern ihre Schliche enthüllt und aufgedeckt, daß diese Leute, deren Absichten so lauter schienen, es auf den Sturz der Republik abgesehen hätten und die Besitzenden nur deshalb beunruhigten, um der legitimen Staatsgewalt mächtige und unerbittliche Feinde erstehen zu lassen. In der Tat würde sich die ganze Bevölkerung, die um so mehr an ihrem Besitz hing, je weniger sie besaß, jählings gegen die Republik wenden, sobald das Eigentum bedroht wäre. Die Bedrohung der Interessen sei Konspiration.

Jene, die scheinbar das Glück für alle und die Herrschaft der Gerechtigkeit herbeiführen wollten und die Gleichheit und Gütergemeinschaft als erstrebenswertes Ziel für die Bürger hinstellten, waren gefährlichere Verräter und Verbrecher als die Föderalisten.

Aber die größte Enthüllung, die Robespierres Weisheit ihm brachte, waren die Verbrechen und Schändlichkeiten des Atheismus. Gamelin hatte die Existenz Gottes nie geleugnet; er war Deist und glaubte an eine Vorsehung, die über den Menschen waltet; da er sich indes eingestand, daß er von dem Höchsten Wesen nur einen sehr verschwommenen und eng mit der Gewissensfreiheit verknüpften Begriff hatte, ließ er es durchaus gelten, daß rechtschaffene Leute nach dem Beispiel Lamettries, Boulangers, des Barons d'Holbach, Lalandes, Helvétius' oder des Bürgers Dupuis die Existenz Gottes leugnen, statt seiner eine natürliche Moral begründen und die Quellen der Gerechtigkeit sowie die Regeln eines tugendhaften Lebens in sich selbst finden konnten. Er hatte sogar Sympathie für die Atheisten empfunden, wenn er sie beschimpft oder verfolgt sah. Maximilien hatte ihm den Geist aufgeschlossen und die Augen geöffnet. Durch seine tugendhafte Beredsamkeit hatte ihm dieser große Mann den wahren Charakter des Atheismus, seine Natur, seine Absichten, seine Auswirkungen enthüllt; er hatte ihm gezeigt, daß diese in den Salons und Boudoirs der Aristokratie entstandene Lehre die hinterhältigste Erfindung war, die den Feinden des Volkes einfallen konnte, um es zu demoralisieren und zu unterjochen, daß es verbrecherisch war, den tröstlichen Gedanken an eine Vorsehung aus den Herzen der Unglücklichen zu reißen und sie ohne Zaum und Zügel den Leidenschaften auszuliefern, die den Menschen erniedrigen und zum gemeinen Sklaven machen, und daß das monarchische Epikureertum eines Helvétius letztlich zu Unsittlichkeit, Grausamkeit, zu allen Verbrechen führe. Und an den Lehren eines großen Bürgers geschult, verabscheute er schließlich die Atheisten, besonders wenn sie ein offenes, fröhliches Herz hatten wie der alte Brotteaux.

In den Tagen darauf hatte Evariste hintereinander einen früheren Aristokraten zu richten, der überführt war, Getreide vernichtet zu haben, um das Volk auszuhungern, drei Emigranten, die zurückgekehrt waren, um in Frankreich den Bürgerkrieg zu schüren, zwei Dirnen vom Palais-Egalité, vierzehn bretonische Verschwörer, Frauen, Greise, Jünglinge, Herren und Knechte. Das Verbrechen war offenkundig, das Gesetz unwiderlegbar. Unter den Schuldigen befand sich eine reizende zwanzigjährige Frau: geschmückt mit der Pracht der Jugend unter den Schatten ihres nahen Todes. Ein blaues Band hielt ihr goldblondes Haar zurück, und aus dem Brusttuch von feinem Leinen trat ein weißer, geschmeidiger Hals hervor.

Evariste erkannte stets auf Tod, und alle Angeklagten, mit Ausnahme eines alten Gärtners, wurden aufs Schafott geschickt.

In der nächsten Woche mähten Evariste und seine Sektion fünfundvierzig Männer und achtzehn Frauen nieder.

Die Richter des Revolutionstribunals machten keinen Unterschied zwischen Männern und Frauen, sie ließen sich darin von einem Grundsatz leiten, der so alt ist wie die Justiz selbst. Und hatte der Präsident Montané, durch den Mut und die Schönheit der Charlotte Corday gerührt, noch versucht, sie durch einen Eingriff in das Verfahren zu retten, und dabei sein Amt verloren, so wurden die Frauen jetzt meist ohne Bevorzugung nach der allen Gerichtshöfen gemeinsamen Regel verhört. Die Geschworenen fürchteten die Frauen, mißtrauten ihrer List, ihrer Gewohnheit, sich zu verstellen, ihren Verführungskünsten. Dadurch, daß sie an Mut den Männern gleich waren, forderten sie das Gericht heraus, sie wie Männer zu behandeln. Die Mehrzahl derer, die sie aburteilten, waren nur mäßig oder zeitweise sinnlich erregbar und ließen sich von ihnen nicht verwirren. Sie verurteilten diese Frauen oder sprachen sie frei nach ihrem Gewissen, ihren Vorurteilen, ihrem Eifer, ihrer lauen oder heftigen Liebe zur Republik. Fast alle waren sorgfältig frisiert und so geschmackvoll gekleidet, wie es ihre unglückliche Lage gestattete. Aber es waren wenige Junge unter ihnen und noch weniger Hübsche. Gefängnis und Sorgen hatten sie welk werden lassen, das grelle Licht im Saal verriet ihre Ermüdung, ihre Angst und ließ ihre schlaffen Lider, ihre mit Ausschlag bedeckte Haut, ihre weißen, verkniffenen Lippen hervortreten. Dennoch saß auf dem schicksalsvollen Lehnstuhl mehr als einmal eine junge Frau, schön in ihrer Blässe, während ein düsterer Schatten wie ein Schleier der Wollust ihre Blicke umflorte. Bei diesem Anblick mochte der eine oder andere Geschworene gerührt oder aufgereizt werden, mochte einer der Gerichtsbeamten in seiner verderbten Phantasie die intimsten Geheimnisse dieses Geschöpfes ausforschen, das er sich zugleich lebend und tot vorstellte, und mochte sich unter wollüstigen und blutigen Vorstellungen das grausame Vergnügen machen, diesen begehrenswerten Körper dem Henker auszuliefern, was man vielleicht verschweigen sollte, was man aber nicht leugnen kann, wenn man die Menschen kennt. Evariste Gamelin, der kalte und gelehrte Künstler, erkannte nur die Schönheit der Antike an, und die Schönheit flößte ihm weniger Verwirrung als Hochachtung ein. Sein klassischer Geschmack war so streng, daß er selten eine Frau fand, die ihm gefiel; er war ebenso unempfänglich für die Reize eines hübschen Gesichts wie für die Farben Fragonards und die Formen Bouchers. Begierde hatte er nur in der tiefsten Liebe gekannt.

Wie die Mehrzahl seiner Kollegen im Tribunal hielt er die Frauen für gefährlicher als die Männer. Er haßte die ehemaligen Prinzessinnen, die er sich in seinen Schreckensträumen vorstellte, wie sie mit Elisabeth und der Österreicherin Kugeln herstellten, um die Patrioten zu ermorden; er haßte sogar alle die schönen Geliebten der Finanzleute, Philosophen und Literaten, die schuldig waren, sich in einer Zeit, da das Leben noch voller Annehmlichkeiten war, den Freuden der Sinne und des Geistes hingegeben zu haben. Er haßte sie, ohne sich seinen Haß einzugestehen, und wenn er eine von ihnen zu richten hatte, verurteilte er sie aus Rachegefühl, in dem Glauben, sie aus Gerechtigkeit und zum Wohl des Vaterlandes abzuurteilen. Und seine Rechtschaffenheit, seine männliche Ehrbarkeit, seine Klugheit, seine Hingabe an den Staat, kurz, seine Tugenden brachten manch reizenden Kopf unter das Fallbeil.

Was aber ist geschehen, und was bedeutet dieses seltsame Wunder? Noch vor kurzem mußte man die Schuldigen suchen, sich bemühen, sie in ihren Schlupfwinkeln aufzustöbern und ihnen das Geständnis ihres Verbrechens zu entlocken. Jetzt ist es nicht mehr die Jagd mit einer Meute von Spürhunden, die Verfolgung eines scheuen Wilds: die Opfer drängen sich von allen Seiten herbei. Adlige, junge Mädchen, Soldaten, Dirnen fallen über das Tribunal her, reißen den Richtern ihre zu schleppend behandelten Urteile aus den Händen, fordern den Tod als ein Recht, auf dessen Genuß sie voll Ungeduld warten. Nicht genug mit der Menge, die durch den Eifer der Denunzianten die Gefängnisse füllt und die der öffentliche Ankläger und seine Gehilfen unter Aufbietung aller Kräfte vor das Tribunal stellt: es muß auch für die Hinrichtung derer gesorgt werden, die nicht warten wollen. Und so viele andere, bereitwilligere und stolzere, gönnen den Richtern und dem Henker ihren Tod nicht und legen selbst Hand an sich! Auf die Raserei zu töten folgt die Raserei zu sterben. Da sitzt in der Conciergerie ein schöner, tapferer und liebenswerter junger Soldat; im Gefängnis hat er eine anbetungswürdige Geliebte zurückgelassen, die zu ihm sagte: „Lebe statt meiner!" Er will nicht leben, weder für sie noch um der Liebe willen, noch für den Ruhm. Mit seiner Anklageschrift hat er sich die Pfeife angezündet. Und der Republikaner, der die Freiheit mit allen Fasern seines Herzens liebt, wird zum Royalisten, um zu sterben. Das Gericht gibt sich Mühe, ihn freizusprechen; der Angeklagte ist der Stärkere; Richter und Geschworene sehen sich gezwungen nachzugeben.

Evaristes von Natur aus unruhiger und peinlich gewissenhafter Geist geriet angesichts der Lehren der Jakobiner und angesichts des Lebens in Argwohn und Besorgnis. Wenn er nachts durch die schlecht beleuchteten Straßen zu Elodie ging, glaubte er durch jedes Kellerfenster die Druckplatten für falsche Assignaten zu sehen; im Hintergrund der leeren Bäcker- oder Krämerläden witterte er mit gehamsterten Lebensmitteln vollgestopfte Lager; durch die hellerleuchteten Fenster der Gasthäuser vermeinte er die Reden der Börsenspekulanten zu hören, die beim Leeren etlicher Flaschen Beaune oder Chablis den Untergang des Vaterlandes vorbereiteten; in den verrufenen Gassen sah er die Freudenmädchen bereit, die Nationalkokarde unter dem Beifall junger Modegecken mit Füßen zu treten; überall sah er Verschwörer und Verräter. Und er dachte: Republik! Gegen so viele geheime und offene Feinde hast du nur eine Hilfe. Heilige Guillotine, rette das Vaterland!...

Elodie erwartete ihn in ihrem blauen Stübchen über dem „Amour peintre". Zum Zeichen, daß er hereinkommen könne, stellte sie ihre kleine grüne Gießkanne auf die Balkonbrüstung neben den Nelkentopf. Jetzt flößte er ihr Entsetzen ein und erschien ihr wie ein Ungeheuer: sie fürchtete sich vor ihm, und dennoch betete sie ihn an. Die ganze Nacht preßten der blutdürstige Liebhaber und das wollüstige Mädchen sich heftig aneinander und küßten sich wild und wortlos.

14

Nachdem Pater Longuemare im Morgengrauen aufgestanden war und das Zimmer gekehrt hatte, ging er zur Messe in eine Kapelle in der Rue d'Enfer, die von einem Priester abgehalten wurde, der den Eid nicht geleistet hatte. In Paris gab es Tausende derartiger Verstecke, wo die aufsässige Geistlichkeit heimlich kleine Gemeinden von Gläubigen versammelte. Obwohl wachsam und mißtrauisch, drückte die Polizei der Sektion bei diesen verborgenen Heimstätten der Kirche die Augen zu, aus Furcht vor den aufgebrachten Schäflein und aus einem Rest von Hochachtung für geheiligte Dinge. Der Barnabit verabschiedete sich von seinem Gastgeber, der ihn nur mit Mühe bewegen konnte, zum Essen zurückzukehren, und ihn schließlich nur dazu brachte mit dem Versprechen, daß die

Mahlzeit weder reichlich noch wohlschmeckend sein werde.

Als Brotteaux allein war, machte er in einem kleinen irdenen Ofen Feuer; während er dann das Mittagessen für den Mönch und den Epikureer zubereitete, las er wieder in seinem Lukrez und dachte über die Beschaffenheit der Menschen nach.

Dieser Weise wunderte sich nicht, daß elende Wesen, eitle Spielbälle der Naturkräfte, sich zumeist in absurden und peinlichen Situationen befanden; aber er hatte die Schwäche, zu glauben, daß die Revolutionäre bösartiger und dümmer seien als die übrigen Menschen, und geriet damit in die Ideologie. Im übrigen war er keineswegs Pessimist und hielt das Leben nicht für durchweg schlecht. Er bewunderte etliche Bereiche der Natur, besonders die Mechanik der Himmelskörper und die körperliche Liebe, und er fügte sich in die Mühen des Lebens, in Erwartung des nahen Tages, wo er weder Furcht noch Verlangen mehr kennen würde.

Er bemalte sorgfältig einige Hampelmänner und fertigte eine Zerline an, die der Thévenin ähnelte. Dieses Mädchen gefiel ihm, und seine Sinnenfreudigkeit pries die Anordnung der Atome, die es zusammengefügt hatten.

Damit war er bis zur Rückkehr des Barnabiten beschäftigt.

„Mein Vater", sagte er, als er ihm die Tür öffnete, „ich habe Ihnen bereits gesagt, daß unsere Mahlzeit kärglich sein würde. Es gibt nur Kastanien. Außerdem sind sie nicht sonderlich schmackhaft."

„Kastanien!" rief Pater Longuemare lächelnd aus. „Es gibt nichts, was köstlicher schmeckt. Mein Vater, Monsieur, war ein verarmter Edelmann aus dem Limousin, dessen ganze Habe aus einem baufälligen Taubenschlag, einem verwilderten Obstgarten und einer Gruppe von Kastanienbäumen bestand. Er ernährte sich mit seiner Frau und seinen zwölf Kindern von dicken grünen Kastanien, und wir waren alle kräftig und stämmig. Ich war der Jüngste und der Wildeste: mein Vater sagte im Spaß, er wolle mich als Seeräuber nach Amerika schicken. Ach, Monsieur, wie diese Kastaniensuppe duftet! Sie erinnert mich an den von Kindern umringten Tisch, an dem meine Mutter lächelnd saß."

Nach Beendigung der Mahlzeit ging Brotteaux zu dem Spielwarenhändler Joly in der Rue Neuve-des-Petits-Champs, der die von Caillou zurückgewiesenen Hampelmänner abnahm und nicht nur wie jener zwölf Dutzend, sondern sogar vierundzwanzig Dutzend für den Anfang bestellte.

Als Brotteaux die ehemalige Rue Royale erreichte, sah er auf der Place de la Révolution ein Dreieck aus Stahl zwischen zwei Holzpfosten blitzen: das war die Guillotine. Eine riesige, fröhliche Menge von Schaulustigen drängte sich um das Schafott und erwartete die Ankunft der vollbesetzten Henkerkarren. Frauen mit Bauchläden boten Nanterrer Kuchen feil. Teeverkäufer schwangen ihre Schelle; am Fuß der Freiheitsstatue zeigte ein Greis Guckkastenbilder auf einer kleinen Bühne, über der sich in einer Schaukel ein Affe schwang. Unter dem Schafott leckten Hunde das Blut vom Vortage auf. Brotteaux wandte sich der Rue Honoré zu.

Wieder in seiner Dachstube, wo der Barnabit sein Brevier las, wischte er sorgfältig den Tisch ab und legte seinen Farbkasten sowie Werkzeug und Material für seine Arbeit darauf.

„Mein Vater", sagte er, „wenn Ihnen diese Beschäftigung nicht Ihres geistlichen Standes unwürdig erscheint, so helfen Sie mir bitte bei der Herstellung von Hampelmännern. Ein Herr Joly hat mir heute morgen eine ziemlich große Bestellung aufgegeben. Während ich die bereits fertigen Figuren bemale, könnten Sie mir einen großen Dienst erweisen, indem Sie die Köpfe, Arme, Beine und Rümpfe nach diesen Modellen hier ausschneiden. Bessere werden Sie nicht finden: sie sind nach Vorlagen von Watteau und Boucher."

„Ich glaube in der Tat, Monsieur", sagte Longuemare, „daß Watteau und Boucher die Richtigen waren, um solchen Kleinkram zu malen: es wäre für ihren Nachruhm besser gewesen, wenn sie sich an unschuldige Hampelmänner wie diese hier gehalten hätten. Ich würde Ihnen gern helfen, aber ich fürchte, ich bin nicht geschickt genug dafür."

Pater Longuemare mißtraute seiner Geschicklichkeit zu Recht: nach einigen mißlungenen Versuchen mußte er einsehen, daß er unbegabt dafür war, mit der Spitze des Federmessers hübsche Konturen aus einem Stückchen Pappe auszuschneiden. Als aber Brotteaux ihm auf seine Bitte Bindfaden und eine Schnürnadel gab, erwies er sich als sehr geschickt, den kleinen Figuren, die er nicht zu formen vermochte, Bewegung zu verleihen und sie tanzen zu lehren. Anschließend probierte er sie mit Vergnügen aus, indem er jede einzelne ein paar Gavotteschritte ausführen ließ, und wenn sie seinen Bemühungen entsprachen, glitt ein Lächeln über seine strengen Züge.

Als er einmal den Faden eines kleinen Prahlhanses im Takt bewegte, sagte er: „Diese kleine Maske, Monsieur, erinnert mich an eine merkwürdige Geschichte. Es war im Jahre 1746: ich beendete gerade mein Noviziat unter dem Pater Magitot, einem betagten Mann von tiefem Wissen und strengen Sitten. Wie Sie sich vielleicht erinnern, übten zu jener Zeit die Hampelmänner, die ursprünglich zum Vergnügen der Kinder bestimmt waren, auf die Frauen und sogar auf die jungen und alten Männer einen ungemeinen Reiz aus; sie machten Furore in Paris. Die Modegeschäfte waren voll davon; man fand bei Leuten von Stand welche, und nicht selten sah man auf der Promenade und auf den Straßen eine ernsthafte Persönlichkeit, die ihren Hampelmann tanzen ließ. Den Pater Magitot bewahrten weder sein Alter, sein Charakter noch sein Beruf vor dieser Ansteckung. Als er jedermann damit beschäftigt sah, ein kleines Pappmännchen springen zu lassen, juckte es ihm in den Fingern, was er bald als sehr lästig empfand. Als er eines Tages in einer wichtigen Angelegenheit, die den ganzen Orden betraf, Monsieur Chauvel, den Anwalt am Gerichtshof, aufsuchte und dort einen Hampelmann am

Kamin hängen sah, verspürte er eine furchtbare Versuchung, an dem Fädchen zu ziehen. Nur mit großer Mühe überwand er sich. Aber dieser frivole Wunsch verfolgte ihn und ließ ihm keine Ruhe mehr. Bei seinen Studien, bei seinen Meditationen, bei seinen Gebeten, in der Kirche, im Kapitel, im Beichtstuhl, auf der Kanzel war er von ihm besessen. Nachdem er sich einige Tage lang in schrecklicher Seelenpein verzehrt hatte, trug er diesen ungewöhnlichen Fall dem Obersten des Ordens vor, der sich glücklicherweise gerade in Paris aufhielt. Dieser war ein überragender Gelehrter und einer der Kirchenfürsten von Mailand. Er riet Pater Magitot, ein im Prinzip harmloses, in seinen Folgen aber lästiges Verlangen zu befriedigen, das in der von ihm verzehrten Seele die schwersten Verwirrungen anzurichten drohte. Auf den Rat, oder besser, auf Befehl des Obersten ging Pater Magitot noch einmal zu Monsieur Chauvel, der ihn wie beim erstenmal in seinem Arbeitszimmer empfing. Als er dort den Hampelmann wieder am Kamin hängen sah, trat er hastig zu ihm hin und bat seinen Gastgeber um die Erlaubnis, einen Augenblick an dem Fädchen ziehen zu dürfen. Der Anwalt erlaubte es ihm herzlich gern und vertraute ihm an, daß er Scaramouche (so nannte er den Hampelmann) öfters tanzen lasse, während er seine Plädoyers ausarbeite, und daß er noch am gestrigen Tag bei Scaramouches Sprüngen seine Verteidigungsrede für eine Frau, die fälschlich des Giftmordes an ihrem Gatten angeklagt war, überarbeitet habe. Bebend ergriff Pater Magitot die Schnur und sah, von seiner Hand bewegt, Scaramouche hüpfen wie einen Besessenen, der exorziert wird. Als er derart seine Laune befriedigt hatte, war er von der Plage befreit."

„Ihre Geschichte überrascht mich nicht, mein Vater", sagte Brotteaux. „Solche Besessenheiten kommen vor. Aber es sind nicht immer Pappfiguren, die sie hervorrufen."

Pater Longuemare, der Mönch war, sprach niemals von Religion; Brotteaux redete ständig davon. Und da er Sympathie für den Barnabiten empfand, gefiel er sich darin, ihn in die Enge zu treiben und ihn durch Einwände gegen verschiedene Glaubensartikel der christlichen Lehre zu verwirren.

Einmal, als sie gemeinsam Zerlinen und Prahlhänse anfertigten, sagte Brotteaux:

„Wenn ich die Ereignisse betrachte, die uns in unsere derzeitige Lage gebracht haben, und mich frage, welche Partei in der allgemeinen Tollheit am törichtesten war, so möchte ich fast glauben, daß es die Hofpartei war."

„Mein Herr", entgegnete der Mönch, „alle Menschen verlieren den Verstand wie Nebukadnezar, wenn Gott sie verläßt; aber kein Mensch unserer Tage war so tief in Unwissenheit und Irrtum versunken wie der Herr Abbé Fauchet, kein Mensch so verderblich für das Königreich wie dieser. Gott mußte heftig erzürnt gegen Frankreich gewesen sein, daß er ihm den Abbé Fauchet sandte!"

„Mir scheint, wir haben noch andere Übeltäter gesehen als jenen unseligen Fauchet."

„Der Abbé Grégoire hat ebenfalls viel Bosheit bewiesen."

„Und Brissot und Danton und Marat und hundert andere. Was sagen Sie zu denen, mein Vater?"

„Das sind Laien, Monsieur: die Laien würden sich niemals die gleiche Verantwortung aufladen wie die Geistlichen. Sie tun das Böse nicht von so hoher Warte aus, und ihre Verbrechen sind nicht so universell."

„Und Ihr Gott, mein Vater, was sagen Sie zu seinem Verhalten in der gegenwärtigen Revolution?"

„Ich verstehe Sie nicht, Monsieur."

„Epikur hat gesagt: Entweder will Gott das Böse verhindern und kann es nicht, oder er kann es und will es nicht, oder er kann es nicht und will es nicht, oder er will es und kann es. Wenn er es will und nicht kann, ist er ohnmächtig; wenn er es kann und nicht will, ist er pervers; wenn er es nicht kann und nicht will, ist er ohnmächtig und pervers; wenn er es will und kann, warum tut er es dann nicht, mein Vater?"

Und Brotteaux warf einen zufriedenen Blick auf seinen Gesprächspartner.

„Mein Herr", entgegnete der Mönch, „nichts ist jämmerlicher als die Einwände, die Sie da machen. Wenn ich die Gründe für den Unglauben prüfe, so kommt es mir vor, als sähe ich Ameisen dem wilden Gebirgsbach einen Damm aus ein paar Grashalmen entgegensetzen. Gestatten Sie, daß ich mit Ihnen nicht disputiere: ich hätte dafür zu viele Gründe und zuwenig Geist. Im übrigen werden Sie Ihre Verdammung bei Abbé Guénée und bei zwanzig anderen finden. Ich will Ihnen nur sagen, daß das, was Sie von Epikur berichten, eine Dummheit ist, denn darin wird Gott beurteilt, als wäre er ein Mensch und besäße menschliche Moral. Nun ja, Monsieur, die Ungläubigen von Celsus bis Bayle und Voltaire haben die Dummen mit solchen Paradoxien irregeführt."

„Da sehen Sie, mein Vater", sagte Brotteaux, „wozu Ihr Glaube Sie hinreißt. Nicht zufrieden damit, daß Sie in Ihrer Theologie alle Wahrheit finden, wollen Sie keine in den Werken so vieler schöner Genies gelten lassen, die anders dachten als Sie."

„Sie täuschen sich völlig, Monsieur", antwortete Longuemare. „Ich glaube im Gegenteil, daß im Denken eines Menschen nichts gänzlich falsch sein kann. Die Atheisten nehmen die unterste Stufe der Erkenntnis ein; noch auf dieser Stufe bleibt ein Vernunftschimmer, bleiben Wahrheitsblitze, und obwohl der Mensch von Finsternis umgeben ist, erhebt er eine Stirn, die Gott mit Verstand versah: das ist Luzifers Schicksal."

„Nun, mein Herr", sagte Brotteaux, „ich werde nicht so großzügig sein und gestehe Ihnen, daß ich in all den Werken der Theologen nicht ein Körnchen gesunden Menschenverstand finde."

Dennoch verwahrte er sich dagegen, die Religion angreifen zu wollen, die er als notwendig für das Volk erachtete: er hätte nur gewünscht, daß ihre Diener Philosophen und nicht Glaubensstreiter wären. Er beklagte, daß die Jakobiner sie durch eine jüngere, bösartigere Religion ersetzen wollten, durch die Religion der Freiheit und Gleichheit, der Republik und des Vaterlandes. Er hatte bemerkt, daß die Religionen in der Kraft ihrer Jugend wütender und grausamer sind und daß sie mit zunehmendem Alter milder werden. Deshalb wünschte er, daß man beim Katholizismus bliebe, der in der Zeit seiner Kraft viele Opfer verschlungen hatte, sich aber jetzt, unter der Last der Jahre träge geworden und von mäßigem Appetit, mit vier oder fünf gerösteten Ketzern im Jahrhundert begnügte.

„Im übrigen", setzte er hinzu, „habe ich mich mit den Theophagen und Christusverehrern immer gut vertragen. In Les Ilettes hatte ich einen Kaplan; jeden Sonntag wurde dort die Messe gelesen, und alle meine Gäste wohnten ihr bei. Die Philosophen waren die Andächtigsten und die Tänzerinnen von der Oper die Inbrünstigsten. Ich war glücklich damals und hatte viele Freunde."

„Freunde!" rief Pater Longuemare aus. „Freunde!... Ach, Monsieur, glauben Sie, daß sie Sie liebten, alle diese Philosophen und alle diese Kurtisanen, die Ihre Seele derart erniedrigt haben, daß es sogar Gott schwerfiele, in ihr einen der Tempel wiederzuerkennen, die er zu seinem Ruhme errichtet hat?"

Pater Longuemare wohnte nun schon acht Tage bei dem Zollpächter, ohne belästigt zu werden. So gut er konnte, befolgte er die Regel seines Ordens und erhob sich von seinem Strohsack, um, auf den Steinfliesen kniend, sein Abendgebet zu verrichten. Obwohl sie beide nur elende Speisereste zu essen hatten, hielt er Fasten und Abstinenz ein. Als betrübter und zugleich lächelnder Zeuge dieser Strenge fragte ihn der Philosoph eines Tages:

„Glauben Sie wirklich, daß Gott irgendein Vergnügen daran hat, Sie hier so frieren und hungern zu sehen?"

„Gott selbst", antwortete der Mönch, „hat uns das Beispiel des Leidens gegeben."

Am neunten Tag, den der Barnabit in der Dachkammer des Philosophen wohnte, ging dieser eines Abends zur Dämmerstunde zu dem Spielwarenhändler Joly in der Rue Neuve-des-Petits-Champs, um ihm seine Hampelmänner zu bringen. Glücklich darüber, daß er sie alle verkauft hatte, kehrte er heim, als auf der ehemaligen Place du Carrousel ein Mädchen in blauseidenem, hermelinverbrämtem Mantel hinkend auf ihn zustürzte, sich in seine Arme warf und ihn nach Art der Schutzflehenden aller Zeiten umschlungen hielt.

Sie zitterte; er hörte das beschleunigte Klopfen ihres Herzens. Voller Bewunderung für ihr pathetisches Gehabe in ihrem ordinären Aufzug dachte Brotteaux als alter Theaterliebhaber, daß Mademoiselle Raucourt von ihr hätte lernen können.

Sie sprach atemlos und dämpfte die Stimme, aus Furcht, von Passanten gehört zu werden.

„Nehmen Sie mich mit, Bürger, verstecken Sie mich aus Erbarmen!... Sie sind in meinem Zimmer in der Rue Fromenteau. Während sie heraufkamen, rettete ich mich zu Flora, meiner Nachbarin, und sprang durch das Fenster auf die Straße, dabei habe ich mir den Fuß verstaucht... Sie kommen; sie wollen mich ins Gefängnis werfen und mich umbringen... Letzte Woche haben sie Virginie umgebracht."

Brotteaux begriff sehr wohl, daß sie von den Vertretern des Revolutionsausschusses der Sektion oder den Kommissaren des Allgemeinen Sicherheitsausschusses sprach. Die Commune hatte damals einen tugendhaften Ankläger, den Bürger Chaumette, der die Freudenmädchen als die finstersten Feinde der Republik verfolgte. Er wollte die Sitten erneuern. Ehrlich gesagt waren die Dirnen vom Palais-Egalité wenig patriotisch. Sie wünschten den alten Zustand zurück und machten daraus kein Hehl. Etliche waren schon als Verschwörerinnen guillotiniert worden, und ihr tragisches Geschick hatte bewirkt, daß sich unter ihresgleichen viele Nacheiferinnen fanden.

Der Bürger Brotteaux fragte die Flehende, durch welches Vergehen sie sich einen Verhaftbefehl zugezogen habe.

Sie schwor, daß sie nichts wisse, daß man ihr nichts vorwerfen könne.

„Nun, mein Kind", sagte Brotteaux, „du bist überhaupt

nicht verdächtig: du hast nichts zu befürchten. Geh, leg dich schlafen und laß mich in Frieden."

Da gestand sie alles: „Ich habe mir die Kokarde abgerissen und ‚Es lebe der König!' gerufen."

Er ging mit ihr an den menschenleeren Seinequais entlang. Sie hängte sich bei ihm ein und sagte: „Ich liebe ihn nicht, den König; Sie können sich wohl denken, daß ich ihn nicht gekannt habe, und vielleicht war er ein Mann, der sich nicht sonderlich von anderen unterschied. Aber die da sind bösartig. Sie sind grausam gegen die armen Mädchen. Sie quälen mich, sie schikanieren und beleidigen mich auf jede Weise; sie wollen mich daran hindern, meine Arbeit zu machen. Ich habe keine andere. Sie können sich denken, wenn ich eine andere hätte, würde ich die nicht machen... Was wollen sie denn? Sie eifern gegen die kleinen Leute, die Schwachen, gegen den Milchhändler, den Kohlenhändler, den Wasserträger, die Wäscherin. Sie werden nicht zufrieden sein, ehe sie nicht das ganze arme Volk gegen sich aufgebracht haben."

Er betrachtete sie: sie sah wie ein Kind aus. Sie hatte keine Angst mehr. Sie lächelte fast, ihr Gang war leicht, sie hinkte ein wenig. Er fragte sie nach ihrem Namen. Sie antwortete, sie heiße Athénaïs und sei sechzehn Jahre alt.

Brotteaux bot ihr an, sie hinzuführen, wohin sie wolle. Sie kannte niemanden in Paris, hatte aber eine Tante, die Dienstmagd in Palaiseau war und sie bei sich aufnehmen würde.

Brotteaux faßte seinen Entschluß.

„Komm mit, mein Kind", sagte er zu ihr.

Sie stützte sich auf seinen Arm, und er nahm sie mit.

In seine Dachkammer zurückgekehrt, fand er Pater Longuemare vor, der in seinem Brevier las.

Er zeigte auf Athénaïs, die er an der Hand hielt.

„Mein Vater", sagte er, „dies ist ein Mädchen aus der Rue Fromenteau, das ‚Es lebe der König!' gerufen hat. Die Revolutionspolizei ist ihr auf den Fersen. Sie hat keine Bleibe. Gestatten Sie, daß sie die Nacht hier verbringt?"

Pater Longuemare klappte sein Brevier zu.

„Wenn ich Sie recht verstehe“, sagte er, „fragen Sie mich, mein Herr, ob dieses junge Mädchen, dem wie mir die Verhaftung droht, um ihres irdischen Heils willen die Nacht mit mir in einem Zimmer zubringen darf.“

„Ja, mein Vater.“

„Welches Recht hätte ich zu widersprechen? Und bin ich denn sicher, mehr zu taugen als sie, daß ich mich durch ihre Gegenwart beleidigt fühlen könnte?“

Er setzte sich zur Nacht in einen alten kaputten Lehnstuhl und versicherte, daß er dort gut schlafen werde. Athénaïs legte sich auf die Matratze. Brotteaux streckte sich auf dem Strohsack aus und löschte die Kerze.

Von den Kirchtürmen schlug es die Stunden und halben Stunden: er konnte nicht schlafen und lauschte den Atemzügen des Mönchs und des Mädchens. Der Mond, Sinnbild und Zeuge seiner früheren Liebschaften, ging auf und warf einen Silberstrahl in die Dachstube, der das blonde Haar, die goldenen Wimpern, die feingeschwungene Nase und den vollen roten Mund von Athénaïs beleuchtete, die wie ein Murmeltier schlief.

Die, dachte er, ist bestimmt eine furchtbare Feindin der Republik!

Als Athénaïs erwachte, war es heller Tag. Der Mönch war fortgegangen. Brotteaux, der unter der Dachluke in seinem Lukrez las, lernte aus der lateinischen Dichtung, ohne Furcht und Verlangen zu leben, und verzehrte sich dennoch in Sehnsucht und Unruhe.

Als Athénaïs die Augen aufschlug, sah sie voller Verwunderung über ihrem Kopf die Deckenbalken eines Dachbodens. Dann erinnerte sie sich, lächelte ihrem Retter zu und streckte ihre hübschen kleinen Schmutzhände nach ihm aus, um ihn zu streicheln.

Sie richtete sich auf ihrem Lager empor und wies mit dem Finger auf den morschen Lehnstuhl, in dem der Mönch die Nacht verbracht hatte.

„Er ist fort?... Er ist doch nicht mich anzeigen gegangen? Sagen Sie!“

„Nein, mein Kind. Es gibt keinen anständigeren Menschen als diesen alten Narren."

Athénaïs fragte, worin die Narrheit dieses wackeren Mannes bestehe; und als Brotteaux ihr sagte, es sei die Religion, machte sie ihm ernsthaft Vorwürfe, so zu reden, erklärte, daß die Menschen ohne Religion schlimmer als Tiere seien und daß sie oft zu Gott bete, in der Hoffnung, er möge ihr die Sünden vergeben und sie in seiner heiligen Barmherzigkeit aufnehmen.

Als sie dann bemerkte, daß Brotteaux ein Buch in der Hand hielt, glaubte sie, dies sei ein Meßbuch, und sagte: „Sehen Sie, auch Sie sagen Ihre Gebete her! Gott wird Ihnen vergelten, was Sie für mich getan haben."

Als Brotteaux ihr gesagt hatte, daß dieses Buch kein Meßbuch sei und daß es geschrieben wurde, bevor der Gedanke an die Messe in der Welt aufgetaucht sei, dachte sie, es sei ein Traumbuch, und fragte, ob sich darin nicht eine Erklärung für einen seltsamen Traum fände, den sie gehabt. Sie konnte nicht lesen und kannte vom Hörensagen nur diese beiden Arten von Büchern.

Brotteaux antwortete ihr, daß dieses Buch nur den Traum des Lebens erkläre. Das schöne Kind, das diese Antwort zu schwierig fand, verzichtete darauf, sie zu verstehen, und tauchte die Nasenspitze in die irdene Schüssel, die Brotteaux die Silberschüsseln ersetzte, die er früher benutzt hatte. Dann brachte sie vor dem Rasierspiegel ihres Gastgebers mit ernster und peinlicher Sorgfalt ihr Haar in Ordnung. Die weißen Arme über dem Kopf angewinkelt, sprach sie hin und wieder ein paar Worte.

„Sie sind reich gewesen?"

„Wie kommst du darauf?"

„Ich weiß nicht. Aber Sie waren reich, und Sie sind ein Aristokrat, da bin ich sicher."

Sie zog aus der Tasche eine kleine silberne Madonnenstatuette in einer runden Elfenbeinkapelle, ein Stück Zukker, Garn, eine Schere, ein Feuerzeug, zwei oder drei Etuis und begann, nachdem sie sich das Nötige herausgesucht hatte, ihren Rock auszubessern, der an mehreren Stellen zerrissen war.

„Zu deiner Sicherheit, mein Kind, stecke dies an deine Frisur!“ sagte Brotteaux zu ihr und reichte ihr eine Kokarde in den Nationalfarben.

„Ich will es gern tun, Monsieur“, antwortete sie, „aber nur Ihnen zuliebe und nicht aus Liebe zur Nation.“

Als sie sich angekleidet und so hübsch wie möglich zurechtgemacht hatte, raffte sie ihren Rock mit beiden Händen, machte einen Knicks, wie sie es auf dem Dorf gelernt hatte, und sagte zu Brotteaux: „Mein Herr, ich bin Ihre ergebene Dienerin.“

Sie war bereit, ihrem Wohltäter in jeder Weise zu Gefallen zu sein, aber sie hielt es für angebracht, daß er um nichts bat und sie ihm nichts anbot: es schien ihr artig, sich auf diese Weise und mit Schicklichkeit zu bedanken.

Brotteaux drückte ihr ein paar Assignaten in die Hand, damit sie die Kutsche nach Palaiseau nehmen konnte. Es war die Hälfte seines Vermögens, und obwohl er für seine Großzügigkeit gegenüber Frauen bekannt war, hatte er noch nie eine solche Güterteilung vorgenommen.

Sie fragte ihn nach seinem Namen.

„Ich heiße Maurice.“

Mit Bedauern öffnete er ihr die Tür seiner Dachkammer.

„Leb wohl, Athénaïs.“

Sie gab ihm einen Kuß.

„Monsieur Maurice, wenn Sie an mich denken, nennen Sie mich Marthe: das ist mein Taufname, so rief man mich auf dem Dorf... Leben Sie wohl, und vielen Dank... Ich bin Ihre Dienerin, Monsieur Maurice.“

15

Die überfüllten Gefängnisse mußten leer werden; es mußte gerichtet werden, gerichtet ohne Rast und Ruhe. An den mit Rutenbündeln und roten Mützen geschmückten Wänden saßen, wie einst ihresgleichen unter den Lilien, die Richter mit derselben Wichtigkeit und furchtbaren Ruhe ihrer königlichen Vorgänger. Der öffentliche Ankläger und seine Vertreter, erschöpft vor Müdigkeit und verzehrt von Schlaflosigkeit und Branntwein, konnten ihre Übermüdung nur mit größtem Kraftaufwand abschütteln, und ihr schlechtes Befinden machte sie tragisch. Die Geschworenen, verschieden von Herkunft und Charakter, die einen gebildet, die anderen unwissend, feige oder großmütig, sanft oder heftig, heuchlerisch oder aufrichtig, die aber alle angesichts der Gefahr, in der sich das Vaterland und die Republik befanden, die gleichen Ängste fühlten oder zu fühlen vorgaben, in der gleichen Glut brannten und allesamt aus Tugend oder aus Furcht schrecklich waren, bildeten nur ein einziges Wesen, einen einzigen dumpfen, gereizten Kopf, eine einzige Seele, ein mystisches Untier, das in natürlicher Ausübung seiner Funktionen überreichlichen Tod gebar. Wohlwollend oder grausam in ihrer Sensibilität, plötzlich von einem heftigen Gefühl des Mitleids gepackt, sprachen sie unter Tränen einen Angeklagten frei, den sie noch eine Stunde zuvor mit hämischen Worten verurteilt hätten. Je weiter sie in ihre Aufgabe hineinwuchsen, desto ungestümer folgten sie dem Drängen ihres Herzens.

Sie urteilten im Fieber und übermüdet von ihrem Übermaß an Arbeit, unter dem Ansporn von außen und den Befehlen der obersten Gewalt, unter den Drohungen der Sansculotten und Tricoteusen, die sich auf den Tribünen und im Zuschauerraum drängten, auf Grund wütender Zeugenaussagen und frenetischer Anklagereden, in stickiger Luft, die ihre Hirne lähmte, die Ohren sausen und die Schläfen pochen ließ und einen blutigen Schleier über ihre Augen legte. Im Publikum liefen unbestimmte Gerüchte über Geschworene um, die sich mit Gold von den Angeklagten bestechen ließen. Aber auf diese Gerüchte antwortete die gesamte Jury mit entrüsteten Protesten und gnadenlosen Verurteilungen. Kurz, sie waren Menschen, nicht schlimmer oder besser als andere. Die Unschuld ist meistens ein Glück und keine Tugend: wer immer ihre

Stelle hätte einnehmen wollen, hätte genauso gehandelt wie sie und diese furchtbaren Aufgaben mit mittelmäßiger Seele erfüllt.

Endlich nahm auch Marie-Antoinette, die so lange Erwartete, im schwarzen Kleid auf dem verhängnisvollen Lehnsessel Platz. Sie waren so einmütig in ihrem Haß, daß nur die Gewißheit über den Ausgang des Prozesses die Wahrung der Formen möglich machte. Auf die todbringenden Fragen antwortete die Angeklagte bald aus Selbsterhaltungstrieb, bald mit gewohntem Hochmut und einmal auf die Niederträchtigkeit eines ihrer Ankläger mit mütterlicher Würde. Den Zeugen waren nur Beleidigungen und Verleumdungen erlaubt; die Verteidigung war vor Entsetzen gelähmt. Das Tribunal zwang sich, nach den Regeln zu verfahren, und wartete, daß das Ganze ein Ende nähme, um Europa den Kopf der Österreicherin vor die Füße zu werfen.

Drei Tage nach der Hinrichtung Marie-Antoinettes wurde Gamelin zu dem Bürger Fortuné Trubert gerufen, der dreißig Schritt von dem Militärbüro, in dem er seine Lebenskraft erschöpft hatte, auf einem Gurtbett in der Zelle eines vertriebenen Barnabiten im Sterben lag. Sein bleicher Kopf war tief ins Kissen gesunken. Seine Augen, die schon nicht mehr sahen, wandten sich mit glasigem Blick Evariste zu; seine abgezehrte Hand ergriff die Hand des Freundes und drückte sie mit unerwarteter Kraft. In zwei Tagen hatte er drei Blutstürze gehabt. Er versuchte zu sprechen, seine Stimme, anfangs verschleiert und schwach wie ein Murmeln, schwoll an und erhob sich: „Wattignies! Wattignies! ... Jourdan hat den Feind in seinem Lager überwältigt ... Maubeuge von der Blockade befreit ... Wir haben Marchiennes zurückerobert. Ça ira ... ça ira ...“ Und er lächelte.

Es waren nicht die Träume eines Kranken, sondern eine klare Sicht der Wirklichkeit, die nun dieses Hirn erleuchtete, auf das schon die ewige Finsternis herabsank. Der feindliche Vormarsch schien fortan aufgehalten zu sein:

die verängstigten Generale merkten, daß sie nichts Besseres tun konnten als siegen. Was die freiwillige Einschreibung nicht erbracht hatte, eine große, disziplinierte Armee, brachte die allgemeine Aushebung. Noch eine Anstrengung, und die Republik war gerettet.

Nach einer halben Stunde tiefer Ohnmacht belebte sich Fortuné Truberts vom Tode ausgehöhltes Gesicht wieder, er hob die Hände.

Mit dem Finger zeigte er dem Freund das einzige Möbelstück, das es in dem Zimmer gab, einen kleinen Nußbaumschreibtisch.

Und mit seiner keuchenden, schwachen Stimme, die ein klarer Geist befehligte, sagte er: „Mein Freund, wie Eudamidas hinterlasse ich dir meine Schulden: dreihundertzwanzig Livres, über die du die Aufrechnung ... in diesem roten Heft da findest ... Leb wohl, Gamelin. Werde nicht müde. Wache über die Verteidigung der Republik. Ça ira."

Auf die Zelle sanken die Schatten der Nacht herab. Man hörte den stockenden Atem des Sterbenden und hörte seine Finger auf dem Bettuch kratzen.

Um Mitternacht brachte er unzusammenhängende Worte hervor: „Noch mehr Salpeter ... Laßt die Gewehre ausliefern ... Die Gesundheit? Sehr gut ... Holt die Glokken runter ..."

Um fünf Uhr morgens hauchte er sein Leben aus.

Auf Anordnung der Sektion wurde sein Leichnam im Schiff der ehemaligen Barnabitenkirche am Fuße des Altars des Vaterlandes auf einem Feldbett aufgebahrt, den Körper mit einer Trikolore bedeckt und die Stirn mit einem Eichenkranz umwunden.

Zwölf Greise in römischer Toga, einen Palmenzweig in der Hand, und zwölf junge Mädchen in langen Schleiern und mit Blumen standen um die Bahre. Zu Füßen des Toten hielten zwei Kinder umgekehrte Fackeln. In einem der beiden erkannte Evariste Joséphine, die Tochter seiner Concierge, die ihn in ihrem kindlichen Ernst und ihrer bezaubernden Schönheit an die Genien der Liebe und des

Todes erinnerte, welche die Römer auf ihren Sarkophagen einmeißelten.

Der Leichenzug begab sich unter dem Gesang der Marseillaise und des „Ça ira“ auf den Friedhof Saint-André-des-Arts.

Als Evariste den Abschiedskuß auf die Stirn Fortuné Truberts drückte, weinte er. Er weinte über sich selbst und beneidete den, der nun ausruhte nach erfülltem Werk.

Nach Hause zurückgekehrt, erhielt er die Benachrichtigung, daß er zum Mitglied des Generalrats der Commune ernannt sei. Seit vier Monaten Kandidat, war er ohne Gegenkandidaten nach mehreren Wahlgängen mit etwa dreißig Stimmen gewählt worden. Man ging nicht mehr zur Wahl: die Sektionen waren wie ausgestorben; Reiche wie Arme waren nur bemüht, sich öffentlichen Ämtern zu entziehen. Die größten Ereignisse erregten weder Begeisterung noch Neugier; man las keine Zeitungen mehr. Evariste bezweifelte, daß von den siebenhunderttausend Einwohnern der Hauptstadt auch nur drei- bis viertausend noch eine republikanische Gesinnung besaßen.

An jenem Tag erschienen die Einundzwanzig vor Gericht.

Unschuldig oder schuldig an den Mißgeschicken oder Verbrechen der Republik, eitel, unvorsichtig, ehrgeizig und leichtsinnig, maßvoll und gewalttätig zugleich, schwach im Schrecken wie in der Milde, schnell bereit, den Krieg zu erklären, aber langsam in der Kriegführung, vor Gericht gezerrt nach dem Beispiel, das sie selbst gegeben, bildeten sie darum nicht minder die strahlende Jugend der Revolution; sie waren ihre Anmut und ihr Ruhm gewesen. Und der Richter, der sie jetzt mit kluger Parteilichkeit verhörte, dieser bleiche Ankläger, der dort vor seinem Tischchen ihren Tod und ihre Schande vorbereitet, diese Geschworenen, die gleich ihre Verteidigung im Keim erstikken werden, dieses Publikum auf den Tribünen, das sie mit Beschimpfungen und Hohngelächter überschüttete, sie alle, Richter, Geschworene, Volk, hatten noch vor kurzem ihrer Beredsamkeit Beifall gezollt, ihre Talente, ihre Tugenden gerühmt. Aber sie erinnerten sich nicht daran.

Evariste hatte früher Vergniaud zu seinem Abgott, Brissot zu seinem Orakel erhoben. Er dachte nicht mehr daran, und wenn in seinem Gedächtnis noch eine Spur seiner einstigen Bewunderung geblieben war, so bewies ihm das nur, daß diese Ungeheuer die besten Bürger verführt hatten.

Als er von der Sitzung nach Hause kam, hörte er gellende Schreie. Das war die kleine Joséphine, die von ihrer Mutter Prügel bekam, weil sie auf dem Platz mit Gassenjungen gespielt und ihr schönes weißes Kleid beschmutzt hatte, das man ihr zur Trauerfeier für den Bürger Trubert angezogen hatte.

16

Nachdem Evariste drei Monate lang Tag für Tag dem Vaterland berühmte oder unbekannte Opfer dargebracht hatte, bekam er einen Prozeß für sich selbst; einen der Angeklagten machte er zu *seinem* Angeklagten.

Seit er im Tribunal saß, spähte er in der Menge der Beschuldigten, die von seinen Blicken vorüberzogen, begierig nach Elodies Verführer, von dem er sich in seiner regen Phantasie eine ganz bestimmte Vorstellung gemacht hatte. Er dachte ihn sich jung, schön, unverschämt und bildete sich fest ein, daß er nach England emigriert sei. Er glaubte ihn in einem jungen Emigranten namens Maubel zu entdekken, der, nach Frankreich zurückgekehrt und von seinem Wirt denunziert, in einer Herberge in Passy verhaftet worden war und dessen Fall das Anwaltsbüro Fouquier-Tinvilles neben tausend anderen untersuchte. Man hatte bei ihm Briefe gefunden, welche die Anklage als Beweisstücke für ein Komplott ansah, das Maubel mit den Agenten Pitts angezettelt habe, welche aber in Wahrheit lediglich Briefe von Londoner Bankiers an den Emigranten waren, der bei diesen Guthaben deponiert hatte. Maubel, der jung und schön war, schien vor allem mit Liebesabenteuern beschäftigt. In seinem Tagebuch fand man Eintragungen über Beziehungen mit Spanien, das damals mit Frankreich im Krieg lag; diese Briefe waren in Wirklichkeit intimer Art, und wenn die Staatsanwaltschaft nicht die Niederschlagung des Prozesses verfügt hatte, so nur auf Grund des Prinzips, daß sich die Justiz niemals mit der Freilassung eines Gefangenen beeilen soll.

Gamelin erhielt Kenntnis von dem ersten Verhör, das im Beratungsraum mit Maubel angestellt worden war, und ihm fiel sofort der Charakter des jungen Aristokraten auf, der ihm übereinzustimmen schien mit dem, den er dem Mann andichtete, der Elodies Vertrauen mißbraucht hatte. Seither zog er sich stundenlang in das Zimmer des Gerichtsschreibers zurück und studierte eifrig die Akten. Sein Verdacht wurde eigentümlich bestärkt, als er in einem alten Notizbuch des Emigranten die Adresse des „Amour peintre“ fand, zugegebenermaßen im Verein mit der des „Singe Vert“, der ehemaligen „Dauphine“ und etlicher anderer Kupferstich- und Bilderhandlungen. Als er jedoch erfuhr, daß man in demselben Notizbuch einige Blütenblätter einer roten Nelke, sorgfältig in Seidenpapier eingewickelt, gefunden hatte, zweifelte Evariste nicht mehr, denn ihm fiel ein, daß die rote Nelke Elodies Lieblingsblume war, die sie an ihrem Fenster zog, in ihrem Haar trug und (wie er ja wußte) als Liebespfand verschenkte.

Nachdem er sich nunmehr Gewißheit verschafft hatte, beschloß er, Elodie auszufragen, wobei er ihr allerdings die Umstände verheimlichen wollte, durch die er den Verbrecher entdeckt hatte.

Als er die Treppe in seiner Wohnung hinaufstieg, roch er schon auf dem unteren Treppenabsatz einen berauschenden Duft von Früchten und fand im Atelier Elodie, die der Bürgerin Gamelin beim Einmachen von Quitten half. Während die alte Hausfrau beim Feueranfachen im Herd im Geiste die Möglichkeiten erwog, Kohle und Rohzucker einzusparen, ohne daß die Qualität der Konfitüre beeinträchtigt würde, saß die Bürgerin Blaise mit vorgebundener Rohleinenschürze und den Schoß voller goldgelber

Früchte auf dem Rohrstuhl, schälte die Quitten und warf sie, in Viertel zerschnitten, in eine Kupferschüssel. Die Spitzen ihrer Haube waren nach hinten geworfen, und ihre schwarzen Locken ringelten sich auf ihrer feuchten Stirn; ein hausfraulicher Reiz und eine häusliche Anmut gingen von ihr aus, die süße Gedanken und stille Sinnenlust weckten.

Ohne sich zu rühren, schlug sie ihre schönen goldbraunen Augen zu ihrem Geliebten auf und sagte: „Sehen Sie, Evariste, wir arbeiten für Sie. Den ganzen Winter über können Sie leckeres Quittengelee essen, das Ihren Magen stärken und Ihnen das Herz froh machen wird."

Doch Gamelin trat auf sie zu und flüsterte ihr den Namen „Jacques Maubel" ins Ohr.

In diesem Augenblick steckte der Schuhflicker Combalot seine rote Nase durch den Türspalt. Er brachte Schuhe, denen er neue Hacken angesetzt hatte, sowie die Rechnung für seine Reparatur.

Aus Angst, als ein schlechter Bürger zu gelten, schrieb er seine Forderungen nach dem neuen Kalender auf. Die Bürgerin Gamelin, die in ihren Rechnungen gern klarsah, wurde aus den Fructidors und Vendémiaires nicht klug.

Sie seufzte:

„Jesus! Alles wollen sie verändern, die Tage, die Monate, die Jahreszeiten, Sonne und Mond! Großer Gott! Monsieur Combalot, was ist das für ein Paar Überschuhe am 8. Vendémiaire?"

„Schauen Sie doch auf Ihren Kalender, Bürgerin, dann verstehen Sie es."

Sie nahm ihn von der Wand, überflog ihn und wandte die Blicke gleich wieder ab.

„Der sieht nicht eben christlich aus!" sagte sie bestürzt.

„Nicht nur das, Bürgerin", sagte der Schuhflicker, „wir haben auch nur noch drei Sonntage im Monat statt vier. Und das ist noch nicht alles: wir müssen unsere Art zu rechnen ändern. Es soll demnächst keine Liards und Deniers mehr geben; alles soll dann nach dem destillierten Wasser eingeteilt werden."

Bei diesen Worten blickte die Bürgerin Gamelin mit bebenden Lippen zur Decke und seufzte: „Sie nehmen sich zuviel heraus!“

Und während sie klagte wie die frommen Frauen auf ländlichen Kalvarienbergen und sich um die Glut im Herd nicht kümmerte, entstand stinkender Qualm, der sich im ganzen Atelier ausbreitete und zusammen mit dem starken Geruch der Quitten die Luft verpestete, daß man nicht mehr atmen konnte.

Elodie klagte, daß es ihr im Halse kratze, und bat darum, das Fenster zu öffnen. Doch sowie der Bürger Schuhflicker sich verabschiedet hatte und die Bürgerin Gamelin wieder an ihren Herd gegangen war, sagte Evariste der Bürgerin Blaise noch einmal den Namen ins Ohr: „Jacques Maubel.“

Sie sah ihn ein wenig verwundert an und fragte ruhig und ohne mit dem Quittenzerteilen aufzuhören:

„Ja? . . . Jacques Maubel? . . .“

„Er ist es!“

„Wer? Er?“

„Du hast ihm eine rote Nelke geschenkt.“

Sie erklärte, daß sie nicht verstehe, und bat ihn um eine Erklärung.

„Dieser Aristokrat! Dieser Emigrant! Dieser Strolch!“

Sie zuckte die Achseln und stritt mit großer Natürlichkeit ab, einen Jacques Maubel jemals gekannt zu haben.

Und sie hatte ihn wirklich nicht gekannt.

Sie leugnete auch, jemals einem anderen als Evariste rote Nelken geschenkt zu haben; aber in diesem Punkt ließ ihr Gedächtnis sie vielleicht im Stich.

Er war ein schlechter Frauenkenner und hatte Elodies Charakter nicht sehr gründlich durchschaut; dennoch hielt er sie für fähig, auch einen Geschickteren als ihn zu täuschen und hinters Licht zu führen.

„Warum leugnen?“ fragte er. „Ich weiß es.“

Sie versicherte von neuem, niemals einen Maubel gekannt zu haben. Und nachdem sie fertig war mit Quittenschälen, bat sie um Wasser, weil ihr die Finger klebten.

Gamelin brachte ihr eine Waschschüssel.

Und während sie sich die Hände wusch, wiederholte sie ihre Beteuerungen.

Er erklärte nochmals, daß er Bescheid wisse, und diesmal schwieg sie.

Sie sah nicht, worauf die Frage ihres Liebhabers abzielte, und hatte nicht die geringste Ahnung, daß dieser Maubel, von dem sie nie gehört hatte, vor dem Revolutionstribunal erscheinen sollte; sie begriff nichts von den Verdächtigungen, mit denen man sie quälte, fand sie aber unbegründet. Und da sie kaum hoffen konnte, sie auszuräumen, hatte sie auch keine Lust mehr dazu. Sie hörte auf, sich dagegen zu verwahren, einen Maubel gekannt zu haben, und zog es vor, den Eifersüchtigen auf einer falschen Fährte herumirren zu lassen, zumal ihn der geringste Zufall jeden Augenblick auf die richtige Spur bringen konnte. Ihr kleiner Schreiber von ehedem, der ein hübscher patriotischer Dragoner geworden war, hatte mit seiner aristokratischen Geliebten gebrochen. Wenn er Elodie auf der Straße traf, sah er sie mit einem Blick an, der zu sagen schien: Hallo, schönes Kind! Ich fühle, ich werde Ihnen meinen Verrat verzeihen, und bin schon fast soweit, Ihnen meine Wertschätzung wieder zu schenken. So unternahm sie also keine Anstrengung mehr, die vermeintlichen Grillen ihres Freundes zu verscheuchen; Gamelin blieb bei seiner Überzeugung, daß Jacques Maubel Elodies Verderber gewesen sei.

Die Tage darauf war das Tribunal pausenlos mit der Vernichtung des Föderalismus beschäftigt, der wie eine Hydra die Freiheit zu verschlingen gedroht hatte. Das waren arbeitsreiche Tage; und die vor Müdigkeit erschöpften Geschworenen machten kurzen Prozeß mit der Frau Roland, der Anstifterin oder Komplizin bei den Verbrechen der Splitterpartei Brissots.

Indessen ging Gamelin jeden Morgen zur Staatsanwaltschaft, um den Prozeß Maubel voranzutreiben. Wichtige Beweisstücke befanden sich in Bordeaux: er erreichte, daß ein Kommissär sie mit der Postkutsche holte. Endlich trafen sie ein.

Der Vertreter des Staatsanwalts las sie durch, verzog das Gesicht und sagte zu Evariste: „Viel sind sie nicht wert, diese Beweisstücke! Es steht nichts darin! Dummes Zeug! . . . Wenn es wenigstens sicher wäre, daß dieser frühere Graf Maubel emigriert ist! . . ."

Schließlich hatte Gamelin sein Ziel erreicht. Der junge Maubel erhielt seine Anklageschrift und wurde am 19. Brumaire dem Revolutionstribunal vorgeführt.

Schon bei Eröffnung der Verhandlung zeigte der Präsident eine finstere, abschreckende Miene, die er immer aufsetzte, wenn er schlecht vorbereitete Prozesse zu führen hatte. Der Vertreter der Anklage strich mit der Feder um sein bärtiges Kinn und trug die Heiterkeit eines reinen Gewissens zur Schau. Der Gerichtsschreiber verlas die Anklageschrift: etwas so Fadenscheiniges hatte man noch nie gehört.

Der Präsident fragte den Angeklagten, ob er keine Kenntnis von den Gesetzen gegen die Emigranten gehabt habe.

„Ich habe sie gekannt und befolgt", antwortete Maubel, „und ich habe Frankreich mit ordnungsgemäßen Pässen verlassen."

Über die Gründe seiner Reise nach England und seiner Rückkehr nach Frankreich gab er befriedigende Erklärungen. Sein Gesicht war angenehm, mit einem Anflug von Freimütigkeit und Stolz, der gefiel. Die Frauen auf den Tribünen betrachteten ihn mit Wohlwollen. Die Anklage behauptete, daß er sich in Spanien zu einer Zeit aufgehalten habe, wo sich dieses Land schon im Krieg mit Frankreich befand: er versicherte, damals Bayonne nicht verlassen zu haben. Nur ein Punkt blieb dunkel. In den Papieren, die er bei seiner Verhaftung in den Kamin geworfen hatte und von denen nur ein paar Überreste gefunden wurden, waren spanische Worte und der Name „Nieves" zu lesen.

Jacques Maubel weigerte sich, über diesen Punkt die von ihm geforderte Auskunft zu geben. Und als der Präsident ihm sagte, daß es im Interesse des Angeklagten läge, Aufklärung zu geben, antwortete er, daß man nicht immer seinem persönlichen Vorteil nachgehen solle.

Gamelin wollte Maubel nur *eines* Verbrechens überführen: dreimal drängte er den Präsidenten, den Angeklagten zu fragen, ob er Auskunft über die Nelke geben könne, deren getrocknete Blütenblätter er so sorgfältig in seiner Brieftasche aufbewahrte.

Maubel erwiderte, er fühle sich nicht verpflichtet, auf eine Frage zu antworten, die für die Justiz ohne Belang sei, da man ja kein Briefchen in jener Blume versteckt gefunden hatte.

Die Geschworenen zogen sich ins Beratungszimmer zurück, günstig gestimmt gegen diesen jungen Mann, dessen undurchsichtiger Fall vor allem Liebesgeheimnisse zu bergen schien. Diesmal hätten selbst die Guten und Lauteren ihn gern freigesprochen. Einer von ihnen, ein ehemaliger Aristokrat, der sich der Revolution angeschlossen hatte, sagte:

„Wirft man ihm seine Geburt vor? Ich hatte auch das Unglück, als Aristokrat auf die Welt zu kommen."

„Ja, aber du hast diesen Stand verlassen, und er gehört ihm noch an", entgegnete Gamelin.

Und er sprach mit einer solchen Heftigkeit gegen diesen Verschwörer, diesen Abgesandten Pitts, diesen Komplizen Coburgs, der über Gebirge und Meere gezogen war, um der Freiheit Feinde zu machen; er forderte so glühend die Verurteilung des Verräters, daß er den ständigen Argwohn, die alte Strenge der patriotischen Geschworenen wieder wachrief.

Einer von ihnen sagte zynisch zu ihm: „Es gibt Dienste, die man sich unter Kollegen nicht abschlagen darf."

Mit einer Stimme Mehrheit wurde das Todesurteil gefällt.

Der Angeklagte vernahm sein Urteil lächelnd und gefaßt. Seine Blicke, die ruhig durch den Saal wanderten, drückten, als sie auf Gamelins Gesicht fielen, unsägliche Verachtung aus.

Niemand zollte dem Spruch Beifall.

Als Jacques Maubel in die Conciergerie zurückgeführt wurde, schrieb er in Erwartung der Hinrichtung, die noch am selben Abend bei Fackelschein durchgeführt werden sollte, einen Brief.

„Meine liebe Schwester,
das Tribunal schickt mich aufs Schafott und macht mir damit die einzige Freude, die ich seit dem Tode meiner angebeteten Nieves empfinden kann. Sie haben mir das einzige genommen, das mir von ihr geblieben ist, eine Granatblüte, die sie – ich weiß nicht, warum – als Nelke bezeichnen.

Ich liebte die Kunst: in Paris, in glücklichen Zeiten, habe ich Gemälde und Kupferstiche gesammelt, die jetzt an einem sicheren Ort liegen und die man Dir so bald wie möglich aushändigen wird. Ich bitte Dich, liebe Schwester, sie als Andenken an mich zu bewahren."

Er schnitt sich eine Haarlocke ab, legte sie in den Brief, faltete ihn zusammen und schrieb die Anschrift:

„An die Bürgerin Clémence Dezeimeries, geborene Maubel, La Réole."

Alles, was er an Geld besaß, gab er dem Gefängniswärter und bat ihn, diesen Brief zu besorgen, bestellte sich eine Flasche Wein und trank sie in Erwartung des Henkerkarrens schluckweise aus . . .

Nach dem Abendessen eilte Gamelin zum „Amour peintre" und stürmte in das blaue Zimmer, in dem Elodie ihn allnächtlich erwartete.

„Du bist gerächt", sagte er zu ihr. „Jacques Maubel ist nicht mehr. Der Karren, der ihn zur Hinrichtung brachte, fuhr im Fackelschein unter deinem Fenster vorbei."

Sie begriff.

„Du Elender! Du hast ihn umgebracht, und er war nicht mein Geliebter. Ich kannte ihn gar nicht... Ich habe ihn niemals gesehen... Was für ein Mann war das? Er war jung, liebenswert... unschuldig. Und du hast ihn umgebracht, du Elender, du!"

Sie sank in Ohnmacht. Aber in der Umnachtung dieses kleinen Todes fühlte sie, wie zugleich Entsetzen und Wollust sie überkam. Sie kam halb zu sich; ihre schweren Lider gaben das Weiße ihrer Augen frei, ihr Busen hob sich, ihre tastenden Hände suchten ihren Geliebten. Sie preßte ihn in die Arme, als wollte sie ihn erdrücken, grub ihre Nägel in sein Fleisch und gab ihm mit blutenden Lippen den stummsten, unerbittlichsten, längsten, schmerzlichsten und süßesten Kuß.

Sie liebte ihn aus der Tiefe ihres Fleisches, und je schrecklicher, grausamer, entsetzlicher er ihr erschien, je mehr sie ihn mit dem Blut seiner Opfer bedeckt sah, um so mehr hungerte und dürstete es sie nach ihm.

17

Am 24. Frimaire um zehn Uhr morgens, bei klarem rosigem Himmel, unter dem das Eis der Nacht auftaute, begaben sich die Bürger Guénot und Delourmel, Abgeordnete des Allgemeinen Sicherheitsausschusses, in die Barnabitenkirche und ließen sich in den Kapitelsaal zum Überwachungsausschuß der Sektion führen, wo sich derzeit der Bürger Beauvisage aufhielt, der gerade Holzscheite in den Kamin warf. Sie sahen ihn jedoch nicht gleich, da er klein und krumm war.

Mit der brüchigen Stimme aller Buckligen bat der Bürger Beauvisage die Abgeordneten, Platz zu nehmen, und stellte sich ihnen voll zur Verfügung.

Guénot fragte ihn, ob er einen ehemaligen Des Ilettes kenne, der in der Nähe des Pont-Neuf wohne. „Das ist", fügte er hinzu, „einer, den ich verhaften soll." Und er entfaltete den Haftbefehl des Allgemeinen Sicherheitsausschusses.

Nach einigem Überlegen antwortete Beauvisage, daß er ein Individuum, das Des Ilettes heiße, nicht kenne und daß der Verdächtige dieses Namens nicht in der Sektion wohnen könne, da einige Teile der Sektionen Muséum, Unité und Marat-et-Marseille ebenfalls in der Nähe des Pont-Neuf lägen; falls er in der Sektion wohne, dann unter einem anderen Namen als dem im Haftbefehl des Ausschusses genannten; nichtsdestoweniger würde er umgehend ermittelt werden.

„Verlieren wir keine Zeit!“ sagte Guénot. „Unsre Wachsamkeit wurde auf ihn aufmerksam durch den Brief einer seiner Komplizinnen, der abgefangen und dem Ausschuß vor vierzehn Tagen übermittelt wurde und von dem der Bürger Lacroix erst gestern abend Kenntnis genommen hat. Wir sind überfordert: die Anzeigen treffen von allen Seiten in solcher Fülle ein, daß man nicht mehr weiß, auf wen man hören soll.“

„Auch beim Wachausschuß der Sektion laufen massenhaft Anzeigen ein“, erwiderte Beauvisage stolz. „Die einen bringen ihre Enthüllungen aus Bürgersinn, die anderen durch Bestechung mit einem Hundertsousschein. Viele Kinder zeigen ihre Eltern an, weil sie nach deren Erbe trachten.“

„Dieser Brief“, fuhr Guénot fort, „stammt von einer früheren Rochemaure, einer galanten Frau, bei der Biribiri gespielt wurde, und trägt die Anschrift eines Bürgers Rauline; in Wirklichkeit aber ist er für einen Emigranten im Dienste Pitts bestimmt. Ich habe ihn mitgenommen, um Ihnen daraus das mitzuteilen, was das Individuum Des Ilettes betrifft.“

Er zog den Brief aus der Tasche.

„Er beginnt mit ausführlichen Angaben über die Mitglieder des Konvents, die man nach Behauptung dieser Frau mit Geld oder dem Versprechen einer hohen Stellung in einer neuen, stabileren Regierung als der jetzigen bestechen könnte. Darauf folgt dieser Absatz:

‚Ich komme eben von Monsieur Des Ilettes, der in der Nähe des Pont-Neuf in einer Dachkammer wohnt, wo ihn nur die Katzen oder der Teufel finden können; um sich seinen Lebensunterhalt zu verdienen, stellt er Hampelmänner her. Auf sein Urteil kann man etwas geben: deshalb teile ich Ihnen, mein Herr, das Wesentliche aus seinem Gespräch mit. Er glaubt nicht, daß der gegenwärtige Zustand lange andauern wird. Seine Beendigung sieht er nicht im Sieg der Koalition, und die Ereignisse scheinen ihm recht zu geben, denn wie Sie wissen, mein Herr, sind seit einiger Zeit die Nachrichten vom Kriegsschauplatz schlecht. Eher glaubt er an einen Aufstand der kleinen Leute und der Frauen aus dem Volk, die noch tief ihrer Religion verhaftet sind. Er ist der Meinung, daß der allgemeine Schrecken, den das Revolutionstribunal verbreitet, bald ganz Frankreich gegen die Jakobiner vereinen wird. «Dieses Tribunal», sagte er scherzhaft, «das die Königin von Frankreich und eine Brotausträgerin verurteilt, erinnert an jenen William Shakespeare, den die Engländer so bewundern» usw. Er hält es nicht für ausgeschlossen, daß Robespierre die Königin-Witwe heiratet und sich zum Protektor des Königreiches ernennen läßt.

Ich wäre Ihnen dankbar, mein Herr, wenn Sie die mir geschuldeten Summen, d. h. tausend Pfund Sterling, mir auf dem gewohnten Wege zukommen ließen, aber hüten Sie sich, an Monsieur Morhardt zu schreiben: er ist gerade verhaftet und ins Gefängnis gebracht worden‘ usw. usw.“

„Dieser Herr Des Ilettes stellt Hampelmänner her“, sagte Beauvisage, „das ist ein wertvoller Hinweis ... Obwohl es viele kleine Gewerbetreibende dieser Art in der Sektion gibt.“

„Dabei fällt mir ein“, sagte Delourmel, „daß ich meinem Töchterchen Nathalie, der Jüngsten, die mit Scharlachfieber liegt, versprochen habe, ihr eine Puppe mitzubringen. Gestern waren die Flecken da. Das Fieber ist nicht besorgniserregend, erfordert aber Pflege. Und Nathalie, die für ihr Alter sehr entwickelt und geistig sehr reif ist, hat eine zarte Gesundheit.“

„Ich habe nur einen Jungen“, sagte Guénot. „Er spielt Reifen mit Faßbändern und macht kleine Montgolfieren, indem er Tüten aufbläst.“

„Oft genug“, bemerkte Beauvisage, „spielen die Kinder am liebsten mit Dingen, die gar kein Spielzeug sind. Mein Neffe Emile, ein aufgeweckter Bengel von sieben Jahren, amüsiert sich den ganzen Tag mit Holzklötzchen, aus denen er Bauten errichtet . . . Eine Prise gefällig? . . .“

Und Beauvisage bot den beiden Abgeordneten seine aufgeklappte Schnupftabakdose an.

„Jetzt müssen wir unseren Halunken in die Zange nehmen“, sagte Delourmel, der einen langen Schnurrbart trug und die Augen rollte. „Ich habe heute morgen Appetit auf Aristokratenbauch, begossen mit einem Glas Weißwein.“

Beauvisage schlug den Abgeordneten vor, seinen Kollegen Dupont den Älteren in dessen Laden an der Place Dauphine aufzusuchen, da der das Individuum Des Ilettes sicher kenne.

Gefolgt von vier Grenadieren der Sektion, schritten sie durch die frische Morgenluft.

„Haben Sie ‚Das Jüngste Gericht der Könige‘ gesehen?“ fragte Delourmel seine Gefährten. „Das Stück muß man sich ansehen. Der Autor stellt darin dar, wie alle Könige Europas auf eine öde Insel am Fuße eines Vulkans geflohen sind und von diesem verschlungen werden. Es ist ein patriotisches Stück.“

An der Ecke der Rue du Harlay bemerkte Delourmel einen kleinen Handkarren, der wie eine Kapelle glänzte und den eine alte Frau vor sich her schob, welche über ihrer Haube einen Wachstuchhut trug.

„Was verkauft die Alte da?“ fragte er.

Die Alte antwortete selbst:

„Schauen Sie, meine Herren, suchen Sie aus. Ich führe große und kleine Rosenkränze, Kreuze, Bilder vom heiligen Antonius, heilige Schweißtücher, Tücher der heiligen

Veronika, Ecce Homo, Agnus Dei, Jagdhörner und Ringe des heiligen Hubertus und alle Devotionalien."

„Das ist das Arsenal des Fanatismus!" rief Delourmel aus.

Und er begann ein summarisches Verhör mit der Straßenhändlerin, die auf alle Fragen antwortete: „Mein Sohn, seit vierzig Jahren verkaufe ich Devotionalien."

Als ein Abgeordneter vom Allgemeinen Sicherheitsausschuß einen Blaurock vorbeigehen sah, forderte er ihn auf, die verdutzte Alte in die Conciergerie abzuführen.

Der Bürger Beauvisage gab Delourmel zu bedenken, daß es vielmehr Sache des Überwachungsausschusses sei, diese Händlerin festzunehmen und zur Sektion zu bringen, und daß man zudem nicht mehr wisse, welche Haltung man gegenüber dem früheren Kult einnehmen solle, um es der Regierung recht zu machen, ob man alles erlauben oder alles verbieten solle.

Als sie sich der Tischlerwerkstatt näherten, hörten die Abgeordneten und der Kommissar erregtes Geschrei, in das sich das Knirschen der Säge und das Rumpeln des Hobels mischten. Zwischen dem Tischler Dupont dem Älteren und seinem Nachbarn, dem Hausmeister Remacle, war ein Streit wegen der Bürgerin Remacle ausgebrochen, die ein unwiderstehlicher Drang immer wieder in die Tischlerwerkstatt trieb, von wo sie mit Hobel- und Sägespänen bedeckt in die Portiersloge zurückkehrte. Der beleidigte Hausmeister versetzte Mouton, dem Hund des Tischlers, einen Fußtritt, als gerade sein eigenes Töchterchen, die kleine Joséphine, das Tier zärtlich umschlungen hielt. Die empörte Joséphine stieß Schimpfwörter gegen ihren Vater aus; der Tischler schrie mit wütender Stimme:

„Elender! Ich verbiete dir, meinen Hund zu mißhandeln!"

„Und ich", erwiderte der Hausmeister, seinen Besen schwingend, „ich verbiete dir . . ."

Er vollendete seinen Satz nicht: der Hobel des Tischlers streifte ihn am Kopf.

Sobald er den Bürger Beauvisage mit den beiden Abgeordneten sah, lief er auf ihn zu und sagte zu ihm: „Bürger Kommissar, du bist Zeuge, daß dieser Verbrecher mich ermorden wollte."

Der Bürger Beauvisage, auf dem Kopf die rote Mütze als Zeichen seines Amtes, streckte mit friedengebietender Gebärde seine langen Arme aus und wandte sich an den Hausmeister wie an den Tischler. „Hundert Sous für denjenigen von euch", sagte er, „der uns sagt, wo sich ein Verdächtiger aufhält, der vom Allgemeinen Sicherheitsausschuß gesucht wird, ein ehemaliger Des Ilettes, Hersteller von Hampelmännern."

Da gaben beide, der Hausmeister und der Tischler, Brotteaux' Unterkunft preis und stritten sich nur noch um das Assignat von hundert Sous, das dem Angeber versprochen war.

Delourmel, Guénot und Beauvisage, gefolgt von den vier Grenadieren, dem Hausmeister Remacle, dem Tischler Dupont und einem Dutzend Gassenjungen aus dem Viertel, stiegen nacheinander die Treppe hinauf, die unter ihren Schritten erbebte, und erklommen die Leiter.

Brotteaux in seiner Dachkammer schnitt Hampelmänner aus, während Pater Longuemare, ihm gegenübersitzend, ihre verstreut herumliegenden Glieder auf Bindfäden zog, und er lächelte, wie er so unter seinen Fingern Takt und Harmonie entstehen sah.

Beim Poltern der Gewehrkolben auf dem Treppenflur zitterte der Mönch an allen Gliedern, nicht, weil er weniger Mut hatte als Brotteaux, der unbewegt blieb, sondern weil die Ehrerbietung gegenüber Menschen ihn nicht gelehrt hatte, Haltung zu bewahren. Bei den Fragen des Bürgers Delourmel begriff Brotteaux, woher der Schlag kam, und ein bißchen spät erkannte er, daß es unklug ist, sich den Frauen anzuvertrauen. Als der Bürger Kommissar ihn aufforderte, ihm zu folgen, nahm er seinen Lukrez und seine drei Hemden mit.

Auf Pater Longuemare weisend, sagte er: „Der Bürger ist ein Gehilfe, den ich mir zur Herstellung meiner Hampelmänner genommen habe. Er wohnt hier."

Aber da der Mönch keine Bürgersinnsbescheinigung vorzeigen konnte, wurde er zusammen mit Brotteaux verhaftet.

Als der Zug an der Loge der Concierge vorbeikam, sah die Bürgerin Remacle, auf ihren Besen gestützt, ihren Mieter mit der Miene der Tugend an, die das Verbrechen in den Händen des Gesetzes sieht. Verächtlich hielt die hübsche kleine Joséphine Mouton am Halsband zurück, welcher den Freund liebkosen wollte, der ihm Zucker gegeben hatte. Eine Menge Neugieriger füllte die Place de Thionville.

Am Fuße der Treppe traf Brotteaux mit einer jungen Bäuerin zusammen, die gerade die Stufen hinaufsteigen wollte. Unter ihrem Arm trug sie einen Korb voll Eier, und in der Hand hielt sie ein in ein Tuch eingeschlagenes Kuchenblech. Es war Athénaïs, die aus Palaiseau kam, um ihrem Retter eine Bekundung ihrer Dankbarkeit zu bringen. Als sie sah, daß Beamte und vier Grenadiere „Monsieur Maurice" abführten, blieb sie verdutzt stehen und fragte, ob es wahr sei, ging auf den Kommissar zu und sagte sanft: „Sie bringen ihn doch nicht fort? Das ist nicht möglich . . . Aber Sie kennen ihn ja gar nicht! Er ist gut wie der liebe Gott."

Der Bürger Delourmel stieß sie zurück und winkte den Grenadieren weiterzugehen. Da schleuderte Athénaïs die schmutzigsten Schimpfworte, die gemeinsten Beleidigungen gegen die Beamten und Grenadiere, die das Gefühl hatten, alle Schmutzeimer des Palais-Royal und der Rue Fromenteau würden über ihren Köpfen geleert. Dann rief sie mit einer Stimme, die über die ganze Place de Thionville schallte und die Menge der Neugierigen erbeben ließ: „Es lebe der König! Es lebe der König!"

18

Die Bürgerin Gamelin mochte den alten Brotteaux und hielt ihn für den liebenswürdigsten und zugleich bedeutendsten Menschen, den sie jemals kennengelernt hatte. Sie hatte ihm nicht Lebewohl gesagt, als man ihn verhaftete, aus Furcht, der Staatsgewalt zu trotzen, und weil sie in ihrer bescheidenen Lage die Feigheit für eine Pflicht hielt. Aber die Sache hatte ihr einen Schlag versetzt, von dem sie sich nicht wieder erholte.

Sie konnte nicht essen und bedauerte, daß sie den Appetit gerade in dem Augenblick verloren hatte, wo sie endlich genug besaß, um ihn zu befriedigen. Ihren Sohn bewunderte sie zwar noch; aber sie wagte nicht mehr, an die entsetzlichen Aufgaben zu denken, die er erfüllte, und sie schätzte sich glücklich, nur eine unwissende Frau zu sein, um nicht über ihn richten zu müssen.

Die arme Mutter hatte auf dem Grunde eines Koffers einen alten Rosenkranz wiedergefunden, sie verstand nicht recht damit umzugehen, aber sie beschäftigte ihre zitternden Finger mit ihm. Nachdem sie alt geworden war, ohne ihre Religion zu praktizieren, wurde sie jetzt fromm: den ganzen Tag betete sie im Herdwinkel zu Gott für das Heil ihres Kindes und des guten Herrn Brotteaux. Elodie kam oft zu ihr; sie wagten einander nicht anzusehen und redeten, eng beieinandersitzend, aufs Geratewohl von belanglosen Dingen.

Eines Tages im Pluviôse, als der Schnee, der in dichten Flocken fiel, den Himmel verdunkelte und alle Geräusche der Stadt dämpfte, hörte die Bürgerin Gamelin, die allein in der Wohnung war, an der Tür ein Klopfen. Sie fuhr zusammen: seit Monaten ließ das kleinste Geräusch sie erschauern. Sie öffnete die Tür. Ein junger Mann von achtzehn oder zwanzig Jahren, den Hut auf dem Kopf, trat ein. Er trug einen flaschengrünen Carrick, dessen drei Kragen seine Brust und Taille bedeckten, sowie englische Stulpenstiefel. Sein kastanienbraunes Haar fiel in Locken auf seine Schultern herab. Er kam bis in die Mitte des Ateliers, als ob er alles Licht, das bei dem Schneetreiben durch das Fenster fiel, ausnutzen wollte, und blieb einige Augenblicke reglos und schweigend stehen.

Endlich, während ihn die Bürgerin Gamelin sprachlos ansah, sagte er: „Erkennst du deine Tochter nicht mehr? . . ."

Die alte Frau schlug die Hände zusammen.

„Julie! . . . Du bist es . . . Gott, ist das möglich! . . ."

„Aber ja, ich bin es! Umarme mich, Mama."

Die Witwe Gamelin schloß ihre Tochter in die Arme und ließ eine Träne auf den Kragen des Carricks fallen. Dann wiederholte sie in besorgtem Tonfall:

„Du, in Paris!"

„Ach, Mama, warum bin ich nicht allein gekommen! . . . Mich erkennt niemand in dieser Kleidung."

Der Carrick verbarg ihre Formen in der Tat, und sie sah nicht anders aus als viele junge Männer, die wie sie langes, in der Mitte gescheiteltes Haar trugen. Ihre feinen, anmutigen Gesichtszüge, die jedoch vom Wetter gebräunt, hohl vor Erschöpfung und von Sorgen verhärtet waren, verliehen ihr ein verwegenes männliches Aussehen. Sie war schlank, hatte lange, gerade Beine, und ihre Bewegungen waren ungezwungen; nur ihre helle Stimme hätte sie verraten können.

Ihre Mutter fragte sie, ob sie Hunger habe. Sie antwortete, daß sie gern etwas äße, und als ihr Brot, Wein und Schinken vorgesetzt wurden, begann sie zuzulangen, einen Ellenbogen auf den Tisch gestützt, schön und heißhungrig wie Ceres in der Hütte der alten Baubo.

Dann fragte sie, das Glas noch an den Lippen: „Mama, weißt du, wann mein Bruder heimkommt? Ich bin hergekommen, um mit ihm zu reden."

Die gute Mutter sah ihre Tochter verlegen an und gab keine Antwort.

„Ich muß ihn sehen. Mein Mann ist heute morgen verhaftet worden und ins Luxembourg gebracht worden."

Sie bezeichnete mit „Mann" Fortuné de Chassagne, einen ehemaligen Edelmann und Offizier im Regiment

Bouillé. Er hatte ein Verhältnis mit ihr gehabt, als sie Modistin in der Rue des Lombards gewesen war, hatte sie entführt und mit nach England genommen, wohin er nach dem 10. August emigriert war. Er war ihr Liebhaber, aber sie fand es vor ihrer Mutter schicklicher, ihn ihren Ehemann zu nennen. Zudem sagte sie sich, daß das Elend ihre Ehe besiegelt hätte und das Unglück ein Sakrament sei.

Mehr als einmal hatten die beiden die Nacht auf einer Bank in den Londoner Parks verbracht und unter den Tischen der Schenken von Piccadilly die Brotreste aufgesammelt.

Ihre Mutter gab keine Antwort und sah sie traurig an.

„Verstehst du mich denn nicht, Mama? Die Zeit drängt, ich muß Evariste umgehend sprechen: er allein kann Fortuné retten!"

„Julie", antwortete die Mutter, „es ist besser, wenn du nicht mit deinem Bruder sprichst."

„Wie? Was sagst du, Mutter?"

„Ich sage, daß es besser ist, wenn du nicht mit deinem Bruder über Monsieur de Chassagne sprichst."

„Trotzdem, Mama, es muß sein!"

„Mein Kind, Evariste verzeiht es Monsieur de Chassagne nicht, daß er dich entführt hat. Du weißt, mit welchem Zorn er von ihm sprach, welche Namen er ihm gab."

„Ja, er nannte ihn Verführer", sagte Julie mit einem zischenden Auflachen und zuckte die Achseln.

„Mein Kind, er war tödlich beleidigt. Evariste hat sich vorgenommen, nie mehr von Monsieur de Chassagne zu sprechen. Und seit zwei Jahren hat er weder von ihm noch von dir ein Wort gesagt. Aber seine Gefühle haben sich nicht geändert; du kennst ihn: er verzeiht euch nicht."

„Aber Mama, wo Fortuné mich doch geheiratet hat ... in London ..."

Die arme Mutter hob den Blick und streckte die Arme empor.

„Es genügt, daß Fortuné ein Aristokrat, ein Emigrant ist, damit Evariste ihn als Feind behandelt."

„Antworte mir endlich, Mama. Glaubst du, wenn ich ihn

bitte, beim Staatsanwalt und beim Allgemeinen Sicherheitsausschuß die nötigen Schritte zu unternehmen, um Fortuné zu retten, würde er nicht einwilligen? . . . Aber Mama, er wäre ja ein Ungeheuer, wenn er sich weigerte!"

„Mein Kind, dein Bruder ist ein Ehrenmann und ein guter Sohn. Aber bitte ihn nicht, oh, bitte ihn nicht, sich für Monsieur de Chassagne zu verwenden . . . Hör auf mich, Julie. Er vertraut mir seine Gedanken nicht an, und ich wäre zweifellos auch nicht imstande, sie zu begreifen . . . aber er ist Richter; er hat Prinzipien; er handelt nach seinem Gewissen. Bitte ihn um nichts, Julie."

„Ich sehe, du kennst ihn jetzt. Du weißt, daß er kalt, fühllos und ein böser Mensch ist, der nur Ehrgeiz und Eitelkeit besitzt. Und immer hast du ihn mir vorgezogen. Als wir noch alle drei zusammen lebten, stelltest du ihn mir als Vorbild hin. Sein steifes Benehmen, seine ernsthaften Reden machten Eindruck auf dich: an ihm entdecktest du alle Tugenden. Und mich tadeltest du fortwährend, alle Schlechtigkeiten trautest du mir zu, weil ich offenherzig war und auf die Bäume kletterte. Du hast mich niemals leiden können. Nur ihn hast du geliebt. Genug! Ich hasse ihn, deinen Evariste; er ist ein Heuchler!"

„Schweig, Julie: ich bin eine gute Mutter gewesen, für dich wie für ihn. Ich habe dich einen Beruf erlernen lassen. An mir lag es nicht, daß du kein anständiges Mädchen geblieben bist und nicht in deinem Stande geheiratet hast. Ich habe dich zärtlich geliebt und liebe dich noch. Ich verzeihe dir und liebe dich. Aber mach Evariste nicht schlecht. Er ist ein guter Sohn. Er hat sich immer um mich gekümmert. Als du mich verlassen hast, mein Kind, als du deinen Beruf, deinen Laden aufgegeben hast, um mit Monsieur de Chassagne zu leben, was wäre aus mir geworden ohne ihn? Ich wäre vor Elend und Hunger gestorben."

„Sprich nicht so, Mama. Du weißt sehr gut, daß Fortuné und ich für dich gesorgt hätten, wenn du dich nicht von uns abgewendet hättest, weil Evariste dich aufhetzte. Laß mich damit in Ruhe. Er ist keiner guten Tat fähig; nur um mich in deinen Augen verächtlich zu machen, hat er so getan, als ob er für dich sorgte. Er dich lieben? ... Ist er überhaupt fähig, irgend jemanden zu lieben? Er hat weder Herz noch Geist. Er hat keinerlei Talent, gar keins. Zum Malen gehört ein zartfühlenderer Charakter als der seine."

Sie ließ ihre Blicke über die Bilder im Atelier schweifen, die sie noch so vorfand, wie sie sie verlassen hatte.

„Das da ist seine Seele! Er hat sie auf seine Leinwand gemalt, kalt und finster. Sein Orest, sein Orest mit dem stumpfsinnigen Blick, dem bösen Mund und der Miene eines Gepfählten, das ist Evariste, wie er leibt und lebt ... Mama, begreifst du denn nichts? Ich kann Fortuné nicht im Gefängnis lassen. Du kennst sie doch, diese Jakobiner, die Patrioten, Evaristes ganze Clique. Sie werden ihn sterben lassen, Mama, meine liebe Mama, liebes Mamachen, ich will nicht, daß er mir umgebracht wird. Ich liebe ihn! Ich liebe ihn! Er ist so gut zu mir gewesen, und wir haben zusammen so viel durchgemacht! Sieh, dieser Carrick ist ein Mantel von ihm. Ich hatte kein Hemd mehr auf dem Leibe. Ein Freund Fortunés hat mir eine Weste geborgt, und ich half bei einem Limonadenverkäufer in Dover, während er bei einem Friseur arbeitete. Wir wußten genau, daß wir mit unserer Heimkehr nach Frankreich unser Leben aufs Spiel setzten; aber man fragte uns, ob wir nach Paris gehen wollten, um dort einen wichtigen Auftrag auszuführen. Wir haben zugesagt; wir hätten einen Auftrag für den Teufel angenommen. Man bezahlte uns die Reise und gab uns einen Wechselbrief für einen Pariser Bankier. Wir fanden seine Geschäftsräume geschlossen: dieser Bankier ist im Gefängnis und soll guillotiniert werden. Wir hatten keinen roten Heller. Alle Leute, an die wir uns hätten wenden können, sind auf der Flucht oder im Gefängnis. Keine Tür, an die wir klopfen konnten. Wir schliefen in einem Pferdestall in der Rue de la Femme-sans-tête. Ein mitleidiger Schuhputzer, der dort auf dem Stroh mit uns schlief, borgte meinem Liebsten einen seiner Putzkästen, eine Bürste und eine fast leere Dose Schuhwichse. Vierzehn Tage lang verdiente Fortuné seinen und meinen Lebensunterhalt mit Schuhputzen auf der Place de Grève.

Aber am Montag setzte ein Mitglied der Commune seinen Fuß auf den Kasten und ließ sich von ihm die Stiefel putzen. Es war ein ehemaliger Fleischer, dem Fortuné früher einmal einen Tritt in den Hintern gegeben hatte, weil er falsch abgewogenes Fleisch verkaufte. Als Fortuné den Kopf hob, um seine zwei Sous zu fordern, erkannte ihn der Schuft, nannte ihn einen Aristokraten und drohte ihm, ihn verhaften zu lassen. Eine Menschenmenge sammelte sich an, durchaus brave Leute, aber ein paar Halunken darunter, die ‚Tod dem Emigranten!' schrien und die Gendarmen riefen. In diesem Augenblick brachte ich Fortuné gerade seine Suppe. Ich habe gesehen, wie er nach der Sektion abgeführt und in der Kirche Saint-Jean eingesperrt wurde. Ich wollte ihn umarmen – man stieß mich zurück. Ich habe die Nacht wie ein Hund auf einer Stufe der Kirchentreppe verbracht ... Heute morgen führten sie ihn ..."

Julie konnte den Satz nicht vollenden; ihre Stimme erstickte in Schluchzen.

Sie schleuderte ihren Hut auf den Fußboden und warf sich vor ihrer Mutter nieder.

„Heute morgen haben sie ihn ins Gefängnis im Luxembourg geführt. Mama, Mama, hilf mir, ihn zu retten; hab Erbarmen mit deiner Tochter!"

Tränenüberströmt riß sie ihren Mantel auf und entblößte ihren Busen, um sich besser als Liebende und als Tochter zu erkennen zu geben; und sie ergriff die Hände ihrer Mutter und drückte sie auf ihre bebende Brust.

„Meine geliebte Tochter, meine Julie, meine Julie!" seufzte die Witwe Gamelin. Und sie preßte ihr tränenfeuchtes Gesicht an die Wangen der jungen Frau.

Eine Weile verharrten sie stumm. Die arme Mutter suchte im Geiste nach einem Ausweg, wie sie ihrer Tochter helfen könnte, und Julie spähte nach den Blicken aus diesen in Tränen schwimmenden Augen.

Vielleicht, dachte Evaristes Mutter, vielleicht läßt er sich erweichen, wenn ich mit ihm spreche. Er ist gut, er ist zärtlich. Wenn die Politik ihn nicht verhärtet hätte, wenn er nicht unter den Einfluß der Jakobiner geraten wäre, so wäre er nicht von einer solchen Strenge, die mich erschreckt, weil ich sie nicht begreife.

Sie nahm Julies Kopf zwischen ihre Hände.

„Hör zu, mein Kind. Ich werde mit Evariste reden. Ich will ihn darauf vorbereiten, dich zu sehen, dich anzuhören. Dein Anblick könnte ihn reizen, und ich müßte seine erste Regung fürchten ... Und dann, ich kenne ihn: dieser Aufzug würde ihn schockieren; er ist streng in allem, was die Sitten, die Schicklichkeit betrifft. Ich war selbst ein wenig überrascht, meine Julie in Männerkleidern zu sehen."

„Ach, Mama! Die Emigration und das schreckliche Durcheinander im Königreich haben die Verkleidungen ganz allgemein üblich gemacht. Man verkleidet sich, um einen Beruf auszuüben, um nicht erkannt zu werden, um sein Aussehen in Einklang zu bringen mit einem geliehenen Paß oder einer Bescheinigung. In London habe ich den kleinen Girey in Frauenkleidern gesehen, und er sah aus wie ein sehr hübsches Mädchen; und du wirst zugeben, Mama, daß eine solche Verkleidung anstößiger ist als meine."

„Mein armes Kind, vor mir brauchst du dich nicht zu rechtfertigen, nicht deswegen noch anderer Dinge wegen. Ich bin deine Mutter: für mich wirst du immer unschuldig sein. Ich werde mit Evariste reden, ich werde sagen ..."

Sie unterbrach sich. Sie fühlte, was ihr Sohn war; sie fühlte es, aber sie wollte es nicht glauben, sie wollte es nicht wissen.

„Er ist gut. Er wird für mich ... für dich tun, um was ich ihn bitte."

Und unendlich erschöpft schwiegen die beiden Frauen. Julie schlief ein, den Kopf auf dem Schoß, auf dem sie als Kind geruht hatte. In der Hand den Rosenkranz, weinte indessen die schmerzerfüllte Mutter über das Unglück, das sie leise herannahen fühlte in der Stille dieses Schneetages, wo alles schwieg, die Schritte, die Wagenräder, der Himmel.

Plötzlich vernahm sie mit ihrem angstgeschärften Gehör den Schritt ihres Sohnes auf der Treppe.

„Evariste! . . .“ sagte sie. „Versteck dich!“

Und sie schob ihre Tochter in ihr Zimmer.

„Wie geht es dir heute, liebe Mutter?“

Evariste hängte seinen Hut an den Garderobenständer, vertauschte seinen blauen Rock mit einem Arbeitskittel und setzte sich vor seine Staffelei. Seit einigen Tagen skizzierte er mit Kohle eine Viktoria, die einen Kranz auf die Stirn eines für das Vaterland gefallenen Soldaten drückt. Er hatte dieses Thema voller Begeisterung in Angriff genommen, aber das Tribunal verschlang alle seine Tage, beanspruchte seine ganze Seele, und seine des Zeichnens entwöhnte Hand wurde schwer und träge.

Er trällerte das „Ça ira“ vor sich hin.

„Du singst, mein Sohn“, sagte die Bürgerin, „du bist vergnügt.“

„Wir haben Grund, uns zu freuen, Mutter: es gibt gute Nachrichten. Die Vendée ist vernichtet, die Österreicher sind in die Flucht geschlagen; die Rheinarmee hat die Linien bei Lautern und Weißenburg bezwungen. Der Tag ist nahe, da die siegreiche Republik ihre Milde zeigen wird. Warum auch sollte die Dreistigkeit der Verschwörer in dem Maße zunehmen, wie die Republik erstarkt, und warum sollten die Verräter das Vaterland im verborgenen treffen wollen, wo es doch die Feinde, die es angreifen, offen zerschmettert?“

Die Bürgerin Gamelin, die an einem Strumpf strickte, beobachtete ihren Sohn über ihre Brille hinweg.

„Berzélius, dein altes Modell, war hier, um die zehn Livres einzufordern, die du ihm schuldetest: ich habe sie ihm gegeben. Die kleine Joséphine hatte Bauchweh, weil sie zuviel Eingemachtes gegessen hatte, das der Tischler ihr gegeben hatte. Ich habe ihr einen Kräutertee gemacht . . . Desmahis wollte dich besuchen; er bedauerte, dich nicht anzutreffen. Er möchte etwas nach deinem Entwurf stechen. Er hält dich für ein großes Talent. Der gute Junge hat sich deine Skizzen angesehen und sie bewundert.“

„Wenn der Friede wiederhergestellt und die Verschwörung erstickt ist, nehme ich meinen Orest wieder in Angriff“, sagte der Maler. „Für gewöhnlich lobe ich mich nicht selbst, aber da ist ein Kopf, der Davids würdig ist.“

In majestätischer Linienführung zeichnete er den Arm seiner Viktoria.

„Sie hält Palmenzweige“, sagte er. „Aber noch schöner wäre es, wenn ihre Arme selbst Palmenzweige wären.“

„Evariste!“

„Mama? . . .“

„Ich habe Nachricht . . . rate, von wem . . .“

„Ich weiß nicht . . .“

„Von Julie . . . von deiner Schwester . . . Sie ist nicht glücklich.“

„Es wäre ein Skandal, wenn sie es wäre.“

„Sprich nicht so, mein Kind: sie ist deine Schwester. Julie ist nicht schlecht; sie hat gute Gefühle, die das Unglück noch gestärkt hat. Sie liebt dich. Ich kann dir versichern, Evariste, daß sie ein arbeitsames, vorbildliches Leben anstrebt und nur daran denkt, sich mit den Ihren wieder zu versöhnen. Nichts hindert dich daran, sie wiederzusehen. Sie hat Fortuné Chassagne geheiratet.“

„Hat sie dir geschrieben?“

„Nein.“

„Woher weißt du dann etwas von ihr, Mutter?“

„Nicht aus einem Brief, mein Kind; es ist . . .“

Er stand auf und unterbrach sie mit furchtbarer Stimme:

„Schweig, Mutter! Sage mir nicht, daß sie beide nach Frankreich zurückgekehrt sind . . . Wenn sie sterben müssen, dann soll es wenigstens nicht durch mich geschehen. Um ihret-, deinet- und meinetwillen laß es mich nicht wissen, daß sie in Paris sind . . . Zwinge mich nicht, es zu wissen; sonst . . .“

„Was willst du sagen, mein Kind? Du wolltest, du würdest wagen? . . .“

„Hör mich an, Mutter: wenn ich wüßte, daß meine Schwester Julie in diesem Zimmer wäre . . .“ (und er wies mit dem Finger auf die geschlossene Tür), „so ginge ich sofort zum Wachausschuß der Sektion und zeigte sie an."

Die arme Mutter, weiß wie ihre Haube, ließ ihre Strickarbeit aus den zitternden Händen fallen und seufzte mit einer Stimme, die schwächer war als das leiseste Flüstern: „Ich wollte es nicht glauben, aber ich sehe es ein: er ist ein Ungeheuer . . ."

Evariste, ebenso bleich wie sie und Schaum auf den Lippen, lief hinaus und stürzte zu Elodie, um bei ihr Vergessen und Schlaf, den köstlichen Vorgeschmack des Nichts, zu suchen.

19

Während man Pater Longuemare und die Dirne Athénaïs in der Sektion verhörte, wurde Brotteaux zwischen zwei Gendarmen nach dem Luxembourg geführt, wo der Pförtner sich wegen angeblichen Platzmangels weigerte, ihn aufzunehmen. Daraufhin wurde der alte Zollpächter in die Conciergerie gebracht und in die Schreibstube geschafft, einen ziemlich kleinen Raum, der durch eine verglaste Zwischenwand geteilt war. Während der Schreiber seinen Namen in das Gefangenenregister eintrug, sah Brotteaux durch die Scheiben zwei Männer, die wie tot auf schlechten Matratzen lagen und vor sich hin starrten, als ob sie nichts sähen. Rings um sie bedeckten Teller, Flaschen, Brot- und Fleischreste den Fußboden. Es waren zum Tode Verurteilte, die auf den Henkerkarren warteten.

Der frühere Des Ilettes wurde in eine Gefängniszelle geführt, wo er beim Schein einer Laterne zwei liegende Gestalten erahnte, die eine wild, entstellt und häßlich, die andere zierlich und sanft. Die beiden Gefangenen boten ihm ein Eckchen auf ihrem fauligen, von Ungeziefer wimmelnden Stroh an, damit er nicht auf dem mit Unrat beschmutzten Fußboden liegen mußte. Brotteaux ließ sich in der stinkenden Dunkelheit auf eine Bank fallen und blieb, den Kopf gegen die Wand gelehnt, stumm und regungslos sitzen. Sein Schmerz war so groß, daß er sich den Kopf an der Wand eingerannt hätte, wenn er die Kraft dazu gehabt hätte. Er konnte nicht atmen. Seine Augen verschleierten sich; ein lang anhaltendes Geräusch, ruhig wie die Stille, war in seinen Ohren, er fühlte, wie sein ganzes Wesen in ein köstliches Nichts versank. Eine unvergleichliche Sekunde lang war ihm alles Harmonie, heitere Klarheit, Duft und Süße. Dann verlor er das Bewußtsein.

Als er wieder zu sich kam, war der erste Gedanke, der sich seines Geistes bemächtigte, ein Zurücksehnen seiner Bewußtlosigkeit, und sodann bedachte er, als Philosoph, der er bis in die Stumpfheit der Verzweiflung hinein blieb, daß er in Erwartung der Guillotine in ein Kerkerloch hinabsteigen mußte, um das lebhafteste Gefühl der Lust zu empfinden, das seine Sinne jemals ausgekostet hatten. Er bemühte sich, von neuem das Bewußtsein zu verlieren, aber ohne Erfolg, statt dessen fühlte er mehr und mehr, wie die Pestluft des Verlieses seine Lungen füllte und ihm mit der Lebenswärme sein unerträgliches Elend zum Bewußtsein brachte.

Seine beiden Gefährten indessen hielten sein Schweigen für eine empfindliche Beleidigung. Brotteaux, der von Natur aus gesellig war, suchte ihre Neugier zu befriedigen; als sie jedoch erfuhren, daß er ein sogenannter „Politischer" war, einer, dessen leichtes Verbrechen in Worten oder Gedanken bestand, bezeigten sie ihm weder Achtung noch Sympathie. Die Verbrechen, die diesen beiden Gefangenen zur Last gelegt wurden, waren handfester: der ältere war ein Mörder, der andere hatte Assignaten gefälscht. Beide fanden sich mit ihrer Lage ab und fanden sogar so etwas wie Befriedigung darin. Plötzlich kam Brotteaux der Gedanke, daß über seinem Kopf Bewegung, Lärm, Licht und Leben war, daß die hübschen Verkäuferinnen des Justizpalastes hinter ihren Auslagen von Parfümerien und Kurzwaren den glücklichen und freien Passanten zulächelten, und diese Vorstellung steigerte seine Verzweiflung.

Die Nacht kam, unmerklich zwar in der Dunkelheit und Stille des Kerkers, aber dennoch lastend und unheimlich.

Ein Bein auf seiner Bank ausgestreckt und den Rücken gegen die Wand gelehnt, schlummerte Brotteaux ein. Und er sah sich vor einer dichten Hecke sitzen, in der die Vögel sangen; die untergehende Sonne übergoß den Fluß mit flüssigem Feuer, und die Ränder der Wolken waren purpurn gefärbt. Die Nacht verging. Ein brennendes Fieber verzehrte ihn, und er trank gierig, direkt aus seinem Krug, ein Wasser, das sein Übel noch steigerte.

Am nächsten Morgen versprach ihm der Gefangenenwärter, der die Suppe brachte, ihn gegen Bezahlung in eine bessere Zelle mit Selbstverpflegung zu verlegen, sobald Platz wäre, was aber kaum lange dauern könne. Tatsächlich forderte er am übernächsten Tag den alten Zollpächter auf, seinen Kerker zu verlassen. Bei jeder Stufe, die Brotteaux emporstieg, fühlte er seine Lebenskraft zurückkehren; und als er auf den roten Steinfliesen einer Zelle ein Gurtbett mit einer schäbigen Wolldecke stehen sah, weinte er vor Freude. Das vergoldete Bett mit den schnäbelnden Tauben, das er einst für die hübscheste Tänzerin der Oper hatte anfertigen lassen, war ihm nicht so einladend und wonneverheißend erschienen.

Dieses Gurtbett stand in einem großen, ziemlich sauberen Saal, in dem noch siebzehn andere standen, die durch hohe Bretterwände getrennt waren. Die Gesellschaft, die dort wohnte und die sich aus früheren Adligen, Kaufleuten, Bankiers und Handwerkern zusammensetzte, mißfiel dem alten Zollpächter nicht, der mit allen möglichen Leuten zurechtkam. Er beobachtete, daß diese Männer, die gleich ihm jeder Freude beraubt und in Gefahr waren, durch die Hand des Henkers zu sterben, Fröhlichkeit und eine lebhafte Neigung zum Scherzen zeigten. Wenig geneigt, die Menschen zu bewundern, schrieb er die gute Laune seiner Gefährten ihrem Leichtsinn zu, der sie daran hinderte, sich von ihrer Lage eine genaue Vorstellung zu machen. Und er fühlte sich bestärkt in seiner Annahme, als er wahrnahm, daß die Intelligentesten von ihnen tieftraurig waren. Bald aber bemerkte er, daß die meisten ihre Fröhlichkeit aus dem Genuß von Wein und Branntwein schöpften, die deshalb etwas Heftiges und zuweilen ein wenig Tolles an sich hatte. Nicht alle waren mutig: aber alle gaben sich so. Brotteaux war nicht verwundert darüber: er wußte, daß die Menschen gern Grausamkeit, Zorn und sogar Geiz zugeben, niemals aber Feigheit, weil dieses Geständnis sie bei den Wilden und sogar in einer zivilisierten Gesellschaft in Lebensgefahr bringen würde. Deshalb, so dachte er, sind alle Völker Heldenvölker und bestehen alle Armeen nur aus Tapferen.

Mehr noch als Wein und Branntwein berauschte die Gefangenen das Klirren der Waffen und Schlüssel, das Knirschen der Schlösser, der Ruf der Wachen und das Füßescharren der Bürger vor der Tür des Gerichtssaales, das sie in Melancholie, Taumel oder Raserei versetzte. Es kam vor, daß sich einer mit dem Rasiermesser die Kehle durchschnitt oder sich aus einem Fenster stürzte.

Brotteaux wohnte seit drei Tagen in Selbstbeköstigungshaft, als er durch den Schließer erfuhr, daß Pater Longuemare auf dem verfaulten, von Ungeziefer wimmelnden Stroh bei den Dieben und Mördern verkam. Er ließ ihn in den Selbstverpflegungstrakt in seine Zelle heraufholen, wo ein Bett frei geworden war. Der alte Zollpächter, der sich verpflichtet hatte, für den Mönch zu zahlen, und der selbst keine großen Schätze besaß, kam auf den Einfall, Porträts für einen Ecu das Stück zu malen. Durch Vermittlung eines Gefangenenwärters verschaffte er sich kleine schwarze Rahmen, in die er kleine Arbeiten aus Haaren einlegte, welche er recht geschickt anfertigte. Und diese Arbeiten waren sehr gesucht in einem Kreise von Männern, die ein Andenken hinterlassen wollten.

Pater Longuemare hielt sich aufrecht an Herz und Geist. In der Erwartung, vor das Revolutionstribunal geführt zu werden, bereitete er seine Verteidigung vor. Da er seinen Fall nicht gesondert von dem der Kirche betrachtete, nahm er sich vor, seinen Richtern die Mißstände und Skandale darzulegen, welche der bürgerliche Zustand des Klerus der Braut Jesu Christi verursachte; er nahm sich vor, zu schildern, wie die älteste Tochter der Kirche einen gotteslästerlichen Krieg mit dem Papst führte, wie der französische Klerus ausgeplündert, vergewaltigt, den Laien widerwärtigerweise unterworfen, wie die Ordensgeistlichen, die wahren Gottesstreiter, beraubt und versprengt wurden. Er zitierte den heiligen Gregor den Großen und den heiligen Irenäus, führte zahlreiche Artikel des kanonischen Rechts und ganze Paragraphen der Dekretalien an.

Den ganzen Tag über saß er am Fußende seines Bettes und kritzelte auf seinen Knien, tauchte Federkiele, die bis an die Federn abgenutzt waren, in Tinte, Ruß, Kaffeesatz; er bedeckte Fidibusse, Einwickelpapier, Zeitungen, Bücherhüllen, alte Briefe, alte Rechnungen, Spielkarten mit einer unleserlichen Schrift und dachte sogar daran, sein Hemd dafür zu verwenden, nachdem er es hatte stärken lassen. Er häufte Blatt auf Blatt und sagte, indem er auf das unentzifferbare Geschmier wies: „Wenn ich vor meine Richter trete, werde ich sie mit Licht überfluten."

Und eines Tages rief er mit einem zufriedenen Blick auf seine ständig angewachsene Verteidigungsschrift und im Gedanken an jene Beamten, die zu verblüffen ihm brennendes Bedürfnis war: „Ich möchte nicht an ihrer Stelle sein!"

Die Gefangenen, die das Schicksal in diesem Kerker vereint hatte, waren entweder Royalisten oder Föderalisten; sogar ein Jakobiner befand sich unter ihnen; sie unterschieden sich in ihren Ansichten über die Führung der Staatsgeschäfte, aber keiner von ihnen bewahrte auch nur den kleinsten Rest christlichen Glaubens. Die Feuillants, die Konstitutionellen, die Girondisten fanden, wie auch Brotteaux, den lieben Gott für sich selbst äußerst schlecht, aber ausgezeichnet für das Volk. Die Jakobiner setzten an die Stelle Jehovas einen Jakobinergott, um dem Jakobinertum höchstes Ansehen in der Welt zu verschaffen; da aber weder die einen noch die anderen begreifen konnten, wie man so unvernünftig sein konnte, an eine Offenbarungsreligion zu glauben, und da sie sahen, daß es Pater Longuemare nicht an Geist fehlte, hielten sie ihn für einen Schelm. Zweifellos, um sich auf das Martyrium vorzubereiten, bekannte er bei jeder Gelegenheit seinen Glauben, und je aufrichtiger er war, desto betrügerischer erschien er ihnen.

Vergebens verbürgte sich Brotteaux für die Glaubwürdigkeit des Mönches; galt doch Brotteaux selbst als einer, der nur einen Teil von dem glaubte, was er sagte. Seine Ideen waren zu eigenartig, um nicht vorgetäuscht zu erscheinen, und sie befriedigten niemanden gänzlich. Er sprach von Jean-Jacques wie von einem platten Schelm. Voltaire dagegen stellte er in eine Reihe mit den göttergleichen Menschen, ohne ihn jedoch dem liebenswürdigen Helvétius, Diderot und dem Baron Holbach gleichzusetzen. Seiner Meinung nach war Boulanger das größte Genie des Jahrhunderts. Auch den Astronomen Lalande und Dupuis, den Verfasser einer „Denkschrift über den Ursprung der Gestirne", schätzte er sehr. Die Geistreichen unter den Mitbewohnern trieben tausend dumme Scherze mit dem armen Barnabiten, der das nie bemerkte: seine Arglosigkeit überwand alle Fallen.

Um die nagenden Sorgen zu verscheuchen und den Qualen des Müßiggangs zu entgehen, spielten die Gefangenen Dame, Karten und Tricktrack. Musikinstrumente waren nicht erlaubt. Nach dem Abendessen wurde gesungen, oder es wurden Verse aufgesagt. Voltaires „Jungfrau" erfreute die Herzen dieser Unglücklichen ein wenig, die nicht müde wurden, die schlüpfrigen Stellen anzuhören. Aber da sie sich dem erschreckenden Gedanken, der tief in ihren Herzen wurzelte, nicht zu entziehen vermochten, versuchten sie manchmal, ihn ins Lächerliche zu ziehen, und führten in dem Raum mit den achtzehn Betten vor dem Schlafengehen das Revolutionstribunal auf. Die Rollen wurden nach Geschmack und Fähigkeiten verteilt. Die einen stellten die Richter und den Ankläger dar, andere die Angeklagten oder die Zeugen und noch andere den Scharfrichter und seine Gehilfen. Die Prozesse endeten ausnahmslos mit der Hinrichtung der Verurteilten, die auf ein Bett gelegt wurden, den Hals unter ein Brett. Dann wurde der Ort der Handlung in die Hölle verlegt. Die Beweglichsten der Truppe hüllten sich in Bettücher und spielten Gespenster. Und ein junger Advokat aus Bordeaux mit Namen Dubosc, klein, schwarzhaarig, einäugig, bucklig und krummbeinig, der hinkende Teufel in Person, zog, mit Hörnern geschmückt, Pater Longuemare an den Füßen aus seinem Bett, verkündete ihm, daß er zum ewigen Höllenfeuer verurteilt und ohne Vergebung der Sünden verdammt sei, weil er den Schöpfer des Universums zu einem neidischen, dummen und bösartigen Wesen, zu einem Feind der Freude und Liebe gemacht habe.

„Ah! Ah! Ah!" schrie dieser Teufel furchterregend. „Du hast gelehrt, du alter Trottel, daß es Gott gefällt, seine Kreaturen in Buße dahinsiechen und sich seiner köstlichen Gaben enthalten zu sehen. Betrüger, Heuchler, Scheinheiliger, setz dich auf Nägel und iß Eierschalen in Ewigkeit!"

Pater Longuemare begnügte sich mit der Antwort, daß in dieser Rede der Philosoph durch den Teufel hindurchscheine und daß der geringste Teufel der Hölle weniger Unsinn geredet hätte, da er ein bißchen mit Theologie in Berührung gekommen und sicher weniger unwissend als ein Enzyklopädist sei.

Wenn ihn der girondistische Advokat aber einen Kapuziner nannte, so wurde er rot vor Zorn und sagte, daß ein Mensch, der einen Barnabiten nicht von einem Franziskaner unterscheiden könne, auch nicht in der Lage sei, eine Fliege in der Milch zu sehen.

Das Revolutionstribunal leerte die Gefängnisse, welche die Ausschüsse unermüdlich wieder füllten: in drei Monaten war der Raum der achtzehn zur Hälfte neu belegt. Pater Longuemare verlor sein Teufelchen. Als der Advokat Dubosc vor das Revolutionstribunal kam, wurde er als Föderalist und Verschwörer gegen die Einheit der Republik zum Tode verurteilt. Nach Verlassen des Tribunals kehrte er, wie alle anderen Verurteilten, durch einen Korridor zurück, der das Gefängnis durchquerte und zu dem Zimmer führte, das er drei Monate lang mit seiner Fröhlichkeit belebt hatte. Als er seinen Gefährten Lebewohl sagte, behielt er den gewohnten leichten Ton und seine lustige Miene bei.

„Verzeihen Sie mir, mein Herr", sagte er zu Pater Longuemare, „daß ich Sie an den Füßen aus Ihrem Bett gezogen habe. Ich werde es nicht wieder tun." Und indem er sich dem alten Brotteaux zuwandte: „Leben Sie wohl, ich gehe Ihnen voran ins Nichts. Ich gebe der Natur gern die Elemente zurück, aus denen ich bestehe, und wünsche, daß sie in Zukunft einen besseren Gebrauch davon macht, denn man muß wohl zugeben, daß ich ihr mißlungen bin."

Er ging hinab in die Schreibstube und ließ Brotteaux betrübt und Pater Longuemare zitternd, grün wie ein Blatt und mehr tot als lebendig zurück, da dieser den Gottlosen noch am Rande des Abgrunds lachen sah.

Als mit dem Germinal die klaren Tage wiederkehrten, stieg Brotteaux, der sinnenfreudig war, mehrmals am Tage hinab in den an das Frauengefängnis angrenzenden Hof in die Nähe des Brunnens, wo die weiblichen Gefangenen des Morgens ihre Wäsche wuschen. Ein Gitter trennte die beiden Bezirke; aber die Stäbe waren nicht dicht genug, um zu verhindern, daß sich Hände ergreifen und Münder vereinen konnten. Im nachsichtigen Dunkel der Nacht drängten sich hier die Pärchen aneinander. Dann zog sich Brotteaux diskret auf die Treppe zurück, setzte sich auf eine Stufe, zog aus der Tasche seines flohbraunen Rockes den kleinen Lukrez und las beim Schein einer Laterne ein paar herbe Trostworte: „Sic ubi non erimus ... Wenn wir nicht mehr leben, kann uns nichts mehr bewegen, nicht einmal der Himmel, die Erde und das Meer, deren Trümmer verschmelzen ..." Aber im Genuß seiner hohen Weisheit beneidete Brotteaux den Barnabiten um dessen Torheit, die ihm die Welt verbarg.

Von Monat zu Monat nahm der Terror zu. Jede Nacht gingen die betrunkenen Gefängniswärter mit ihren Wachhunden von Zelle zu Zelle, Anklageschriften austragend, Namen brüllend, die sie halb verschluckten, rissen die Gefangenen aus dem Schlaf, und für zwanzig Opfer, die sie auf ihrer Liste hatten, versetzten sie zweihundert in Schrecken. Über diese Korridore, die voll waren von blutigen Schatten, gingen täglich, ohne einen Klagelaut, dreißig, fünfzig Verurteilte, Greise, Frauen, junge Männer, so verschieden an Stand, Charakter, Gefühl, daß man sich fragte, ob sie nicht durch das Los ausgewählt worden waren.

Und man spielte Karten, trank Burgunder, machte Pläne und hatte nächtliche Stelldicheins am Gitter. Die fast völlig erneuerte Belegschaft war jetzt zum großen Teil aus „Maßlosen“ oder „Radikalen“ zusammengesetzt. Dennoch blieb der Raum mit den achtzehn Betten noch immer die Heimstatt der Eleganz und des guten Tons: außer zwei Gefangenen, die man kürzlich aus dem Luxembourg in die Conciergerie übergeführt hatte, die Bürger Navette und Bellier, die man als „Schnüffler“, das heißt als Gefangenenspitzel verdächtigte, befanden sich nur ehrenhafte Männer dort, die sich gegenseitig Vertrauen bezeigten. Mit dem Glas in der Hand feierte man die Siege der Republik. Es befanden sich auch einige Poeten unter ihnen, wie man sie in jeder Gesellschaft von Müßiggängern antrifft. Die Geschicktesten von ihnen verfaßten Oden auf die Siege der Rheinarmee und rezitierten sie voll Begeisterung. Sie erhielten lärmenden Beifall. Allein Brotteaux pries die Sieger und ihre Barden nur mäßig.

„Es ist seit Homer eine seltsame Schrulle der Dichter“, sagte er eines Tages, „die Krieger zu feiern. Der Krieg ist keine Kunst, und allein der Zufall entscheidet über den Ausgang der Schlachten. Wenn sich zwei Generale gegenüberstehen, einer so dumm wie der andere, so muß notwendigerweise einer von ihnen siegreich sein. Sie können darauf warten, daß eines Tages einer dieser Säbelraßler, den Sie zum Gott erheben, Sie allesamt verschluckt wie der Kranich in der Fabel die Frösche. Dann wird er ein wahrer Gott sein! Denn die Götter geben sich durch ihren Appetit zu erkennen.“

Der Waffenruhm hatte Brotteaux noch niemals Eindruck gemacht. Die Triumphe der Republik, die er vorausgesehen hatte, erfreuten ihn gar nicht. Er liebte keineswegs das neue Regime, das durch diesen Sieg gefestigt wurde. Er war unzufrieden. Man hätte es ohnehin sein können.

Eines Morgens wurde bekanntgegeben, daß die Kommissare vom Allgemeinen Sicherheitsausschuß bei den Gefangenen Durchsuchungen vornehmen und Assignaten, Gold- und Silbergegenstände, Messer und Scheren konfiszieren würden, daß derartige Durchsuchungen bereits im Luxembourg vorgenommen worden seien und man Briefe, Papiere und Bücher beschlagnahmt habe.

Daraufhin bemühte sich jeder, ein Versteck zu finden, wo er das ihm Teuerste unterbringen konnte. Pater Longuemare trug seine Verteidigungsschrift stößeweise in eine Dachrinne. Brotteaux schob seinen Lukrez unter die Asche im Kamin.

Als die Kommissare, die Bänder in den Farben der Trikolore um den Hals trugen, zur Beschlagnahme erschienen, fanden sie gerade nur das, was man ihnen getrost überlassen wollte. Als sie wieder fort waren, eilte Pater Longuemare an seine Dachrinne und sammelte von seiner Verteidigungsschrift zusammen, was Wasser und Wind davon übriggelassen hatten. Brotteaux zog seinen rußgeschwärzten Lukrez aus dem Kamin.

Genießen wir den Augenblick, dachte er, denn aus gewissen Vorzeichen sehe ich, daß uns die Zeit künftig knapp bemessen sein wird.

In einer milden Nacht des Prairial, als das silberne Horn des Mondes am bleichen Himmel über dem Gefängnishof schimmerte, hörte der alte Steuerpächter, der wie gewöhnlich auf einer Stufe der Steintreppe saß und in seinem Lukrez las, eine Stimme seinen Namen rufen, eine Frauenstimme, eine wundervolle Stimme, die er jedoch nicht wiedererkannte. Er stieg in den Hof hinunter und sah hinter dem Gitter eine Gestalt, die er ebensowenig erkannte wie die Stimme und die ihn mit ihren undeutlichen, reizenden Formen an alle Frauen erinnerte, die er geliebt hatte. Der Himmel tauchte sie in silberne Bläue. Plötzlich erkannte Brotteaux die hübsche Schauspielerin aus der Rue Feydeau, Rose Thévenin.

„Sie hier, mein Kind! Die Freude, Sie hier zu sehen, tut mir weh. Seit wann und weswegen sind Sie hier?“

„Seit gestern.“ Und ganz leise fügte sie hinzu: „Ich bin als Royalistin denunziert worden. Man beschuldigt mich eines Komplotts zur Befreiung der Königin. Da ich wußte, daß Sie hier sind, habe ich sofort versucht, Sie zu sehen. Hören Sie mich an, mein Freund ... denn Sie mögen doch, daß ich Ihnen diesen Namen gebe? ... Ich kenne einflußreiche Leute; ich habe, das weiß ich, sogar im Wohlfahrtsausschuß Sympathien. Ich werde meine Freunde zum Handeln bringen: sie werden mich befreien, und ich werde Sie befreien.“

Aber Brotteaux sagte mit eindringlicher Stimme: „Bei allem, was Ihnen lieb ist, mein Kind, unternehmen Sie nichts! Schreiben Sie nicht, bitten Sie um nichts, verlangen Sie von niemandem etwas; ich beschwöre Sie, sehen Sie zu, daß man Sie vergißt.“

Da sie wenig überzeugt schien von dem, was er sagte, bat er noch flehentlicher: „Bleiben Sie still, Rose, sehen Sie zu, daß man Sie vergißt: darin liegt das Heil. Alles, was Ihre Freunde unternähmen, würde Ihren Untergang nur beschleunigen. Gewinnen Sie Zeit. Es braucht nur noch wenig, wie ich hoffe, ganz wenig Zeit, um Sie zu retten ... Vor allem versuchen Sie nicht, die Richter, die Geschworenen, einen Gamelin zu rühren. Das sind keine Menschen, es sind Apparate: Apparaten schüttet man nicht sein Herz aus. Sehen Sie zu, daß man Sie vergißt. Wenn Sie meinem Rat folgen, liebe Freundin, werde ich glücklich sterben, weil ich Ihnen das Leben gerettet habe.“

Sie antwortete: „Ich werde Ihnen gehorchen ... Reden Sie nicht vom Sterben.“

Er zuckte die Achseln.

„Mein Leben ist zu Ende, mein Kind. Leben Sie und seien Sie glücklich.“

Sie ergriff seine Hände und drückte sie auf ihren Busen.

„Hören Sie mich an, mein Freund ... Ich habe Sie nur einen Tag lang gesehen, und dennoch sind Sie mir nicht gleichgültig. Und wenn das, was ich Ihnen sagen will, Sie wieder an das Leben binden kann, so glauben

Sie es mir: ich würde für Sie ... alles sein, was Sie nur wollen."

Und durch das Gitter hindurch gaben sie sich einen Kuß auf den Mund.

20

Während einer langen Sitzung des Tribunals schließt Evariste Gamelin auf seiner Bank in der heißen Luft die Augen und denkt nach:

Damit, daß die Böswilligen Marat zwangen, sich in Löchern zu verbergen, haben sie ihn zum Nachtvogel, zum Vogel der Minerva gemacht, dessen Augen die Verschwörer in dem Dunkel aufspürten, in dem sie sich versteckten. Jetzt durchschaut ein blauer, kalter, ruhiger Blick die Feinde des Staates und entlarvt die Verräter mit einem Scharfsinn, den nicht einmal der Volksfreund besaß, der jetzt für immer im Jardin des Cordeliers schlummert. Der neue Retter, ebenso eifrig und weitblickender als der erste, sieht, was niemand gesehen hat, und sein erhobener Zeigefinger verbreitet Schrecken. Er unterscheidet die feinsten, unmerklichsten Nuancen, die das Böse vom Guten, das Laster von der Tugend trennen, die man ohne ihn zum Schaden des Vaterlandes und der Freiheit verwechseln könnte; er zeichnet den schmalen, geraden Weg vor, neben dem links und rechts nur Irrtum, Verbrechen und Niederträchtigkeit liegen. Der Unbestechliche lehrt, wie man durch Übertreibung und durch Schwäche dem Ausland dient, indem man die Kulte im Namen der Vernunft verfolgt und sich im Namen der Religion den Gesetzen der Republik widersetzt. Nicht weniger als die Verbrecher, die Lepeletier und Marat opferten, dienen dem Ausland auch jene, die ihnen göttliche Ehren zuerkennen, um ihr Andenken in Mißkredit zu bringen. Handlanger des Auslands ist, wer immer die Ideen der Ordnung, der Weisheit, der Zweckmäßigkeit ablehnt; Handlanger des Auslands, wer immer die Sitten verletzt, die Tugend beleidigt und in der

Verderbnis seines Herzens Gott leugnet. Die fanatischen Priester verdienen den Tod; aber es gibt eine konterrevolutionäre Art, den Fanatismus zu bekämpfen; es gibt verbrecherische Abschwörungen. Mit Mäßigung richtet man die Republik zugrunde; mit Gewalttätigkeit stürzt man sie ebenfalls ins Verderben.

O furchtbare Pflichten des Richters, von dem Weisesten der Menschen diktiert! Es sind nicht mehr allein die Aristokraten, die Föderalisten, die Halunken der Orleanistenmeute, die erklärten Feinde des Vaterlandes, die geschlagen werden müssen. Der Verschwörer, der Handlanger des Auslands ist ein Proteus, er nimmt alle Formen an. Er tritt als Patriot in Erscheinung, als Revolutionär, als Feind der Könige; er täuscht die Kühnheit eines Herzens vor, das nur für die Freiheit schlägt; er läßt die Stimme lauter ertönen und macht die Feinde der Republik erzittern: es ist Danton; seine Heftigkeit übertüncht seine widerwärtige gemäßigte Haltung nur schlecht, und seine Bestechlichkeit wird endlich offenkundig. Der Verschwörer, der Handlanger des Auslands ist jener beredte Stammler, der sich die erste Kokarde der Revolutionäre an den Hut steckte, das ist dieser Pamphletschreiber, der sich in seinem ironischen und grausamen Bürgersinn selbst den „Staatsanwalt der Laterne" nannte, es ist Camille Desmoulins: er hat sich verraten, als er die verräterischen Generale verteidigte und die verbrecherischen Maßstäbe einer unzeitigen Milde forderte. Es ist Philippeaux, es ist Hérault, es ist der verachtenswerte Lacroix. Der Verschwörer, der Handlanger des Auslands, das ist der „Père Duchesne", der die Freiheit durch seine niedrige Demagogie verächtlich machte und dessen schmutzige Verleumdungen sogar Marie-Antoinette interessant machten. Es ist Chaumette, den man doch als sanft, volksnah, gemäßigt, bieder und tugendhaft in der Verwaltung der Commune kannte, der aber Atheist war! Die Verschwörer, die Handlanger des Auslands, das sind alle diese Sansculotten in roter Mütze, Carmagnole und Holzschuhen, die den Patriotismus der Jakobiner in wahnwitziger Weise überboten haben. Der Verschwörer, der

Handlanger des Auslands, das ist Anacharsis Cloots, der Redner des Menschengeschlechts, der von allen Monarchien der Welt zum Tode verurteilt wurde; aber von ihm mußte man alles befürchten: er war ein Preuße.

Nun sind Gewalttätige wie Gemäßigte, alle diese Bösewichter, alle diese Verräter, Danton, Desmoulins, Hébert, Chaumette, unter dem Beil geendet. Die Republik ist gerettet; aus allen Ausschüssen und allen Volksversammlungen steigt ein Konzert von Lobeshymnen zu Maximilien Robespierre und der Bergpartei auf. Die braven Bürger rufen: „Würdige Vertreter eines freien Volkes, vergeblich haben die Söhne der Titanen ihr hochmütiges Haupt erhoben: Wohltätiger Berg, schützender Sinai, aus deinem kochenden Schoße ist der heilbringende Blitz hervorgebrochen ..."

Bei diesem Konzert erhält auch das Tribunal seinen Anteil am allgemeinen Lob. Wie süß ist es, tugendhaft zu sein, und wie teuer ist dem Herzen des unbescholtenen Richters die öffentliche Anerkennung!

Dennoch, welcher Grund zum Staunen und zur Beunruhigung für ein patriotisches Herz! Was! Genügten denn nicht Mirabeau, La Fayette, Bailly, Pétion und Brissot, um die Sache des Volkes zu verraten? Dazu bedurfte es noch jener, die diese Verräter entlarvten. Was! Alle die Männer, die die Revolution gemacht haben, haben sie nur gemacht, um sie zu vernichten! Jene großen Urheber der großen Tage bereiteten mit Pitt und Coburg das Königtum der Orléans oder die Vormundschaft Ludwigs XVII. vor! Was denn! Danton, das war Monk! Was denn! Chaumette und die Hébertisten, die noch niederträchtiger waren als die Föderalisten, die sie unter das Messer brachten, hatten den Untergang des Reiches heraufbeschworen! Doch wird das blaue Auge Robespierres unter denen, welche die Ruchlosen Danton und Chaumette in den Tod stürzten, nicht morgen noch Ruchlosere entdecken? Wo endet die abscheuliche Kette der verratenen Verräter und der Scharfblick des Unbestechlichen? ...

21

Unterdessen ging Julie Gamelin in ihrem flaschengrünen Carrick Tag für Tag in den Jardin du Luxembourg und wartete dort auf einer Bank am Ende der Allee auf den Augenblick, wo ihr Geliebter an einer der Dachluken des Palais erschien. Sie winkten einander zu und tauschten ihre Gedanken in einer stummen Sprache aus, die sie sich ausgedacht hatten. Auf diese Weise erfuhr sie, daß der Gefangene in einer einigermaßen guten Zelle wohnte, sich angenehmer Gesellschaft erfreute, eine Decke und einen Wasserkessel brauchte und seine Freundin zärtlich liebte.

Sie war nicht die einzige, die in diesem zum Gefängnis umgewandelten Palais nach einem geliebten Gesicht spähte. Eine junge Mutter neben ihr heftete ihre Blicke auf ein geschlossenes Fenster, und sobald sie es aufgehen sah, hob sie ihr kleines Kind in ihren Armen hoch über ihren Kopf. Eine alte Dame im Spitzenschleier saß stundenlang regungslos auf einem Klappstuhl und hoffte vergeblich, für einen Augenblick ihren Sohn zu sehen, der, um nicht weich zu werden, im Gefängnishof mit der Wurfscheibe spielte, bis der Park geschlossen wurde.

Während dieser langen Wartezeiten unter grauem oder blauem Himmel saß ein ziemlich dicker und sehr gepflegter Mann in reiferen Jahren auf einer benachbarten Bank, spielte mit seiner Tabakdose und seinen Berlocken und entfaltete eine Zeitung, in der er niemals las. Er war nach der alten bürgerlichen Mode mit einem Dreispitz mit goldener Borte, einem violettroten Rock und blauer, silbergestickter Weste bekleidet. Sein Aussehen war ehrbar; nach der Flöte zu schließen, die ein Stückchen aus seiner Tasche hervorsah, war er Musiker. Keinen Moment ließ er den vermeintlichen jungen Mann aus den Augen, lächelte ihm immerfort zu, und wenn er ihn aufstehen sah, erhob er sich auch und folgte ihm von fern. In ihrem Elend und ihrer Einsamkeit fühlte Julie sich von der diskreten Sympathie gerührt, die ihr dieser Biedermann bezeigte.

Eines Tages, als sie den Park verließ und es zu regnen

begann, trat der Biedermann auf sie zu, öffnete seinen großen Regenschirm und bat sie um die Erlaubnis, sie beschirmen zu dürfen. Mit ihrer hellen Stimme antwortete sie ihm sanft, daß es ihr recht sei. Aber beim Klang dieser Stimme und vielleicht auch durch den feinen Duft einer Frau gewarnt, eilte er rasch davon und ließ die junge Frau im Gewitterregen stehen, die begriff und trotz ihrer Sorgen lächeln mußte.

Julie wohnte in einer Dachkammer in der Rue du Cherche-Midi und gab sich für einen Tuchmachergehilfen auf Arbeitsuche aus: die Witwe Gamelin, die endlich eingesehen hatte, daß ihre Tochter nirgends mehr gefährdet war als bei ihr, hatte sie von der Place de Thionville und der Sektion Pont-Neuf fortgeschickt und versorgte sie mit Lebensmitteln und Wäsche, so gut sie konnte. Julie kochte sich ein wenig Essen, ging in den Jardin du Luxembourg, um ihren Heißgeliebten zu sehen, und kehrte in ihre elende Behausung zurück; die Eintönigkeit dieses Treibens lullte ihre Sorgen ein, und da sie jung und kräftig war, schlief sie nachts tief und fest. Von wagemutigem Charakter, an Abenteuer gewöhnt und vielleicht auch durch die Kleidung, die sie trug, ermuntert, ging sie nachts manchmal zu einem Limonadenverkäufer in der Rue du Four, wo unter dem Firmenschild „Croix Rouge“ alle möglichen Leute und galante Frauen verkehrten. Sie las da die Zeitungen und spielte Tricktrack mit einem Ladenschwengel oder einem Soldaten, der ihr den Rauch seiner Pfeife ins Gesicht paffte. Dort trank und spielte man, knüpfte Liebschaften an, und Schlägereien waren an der Tagesordnung. Eines Abends, als Hufschlag auf dem Pflaster der Straßenkreuzung zu hören war, hob ein Zecher den Vorhang und erkannte den Kommandanten der Nationalgarde, den Bürger Hanriot, der mit seinem Stab im Galopp vorbeiritt.

„Das ist Robespierres Tölpel“, brummte er zwischen den Zähnen.

Bei dieser Bemerkung brach Julie in schallendes Gelächter aus.

Aber ein schnurrbärtiger Patriot wies diese Äußerung unverblümt zurück.

„Wer so redet", schrie er, „ist ein Schweinehund von Aristokrat, den ich gern in den Korb des Scharfrichters spucken sähe! General Hanriot, merkt euch das, ist ein guter Patriot, der Paris und den Konvent nötigenfalls zu verteidigen wüßte. Genau das verzeihen ihm die Royalisten nicht."

Und mit einem scharfen Blick auf Julie, die noch immer lachte, sagte der schnurrbärtige Patriot: „Du Grünschnabel, nimm dich in acht, daß ich dir nicht einen Tritt in den Hintern gebe, um dir Respekt vor den Patrioten beizubringen."

Indessen wurden Stimmen laut.

„Hanriot ist ein Saufbold und Dummkopf!"

„Hanriot ist ein guter Jakobiner! Hanriot lebe hoch!"

Zwei Parteien bildeten sich. Man geriet aneinander, die Fäuste sausten auf die zerbeulten Hüte nieder, Tische kippten um, Gläser gingen in Scherben, die Ölfunzeln erloschen, die Frauen kreischten gellend. Julie, die von mehreren Patrioten angegriffen wurde, bewaffnete sich mit einem Schemel, wurde zu Boden geworfen, kratzte und biß ihre Angreifer. Aus ihrem offenen Carrick und ihrem zerfetzten Jabot trat ihre wogende Brust hervor. Auf den Lärm eilte eine Patrouille herbei, und die junge Aristokratin entschlüpfte zwischen den Beinen der Gendarmen.

Jeden Tag waren die Henkerkarren mit Verurteilten voll beladen.

„Ich kann doch meinen Geliebten nicht sterben lassen", sagte Julie zu ihrer Mutter.

Sie entschloß sich, Bittgänge anzutreten, Schritte zu unternehmen, in die Ausschüsse, die Büros, zu den Volksvertretern und den Richtern zu gehen, überallhin, wo es nötig war. Sie besaß kein Kleid. Ihre Mutter borgte von der Bürgerin Blaise ein gestreiftes Kleid, ein Brusttuch und eine Spitzenhaube, und Julie ging, als Frau und Patriotin gekleidet, zum Richter Renaudin in ein feuchtes, düsteres Haus in der Rue Mazarine.

Zitternd stieg sie die mit Steinfliesen belegte Holztreppe hinauf und wurde von dem Richter in seinem armseligen Arbeitszimmer empfangen, das mit einem Fichtenholztisch und zwei Rohrstühlen ausgestattet war. Die Tapete hing in Fetzen. Renaudin, mit schwarzem, glattem Haar, düsterem Blick, aufgeworfenen Lippen und vorspringendem Kinn, bedeutete ihr zu reden und hörte ihr schweigend zu.

Sie erzählte ihm, sie sei die Schwester des Bürgers Chassagne, eines Gefangenen im Luxembourg, legte ihm, so geschickt sie konnte, die Umstände seiner Verhaftung dar, stellte ihn als unschuldig und unglücklich hin und bat inständig.

Er blieb fühllos und hart.

Flehend warf sie sich ihm zu Füßen und weinte.

Sobald er Tränen sah, veränderte sich seine Miene: seine rötlichschwarzen Pupillen flammten auf, und seine mächtigen blauschimmernden Kinnbacken bewegten sich, als müsse er seine trockene Kehle mit Speichel befeuchten.

„Seien Sie unbesorgt, Bürgerin, man wird das Nötige tun."

Und eine Tür öffnend, schob er die Bittstellerin in einen kleinen rosa Salon mit bemalten Wandspiegeln, unglasierten Porzellanfiguren, einer Kaminuhr, vergoldeten Armleuchtern, gepolsterten Lehnsesseln und einem Sofa, dessen Bezug eine Schäferszene von Boucher schmückte. Julie war zu allem bereit, um ihren Geliebten zu retten.

Brutal machte Renaudin kurzen Prozeß. Als sie sich erhob und das schöne Kleid der Bürgerin Elodie wieder in Ordnung brachte, begegnete sie dem grausamen und höhnischen Blick dieses Mannes; sie fühlte sofort, daß sie ein vergebliches Opfer gebracht hatte.

„Sie haben mir die Freiheit meines Bruders versprochen", sagte sie.

Er grinste.

„Ich habe dir gesagt, Bürgerin, daß man das Nötige tun werde, das heißt, daß man das Gesetz zur Anwendung bringen wird, nicht mehr und nicht weniger. Ich habe dir gesagt, du sollst unbesorgt sein, und warum beunruhigst du dich? Das Revolutionstribunal ist immer gerecht."

Sie wollte sich am liebsten auf ihn stürzen, ihn beißen, ihm die Augen auskratzen. Aber da sie fühlte, daß sie damit Fortuné Chassagnes Verderben nur besiegeln würde, entfloh sie und eilte, in ihrer Dachkammer Elodies beschmutztes Kleid auszuziehen. Und dort heulte sie einsam die ganze Nacht vor Wut und Schmerz.

Als sie am nächsten Tag wieder in den Jardin du Luxembourg ging, fand sie ihn von Gendarmen besetzt, die Frauen und Kinder vertrieben. Schildwachen standen in den Alleen und hinderten die Passanten daran, mit den Gefangenen in Verbindung zu treten. Die junge Mutter, die jeden Tag mit ihrem Kind im Arm gekommen war, sagte Julie, daß man von Verschwörungen in den Gefängnissen spräche und den Frauen vorwürfe, sich im Park zu versammeln, um das Volk zugunsten der Aristokraten und Verräter aufzuwiegeln.

22

Plötzlich erhebt sich im Tuileriengarten ein Berg. Der Himmel ist wolkenlos. Maximilien geht vor seinen Kollegen her, in blauem Rock, in gelben Kniehosen, in der Hand einen Strauß von Ähren, Kornblumen und Mohn. Er besteigt den Berg und verkündet der gerührten Republik den Gott Jean-Jacques'. O Reinheit! O Sanftmut! O Glaube! O antike Einfachheit! O Tränen des Mitleids! O fruchtbarer Tau! O Milde! O menschliche Brüderlichkeit!

Vergeblich erhebt der Atheismus noch immer sein garstiges Antlitz: Maximilien ergreift eine Fackel; die Flammen verschlingen das Ungeheuer, und die Weisheit tritt hervor, mit der einen Hand zeigt sie gen Himmel, in der anderen hält sie einen Sternenkranz.

Auf der Tribüne, die vor dem Tuilerienpalast errichtet ist, vergießt Evariste inmitten der gerührten Menge sanfte Tränen und dankt Gott. Er sieht eine Ära der Glückseligkeit anbrechen. Er seufzt: Endlich werden wir glücklich, rein und unschuldig sein, sofern die Halunken es zulassen.

Nun, die Halunken ließen es nicht zu. Noch immer sind Hinrichtungen nötig; noch immer müssen Ströme unreinen Blutes vergossen werden. Drei Tage nach dem Fest des neuen Bundes und der Aussöhnung von Himmel und Erde erläßt der Konvent das Prairial-Gesetz, das mit einer gewissen schrecklichen Biederkeit alle traditionellen Gesetzesformen und damit alles, was seit der Zeit der unparteiischen Römer zum Schutz der verdächtigen Unschuld ersonnen wurde, außer Kraft setzt. Keine Voruntersuchungen, keine Verhöre, keine Zeugen, keine Verteidiger mehr: die Vaterlandsliebe ersetzt alles. Der Angeklagte, der sein Verbrechen oder seine Unschuld tief in sich birgt, zieht stumm an den patriotischen Geschworenen vorüber. Und in dieser Zeit muß ein manchmal schwieriger, oft schwerwiegender und dunkler Fall entschieden werden. Wie soll man jetzt richten? Wie in einem einzigen Augenblick den Ehrenmann vom Halunken, den Patrioten vom Feind des Vaterlandes unterscheiden? ...

Nach einem Augenblick der Verwirrung begriff Gamelin seine neuen Pflichten und fand sich in seine neuen Funktionen. Er erkannte in der Abkürzung des Verfahrens die wahren Merkmale dieser heilbringenden und schrecklichen Justiz, deren Beamte keine Richter in hermelinverbrämten Roben waren, die müßig das Für und Wider auf ihren gotischen Waagen abwogen, sondern Sansculotten, die aus patriotischer Erleuchtung urteilten und alles blitzschnell durchschauten. Wo die Garantien und die Vorsicht alles verdorben hätten, retteten die Regungen eines aufrichtigen Herzens alles. Es galt, den Impulsen der Natur zu folgen, jener guten Mutter, die sich niemals irrt; es galt, mit dem Herzen zu richten, und Gamelin rief den Schatten Jean-Jacques' an: „Tugendhafter Mann, erfülle mich mit der Liebe zu den Menschen und der Glut, sie zu erneuern!"

Die meisten seiner Kollegen empfanden wie er. Es waren vorwiegend schlichte Gemüter; und die Vereinfachung der Formalitäten behagte ihnen. Die abgekürzte Rechtsprechung befriedigte sie. In deren beschleunigter Gangart verwirrte sie nichts mehr. Sie untersuchten nur die Gesinnung der Angeklagten, ohne zu begreifen, daß man auch ohne Bösartigkeit anders denken konnte als sie. Da sie sich im Besitze der Wahrheit, der Weisheit, des höchsten Gutes glaubten, schrieben sie ihren Gegnern den Irrtum und die Schlechtigkeit zu. Sie fühlten sich stark: sie sahen Gott.

Sie sahen Gott, diese Geschworenen des Revolutionstribunals. Das Höchste Wesen, von Maximilien anerkannt, hüllte sie in seine Flammen. Sie liebten und glaubten.

Der Lehnstuhl des Angeklagten war durch ein großes Podium ersetzt worden, auf dem fünfzig Menschen Platz fanden: man führte die Prozesse nur noch schubweise. Der öffentliche Ankläger vereinigte zu ein und derselben Sache Leute, die sich vor dem Tribunal oft zum ersten Male sahen, und beschuldigte sie, Komplizen zu sein. Das Tribunal richtete mit der furchtbaren Leichtigkeit, die das Prairial-Gesetz ermöglichte, die angeblichen Verschwörungen in den Gefängnissen, die auf die Ächtung der Dantonisten und der Commune von Paris folgten und durch spitzfindige Winkelzüge miteinander verknüpft wurden. Damit man in der Tat die zwei wesentlichen Züge eines Komplotts erkennen sollte, das mit dem Gelde des Auslands gegen die Republik angezettelt wurde – die unzeitige Mäßigung und die kalkulierte Übertreibung –, damit man darin außerdem das dantonistische und hébertistische Verbrechen sehen sollte, hatte man zwei ganz gegensätzliche Köpfe damit in Verbindung gebracht, die Köpfe zweier Frauen, der Witwe Camilles, jener liebenswerten Lucile, und der Witwe des Hébertisten Momoro, einer Eintagsgöttin und fröhlichen Klatschbase. Um der Symmetrie willen waren beide in demselben Gefängnis eingekerkert gewesen, wo sie zusammen auf derselben Steinbank geweint hatten; um der Symmetrie willen hatten beide zugleich das Schafott bestiegen. Ein allzu geistreiches Symbol, ein Meisterwerk der Ausgeglichenheit, auf das zweifellos die Seele eines Staatsanwaltes verfallen war, für das man jedoch Maximilien ehrte. Auf diesen Volksvertreter bezog man alle glücklichen oder unglücklichen Ereignisse in der Republik, die Gesetze, die Sitten, den Lauf der Jahreszeiten, die Ernten, die Krankheiten. Eine verdiente Ungerechtigkeit, denn dieser kleine gepflegte, schwächliche Mann mit dem Katzengesicht hatte Macht über das Volk ...

An jenem Tag fertigte das Tribunal einen Schub der großen Gefängnisverschwörung ab, über dreißig Verschwörer aus dem Luxembourg, sehr fügsame, aber ausgesprochen royalistische oder föderalistische Gefangene. Die Anklage stützte sich ausschließlich auf die Aussage eines einzigen Angebers. Die Geschworenen wußten gar nichts von der Sache; sie kannten nicht einmal die Namen der Verschwörer. Als Gamelin einen Blick auf die Bank der Angeklagten warf, erkannte er unter ihnen Fortuné Chassagne. Julies Geliebter, durch eine lange Haft abgemagert, bleich, die Züge verhärtet durch das grelle Licht, das in den Saal flutete, bewahrte dennoch ein wenig Anmut und Stolz. Als seine Blicke denen Gamelins begegneten, drückten sie Verachtung aus.

Von stiller Wut besessen, stand Gamelin auf, bat ums Wort und sagte, die Augen auf die Büste Brutus' des Älteren geheftet, die das Tribunal überragte: „Bürger Präsident, obwohl zwischen einem der Angeklagten und mir möglicherweise Beziehungen bestehen, die, wenn sie benannt würden, als verwandtschaftlich gelten könnten, erkläre ich mich nicht für inkompetent. Die beiden Brutusse entzogen sich auch nicht, als sie zum Wohl der Republik oder der Sache der Freiheit einen Sohn verurteilen, einen Adoptivvater strafen mußten."

Er nahm wieder Platz.

„Ein schöner Halunke", murmelte Chassagne zwischen den Zähnen.

Das Publikum blieb kalt, sei es, daß es endlich der erhabenen Charaktere müde war, sei es, daß Gamelin zu leicht über natürliche Gefühle triumphiert hatte.

„Bürger Gamelin", sagte der Präsident, „nach den Satzungen des Gesetzes muß jede Urteilsverweigerung innerhalb vierundzwanzig Stunden vor Eröffnung des Verfahrens schriftlich eingereicht werden. Im übrigen hast du keinen Grund zur Verweigerung: ein patriotischer Geschworener ist über die Leidenschaften erhaben."

Jeder Angeklagte wurde drei oder vier Minuten lang verhört. Der Strafantrag beschloß die Todesstrafe für alle. Die Geschworenen stimmten ihm zu mit einem Wort, einem Kopfnicken oder Beifall. Als Gamelin an der Reihe war, seine Meinung zu äußern, sagte er: „Alle Angeklagten sind überführt, und das Gesetz ist eindeutig."

Als er die Treppe des Justizpalastes hinunterstieg, stellte sich ihm plötzlich ein etwa siebzehn- oder achtzehnjähriger junger Mann in einem flaschengrünen Carrick in den Weg. Er trug einen runden Hut, den er nach hinten geschoben hatte und dessen Krempe seinen schönen bleichen Kopf mit einem schwarzen Heiligenschein umgab. Hoch aufgerichtet stand er vor dem Geschworenen und schrie ihm mit einer vor Zorn und Verzweiflung schrecklichen Stimme zu: „Halunke! Ungeheuer! Mörder! Schlage mich, Feigling! Ich bin eine Frau! Laß mich festnehmen, laß mich guillotinieren, Kain! Ich bin deine Schwester!" Und Julie spuckte ihm ins Gesicht.

Die Menge der Tricoteusen und Sansculotten erlahmte damals bereits in ihrer revolutionären Wachsamkeit; das Feuer ihres Bürgersinns war erheblich abgekühlt: um Gamelin und seinen Angreifer entstand nur eine unschlüssige, wirre Bewegung. Julie brach sich Bahn durch die Ansammlung und verschwand in der Dämmerung.

23

Evariste Gamelin war müde und konnte doch keine Ruhe finden; zwanzigmal in der Nacht fuhr er auf aus einem Schlaf voller Alpträume. Nur in dem blauen Zimmer, in Elodies Armen, vermochte er einige Stunden zu schlafen. Er redete und schrie im Schlaf und weckte sie auf, aber seine Worte konnte sie nicht verstehen.

Eines Morgens, nach einer Nacht, in der er die Eumeniden gesehen hatte, erwachte er zerschlagen von Entsetzen und schwach wie ein Kind. Die Dämmerung drang mit ihren bleichen Pfeilen durch die Vorhänge des Zimmers. Evaristes Haare, die ihm wirr in die Stirn hingen, bedeckten seine Augen mit einem schwarzen Schleier: Elodie, am Kopfende des Bettes, strich ihm sanft die wilden Locken aus der Stirn. Diesmal sah sie ihn mit schwesterlicher Zärtlichkeit an und trocknete mit ihrem Taschentuch den kalten Schweiß auf der Stirn des Unglücklichen. Da fiel ihm die schöne Stelle aus dem „Orest" des Euripides wieder ein, nach der er ein Bild entworfen hatte, das, wenn er es hätte vollenden können, sein Meisterwerk geworden wäre: die Szene, wo die unglückliche Elektra ihrem Bruder den Schaum abwischt, der seinen Mund benetzt. Und er glaubte zu hören, wie auch Elodie mit sanfter Stimme sagte: „Höre mich an, geliebter Bruder, solange die Furien dich Herr sein lassen über deinen Geist . . ."

Und er dachte: Und ich bin dennoch kein Vatermörder. Im Gegenteil: aus kindlicher Liebe habe ich das unreine Blut der Feinde meines Vaterlandes vergossen.

24

Mit der Verschwörung in den Gefängnissen kam man zu keinem Ende. Neunundvierzig Angeklagte füllten die Tribüne. Maurice Brotteaux nahm den Platz ganz rechts in der obersten Reihe ein, den Ehrenplatz. Er trug seinen flohbraunen Rock, den er am Abend zuvor sorgfältig ausgebürstet und an der Tasche geflickt hatte, die der kleine Lukrez mit der Zeit durchgescheuert hatte. Neben ihm saß Frau Rochemaure, angemalt, geschminkt, auffällig, abscheulich. Den Pater Longuemare hatte man zwischen sie und die Dirne Athénaïs gesetzt, die im Kerker der Madelonnettes die Frische der Jugend zurückgewonnen hatte.

Die Gendarmen pferchten auf den Bänken Leute zusammen, die jene nicht kannten und die sich untereinander vielleicht auch nicht kannten, die aber dennoch alle Komplizen sein sollten: Parlamentarier, Tagelöhner, ehemalige Adlige, Bürger und Bürgerinnen. Die Bürgerin Rochemaure gewahrte Gamelin auf der Geschworenenbank. Obwohl er auf ihre dringlichen Briefe, auf ihre wiederholten Botschaften nicht geantwortet hatte, setzte sie doch ihre Hoffnung in ihn, warf ihm einen flehenden Blick zu und bemühte sich, für ihn schön und rührend zu erscheinen. Aber der kalte Blick des jungen Beamten raubte ihr jegliche Illusion.

Der Gerichtsschreiber verlas die Anklageschrift, die zwar nur kurz auf jeden einzelnen der Angeklagten einging, aber wegen deren Anzahl doch lang war. Sie stellte in groben Zügen das Komplott dar, das in den Gefängnissen angestiftet wurde, um die Republik im Blut der Vertreter der Nation und des Volkes von Paris zu ertränken, und als es um jeden einzelnen ging, hieß es:

„Einer der gefährlichsten Anstifter dieser schändlichen Verschwörung ist der mit Namen Brotteaux, ehemaliger Des Ilettes, Finanzpächter unter dem Tyrannen. Dieses Individuum, das selbst in den Zeiten der Tyrannei durch seinen ausschweifenden Lebenswandel auffiel, ist ein sicherer Beweis dafür, daß die Freigeisterei und die schlechten Sitten die größten Feinde der Freiheit und des Glücks der Völker sind; denn nachdem dieses Individuum die öffentlichen Finanzen vergeudet und in Ausschweifungen einen beachtlichen Teil des Volksvermögens abgeschöpft hat, verbündete er sich in der Tat mit seiner ehemaligen Konkubine, der Frau Rochemaure, um mit den Emigranten zu korrespondieren und in verräterischer Weise die Umstürzler im Ausland über den Stand unserer Finanzen, unsere Truppenbewegungen, die Meinungsschwankungen zu informieren.

Brotteaux, der in jener Periode seines verabscheuungswürdigen Daseins in wilder Ehe mit einer Prostituierten, der Dirne Athénaïs, zusammen lebte, die er in der Gosse der Rue Fromenteau aufgelesen hatte, gewann sie leicht für seine Zwecke und benutzte sie dazu, die Konterrevolution durch schamlose Rufe und unschickliches Aufreizen zu schüren.

Einige Reden dieses unseligen Menschen werden Ihnen einen deutlichen Hinweis auf seine verworfenen Ideen und sein verderbliches Ziel geben. Als er über das patriotische Tribunal sprach, das heute aufgerufen ist, ihn zu bestrafen, sagte er frech: ‚Das Revolutionstribunal ähnelt einem Stück von William Shakespeare, der in die blutigsten Szenen die trivialsten Possen einflicht.‘ Unentwegt propagierte er den Atheismus als das sicherste Mittel, das Volk herabzuwürdigen und es in die Unsittlichkeit zu stürzen. In der Conciergerie, wo er inhaftiert war, beklagte er die Siege unserer tapferen Armeen als das schlimmste Unheil und bemühte sich, den Verdacht auf die patriotischsten Generale zu lenken, indem er ihnen tyrannische Absichten unterstellte. ‚Warten Sie es ab‘, sagte er in einer widerlichen Sprache, die die Feder wiederzugeben sich sträubt, ‚warten Sie es ab, bis eines Tages einer dieser Säbelraßler, dem Sie Ihr Heil verdanken, Sie alle verschlingen wird, wie der Kranich in der Fabel die Frösche verschluckt.‘ “

Und in der Anklageschrift ging es folgendermaßen weiter:

„Die Frau Rochemaure, ehemalige Adlige und Brotteaux' Konkubine, ist nicht weniger schuldig als er. Sie stand nicht nur im Briefwechsel mit dem Ausland und wurde von Pitt persönlich bezahlt, nein, in Verbindung mit Bestochenen wie Jullien (aus Toulouse) und Chabot, im Bündnis mit dem ehemaligen Baron de Batz ersann sie gemeinsam mit diesem Halunken alle möglichen Machenschaften, um die Aktien der Ostindischen Gesellschaft zu drücken, sie billig aufzukaufen und den Kurs dann durch entgegengesetzte Machenschaften wieder in die Höhe zu treiben und dadurch sowohl das Privatvermögen als auch das öffentliche Vermögen zu schädigen. Während ihrer Haft in La Bourbe und in den Madelonnettes konspirierte sie sogar im Gefängnis, betrieb Börsenwucher und suchte Richter und Geschworene zu bestechen.

Louis Longuemare, ehemaliger Adliger, ehemaliger Kapuziner, versuchte sich seit langem in der Ehrlosigkeit und im Verbrechen, bevor er die verräterischen Taten beging, für die er sich hier verantworten muß. Mit der Dirne Gorcut, genannt Athénaïs, unter Brotteaux' eigenem Dach in unsittlichem Verkehr lebend, ist er der Komplize dieses Mädchens und dieses ehemaligen Adligen. Während seiner Haft in der Conciergerie ließ er keinen einzigen Tag aus, aggressive Pamphlete gegen die Freiheit und den öffentlichen Frieden zu schreiben.

Bezüglich der Marthe Gorcut, genannt Athénaïs, ist mit Fug und Recht zu sagen, daß die Prostituierten die größte Geißel der öffentlichen Sitten sind, die sie beleidigen, und der Schandfleck der Gesellschaft, die sie zersetzen. Aber wozu soll man sich über abstoßende Schandtaten verbreiten, welche die Angeklagte schamlos eingesteht? ..."

Anschließend ging die Anklageschrift die vierundfünfzig anderen Beschuldigten durch, welche weder Brotteaux noch Pater Longuemare, noch die Bürgerin Rochemaure kannte, es sei denn, sie hätten etliche von ihnen in den Gefängnissen gesehen, die aber alle mit ihnen verwickelt sein sollten in „diese verabscheuungswürdigste Verschwörung, wie sie beispiellos in den Annalen der Völker ist".

Die Anklage erkannte auf die Todesstrafe für alle Beschuldigten. Brotteaux wurde als erster verhört.

„Du hast konspiriert?"

„Nein, ich habe nicht konspiriert. In der Anklageschrift, die ich soeben gehört habe, ist alles falsch."

„Du siehst: noch in diesem Augenblick konspirierst du gegen das Tribunal."

Und der Präsident ging zu Frau Rochemaure über, die mit verzweifelten Beteuerungen, Tränen und Spitzfindigkeiten antwortete.

Pater Longuemare fügte sich ganz in Gottes Willen. Er hatte nicht einmal seine Verteidigungsschrift mitgebracht.

Auf alle Fragen, die ihm gestellt wurden, antwortete er voller Resignation. Doch als der Präsident ihn einen Kapuziner nannte, wurde er wieder ganz der alte.

„Ich bin kein Kapuziner", sagte er, „ich bin Priester und Mönch des Ordens der Barnabiten."

„Das ist das gleiche", erwiderte der Präsident gutmütig.

Pater Longuemare sah ihn entrüstet an.

„Einen seltsameren Irrtum kann man nicht begehen", sagte er, „als einen Kapuziner mit einem Mönch des Ordens der Barnabiten zu verwechseln, der seine Regeln vom Apostel Paulus persönlich empfing."

Gelächter und Hohnrufe wurden unter den Anwesenden laut.

Und Pater Longuemare, der diesen Spott als Zeichen des Widerspruchs ansah, erklärte, daß er als Mitglied des Ordens des heiligen Barnabäus stürbe, dessen Kleid er in seinem Herzen trüge.

„Gestehst du", fragte der Präsident, „mit der Dirne Gorcut, genannt Athénaïs, die dir ihre verabscheuungswürdige Gunst gewährte, konspiriert zu haben?"

Bei dieser Frage hob Pater Longuemare einen schmerzerfüllten Blick gen Himmel und antwortete mit einem Schweigen, das die Verwunderung einer lauteren Seele und den Ernst eines Mönches ausdrückte, der leere Worte scheut.

„Dirne Gorcut", fragte der Präsident die junge Athénaïs, „gibst du zu, mit Brotteaux konspiriert zu haben?"

Sie antwortete sanft: „Monsieur Brotteaux hat meines Wissens nur Gutes getan. Er ist ein Mann, wie es viele geben sollte und wie es keinen besseren gibt. Wer das Gegenteil behauptet, irrt sich. Das ist alles, was ich zu sagen habe."

Der Präsident fragte sie, ob sie zugäbe, im Konkubinat mit Brotteaux gelebt zu haben. Diesen Begriff, den sie nicht kannte, mußte man ihr erklären. Aber als sie begriffen hatte, worum es sich handelte, antwortete sie, daß es nur an ihm gelegen hätte, daß er sie jedoch nicht gefragt habe.

Auf den Tribünen wurde gelacht, und der Präsident drohte der Dirne Gorcut, sie vom Verhör auszuschließen, wenn sie weiterhin mit einem solchen Zynismus antworte.

Da schimpfte sie ihn Heuchler, Fastnachtsfratze, Hahnrei und spie auf ihn, auf die Richter und die Geschworenen Kübel von Beleidigungen aus, bis die Gendarmen sie von ihrer Bank gezerrt und aus dem Saal geführt hatten.

Der Präsident verhörte anschließend kurz die anderen Angeklagten in der Reihenfolge, wie sie auf dem Podest saßen. Einer namens Navette antwortete, daß er in einem Gefängnis, in dem er erst vier Tage gesessen habe, nicht hätte konspirieren können. Der Präsident bemerkte, daß die Antwort in Betracht zu ziehen sei und daß er die Bürger Geschworenen bäte, dem Rechnung zu tragen. Ein gewisser Bellier gab die gleiche Antwort, und der Präsident machte den Geschworenen gegenüber die gleiche Bemerkung zugunsten des Angeklagten. Dieses Wohlwollen des Richters legte man als Ausdruck einer lobenswerten Gerechtigkeit aus oder als Lohn, den man der Denunziation schuldig war.

Der Vertreter der öffentlichen Anklage ergriff das Wort. Er erweiterte lediglich die Anklageschrift und stellte die Frage: „Steht es fest, daß Maurice Brotteaux, Louise Rochemaure, Louis Longuemare, Marthe Gorcut, genannt Athénaïs, Eusèbe Rocher, Pierre Guyton-Fabulet, Marcelline Descourtis usw. usw. eine Verschwörung angezettelt haben, deren Mittel Mord und Hungersnot, die Herstellung falscher Assignaten und falscher Münzen, die Verderbnis der Moral und der öffentlichen Meinung sowie Aufstände in den Gefängnissen und deren Ziele der Bürgerkrieg, die Auflösung der Nationalversammlung und die Wiederherstellung des Königtums sind?"

Die Geschworenen zogen sich ins Beratungszimmer zurück. Sie sprachen sich einstimmig für die Bestätigung des Urteils für alle Angeklagten aus, mit Ausnahme der namentlich Genannten Navette und Bellier, die der Präsident und nach ihm der Staatsanwalt gewissermaßen aus dem Verfahren ausgeschlossen hatten. Gamelin begründete seinen Urteilsspruch mit folgenden Worten: „Die Straffälligkeit der Angeklagten springt in die Augen: ihre Bestrafung ist für das Wohl der Nation von Bedeutung, und sie selbst müssen ihre Hinrichtung wünschen als das einzige Mittel, ihre Verbrechen zu sühnen."

Der Präsident fällte das Urteil in Abwesenheit derjenigen, die es betraf. In jenen großen Tagen rief man, entgegen der gesetzlichen Bestimmung, die Verurteilten nicht noch einmal in den Saal, um ihnen ihr Urteil zu verlesen, fraglos, weil man die Verzweiflung einer so großen Anzahl von Menschen fürchtete. Sinnlose Befürchtung, so groß und allgemein war damals die Ergebenheit der Opfer! Der Gerichtsschreiber ging hinunter und verlas das Urteil, das in dem Schweigen und der Ruhe angehört wurde, die den Vergleich der Verurteilten des Prairial mit gefällten Bäumen zuließen.

Die Bürgerin Rochemaure sagte, sie sei schwanger. Ein Chirurg, der zugleich Geschworener war, wurde beauftragt, sie zu untersuchen. Ohnmächtig wurde sie in ihre Zelle getragen.

„Ach", seufzte Pater Longuemare, „diese Richter sind bemitleidenswerte Menschen: ihr Seelenzustand ist wahrhaft beklagenswert. Sie bringen alles durcheinander und verwechseln einen Barnabiten mit einem Franziskaner."

Die Hinrichtung sollte noch am selben Tag an der Barrière du Trône-Renversé stattfinden. Vorbereitet, mit geschnittenem Haar und am Hals ausgeschnittenen Hemden, warteten die in dem kleinen, durch eine verglaste Wand von der Schreibstube abgeteilten Raum zusammengepferchten Verurteilten wie eine Herde Schlachtvieh auf den Henker.

Als der Scharfrichter und seine Gehilfen kamen, legte Brotteaux, der ruhig in seinem Lukrez las, das Lesezeichen in die angefangene Seite, schloß das Buch, stopfte es in die Tasche seines Überrocks und sagte zu dem Barnabiten: „Mein ehrwürdiger Vater, worüber ich wütend bin, ist, daß ich Sie nicht überzeugen werde. Wir werden alle beide unseren letzten Schlaf schlafen, und ich kann Sie nicht am Ärmel zupfen und Sie aufwecken, um Ihnen zu sagen: ‚Sehen Sie: Sie haben weder Gefühl noch Bewußtsein mehr;

Sie sind leblos. Das, was auf das Leben folgt, ist genau wie das, was ihm vorausgeht!‘ “

Er wollte lächeln, aber ein furchtbarer Schmerz schnitt ihm in Herz und Eingeweide, und er wurde fast ohnmächtig. Trotzdem fuhr er fort:

„Mein Vater, ich verberge Ihnen meine Schwäche nicht. Ich hänge am Leben und verlasse es nicht ohne Bedauern.“

„Mein Herr“, entgegnete sanft der Mönch, „beachten Sie, daß Sie tapferer sind als ich und daß Sie der Tod dennoch mehr verwirrt. Was will das besagen, wenn nicht, daß ich das Licht sehe, das Sie noch nicht sehen?“

„Es könnte auch sein“, sagte Brotteaux, „daß ich mich nach dem Leben sehne, weil ich es mehr genossen habe als Sie, der Sie es dem Tode schon so ähnlich wie möglich gemacht haben.“

„Mein Herr“, sagte Pater Longuemare erbleichend, „diese Stunde ist ernst. Gott steh mir bei! Sicher werden wir ohne geistliche Hilfe sterben. Ich muß die Sakramente wohl früher in Lauheit und mit undankbarem Herzen empfangen haben, da der Himmel sie mir heute versagt, da ich ihrer so sehr bedarf.“

Die Henkerkarren warteten. Man pferchte die Verurteilten mit gebundenen Händen hinein. Frau Rochemaure, deren Schwangerschaft von dem Chirurgen nicht bestätigt worden war, wurde auf einen der zweirädrigen Karren gehoben. Sie fand ein wenig von ihrer Energie wieder, um die Menge der Zuschauer zu beobachten, in der Hoffnung, wider alles Erwarten Retter darin zu finden. Ihre Augen flehten. Der Andrang war geringer als früher und die Erregung der Geister weniger heftig. Nur ein paar Frauen schrien: „Zum Tode!“ oder verhöhnten die Todgeweihten. Die Männer zuckten die Achseln, wandten den Kopf ab und schwiegen aus Vorsicht oder aus Achtung vor dem Gesetz.

Als Athénaïs durch die Gefängnispforte trat, ging ein Schaudern durch die Menge. Sie sah aus wie ein Kind.

Sie verneigte sich vor dem Mönch und bat: „Herr Pfarrer, erteilen Sie mir die Absolution.“

Pater Longuemare murmelte ernst die Worte des Sakraments und sagte: „Meine Tochter, Ihr seid in große Verirrungen hinabgesunken; aber ich wollte, ich könnte dem Herrn ein Herz darbringen, das so aufrichtig ist wie das Eure!"

Leichtfüßig bestieg sie den Karren. Dort richtete sie sich hoch auf, warf ihren kindlichen Kopf stolz zurück und rief: „Es lebe der König!"

Sie machte Brotteaux ein Zeichen und wies ihn auf den Platz neben ihr hin. Brotteaux half dem Barnabiten hinauf und setzte sich zwischen den Mönch und das unschuldige Mädchen.

„Mein Herr", sagte Pater Longuemare zu dem epikureischen Philosophen, „ich erbitte eine Gnade von Ihnen: dieser Gott, an den Sie noch nicht glauben, beten Sie für mich zu ihm. Es ist nicht sicher, daß Sie ihm nicht näher sind als ich: darüber kann ein Augenblick entscheiden. Es bedarf nur einer Sekunde, daß Sie das Lieblingskind des Herrn werden. Mein Herr, beten Sie für mich."

Während sich die Räder knirschend auf dem Pflaster der langgestreckten Vorstadt drehten, sagte der Mönch, stumm und nur die Lippen bewegend, die Totengebete her.

Brotteaux rief sich die Verse des Dichters der Natur ins Gedächtnis: „Sic ubi non erimus . . ." Obwohl er gefesselt war und von dem schmutzigen Wagen durchgeschüttelt wurde, bewahrte er eine ruhige und wie auf seine Bequemlichkeit bedachte Haltung. Athénaïs, die neben ihm saß und stolz war, so zu sterben wie die Königin von Frankreich, warf einen hochmütigen Blick auf die Menge, und der alte Finanzpächter, der den weißen Busen der jungen Frau mit dem Blick des Kenners betrachtete, bedauerte, daß es nicht mehr heller Tag war.

25

Während die Karren, eskortiert von Gendarmen, zur Place du Trône-Renversé rollten und Brotteaux und seine Gefährten dem Tode entgegenführten, saß Evariste gedankenversunken auf einer Bank des Tuileriengartens. Er wartete auf Elodie. Die Sonne, die sich zum Horizont neigte, durchbohrte mit ihren flammenden Pfeilen die dichtbelaubten Kastanienbäume. Am Gittertor des Gartens blies die Göttin Fama auf ihrem geflügelten Roß ihre ewige Trompete. Die Zeitungsverkäufer riefen den großen Sieg bei Fleurus aus.

Ja, dachte Gamelin, der Sieg ist unser. Wir haben ihn teuer bezahlt.

Er sah die schlechten Generale ihre verdammten Schatten durch den blutigen Staub jener Place de la Révolution schleppen, auf der sie ihr Leben gelassen. Und er lächelte stolz bei dem Gedanken, daß ohne die Strenge, an der auch er seinen Anteil gehabt hatte, heute die österreichischen Pferde die Rinde dieser Bäume abnagen würden.

Heilsamer Terror! rief es in ihm. O heiliger Terror! Vergangenes Jahr um diese Zeit waren unsere Verteidiger heldenhafte Besiegte in Lumpen; der Boden des Vaterlandes war vom Feind überschwemmt, zwei Drittel der Départements in Aufruhr. Jetzt ergreifen unsere gut ausgerüsteten, gut ausgebildeten und von fähigen Generalen kommandierten Armeen die Offensive, bereit, die Freiheit in die Welt zu tragen. Auf dem gesamten Gebiet der Republik herrscht Friede ... Heilsamer Terror! O heiliger Terror! Hilfreiche Guillotine! Vergangenes Jahr um diese Zeit war die Republik durch Gruppen zerrissen; die Hydra des Föderalismus drohte sie zu verschlingen. Jetzt breitet die jakobinische Einheit ihre Kraft und Weisheit über das Reich.

Dennoch war er trübsinnig. Eine tiefe Falte durchfurchte seine Stirn; um seinen Mund lag ein bitterer Zug. Er dachte: Wir sagten: *Siegen oder sterben.* Wir haben uns geirrt. Wir hätten sagen müssen: *Siegen und sterben.*

Er blickte um sich. Die Kinder bauten Sandhäufchen.

Unter den Bäumen saßen Bürgerinnen auf Holzstühlen und stickten oder nähten. Passanten in Rock und Kniehose von eigenartiger Eleganz, mit ihren Gedanken bei ihren Geschäften oder Vergnügungen, strebten nach Hause. Und Gamelin fühlte sich einsam unter ihnen: er war weder ihr Landsmann noch ihr Zeitgenosse. Was war denn geschehen? Wieso waren auf die Begeisterung der schönen Jahre Gleichgültigkeit, Ermüdung und vielleicht sogar Ekel gefolgt? Offensichtlich wollten diese Leute nichts mehr vom Revolutionstribunal hören und wandten sich von der Guillotine ab. Auf der Place de la Révolution zu lästig geworden, hatte man sie ans Ende des Faubourg Antoine versetzt. Sogar dort murrte man, wenn die Henkerkarren vorbeifuhren. Einige Stimmen hatten, wie es hieß, „Genug!" gerufen.

Genug, wo es noch Verräter und Verschwörer gab! Genug, wo die Ausschüsse erneuert, der Konvent gesäubert werden mußte! Genug, wo Halunken die Nationalversammlung entehrten! Genug, wo man selbst im Revolutionstribunal den Sturz des „Gerechten" in Erwägung zog! Denn die Vorstellung war schrecklich und dennoch zu wahrscheinlich: sogar Fouquier spann Intrigen, und nur um Maximilien ins Verderben zu stürzen, hatte er ihm siebenundfünfzig Opfer pompös hingeschlachtet und im roten Hemd der Vatermörder zur Hinrichtung schleppen lassen. Welch verbrecherischem Mitleid gab Frankreich nach? Man mußte es also gegen seinen Willen retten, und wenn es um Gnade schrie, sich die Ohren verstopfen und zuschlagen! Ach, das Schicksal hatte es so entschieden: das Vaterland verfluchte seine Retter. Möge es uns verfluchen und gerettet werden!

Es genügt nicht, unbekannte Opfer zu schlachten, Aristokraten, Finanzleute, Publizisten, Dichter, einen Lavoisier, einen Roucher, einen André Chénier. Jene allmächtigen Halunken mußte man strafen, die mit goldgefüllten und bluttriefenden Händen den Sturz der Bergpartei betreiben, die Fouché, Tallien, Rovère, Carrier und Bourdon. Der Staat muß von allen seinen Feinden befreit werden. Wenn Hébert gesiegt hätte, wäre der Konvent gestürzt worden, und die Republik führe in den Abgrund; wenn Desmoulins und Danton gesiegt hätten, hätte der Konvent ohne jede Tugend die Republik den Aristokraten, den Wucherern und den Generalen ausgeliefert. Wenn die Tallien oder Fouché siegen, diese bluttriefenden und mit geplündertem Gut vollgestopften Ungeheuer, so geht Frankreich in Verbrechen und Ehrlosigkeit unter ... Du schläfst, Robespierre, während die von Wut und Entsetzen trunkenen Verbrecher auf deinen Tod und das Begräbnis der Freiheit sinnen. Couthon, Saint-Just, was zaudert ihr, die Verschwörungen aufzudecken?

Was! Der alte Staat, das königliche Ungeheuer, sicherte sein Reich, indem es jedes Jahr vierhunderttausend Menschen ins Gefängnis warf, fünfzehntausend von ihnen henkte und dreitausend räderte, und die Republik sollte noch zögern, einige hundert Köpfe für ihre Sicherheit und ihre Macht zu opfern! Versinken wir im Blut und retten wir das Vaterland! ...

Als er dies dachte, kam Elodie blaß und aufgelöst auf ihn zu.

„Evariste, was hast du mir zu sagen? Warum kommst du nicht in den ‚Amour peintre', in das blaue Zimmer? Warum hast du mich hierher bestellt?"

„Um dir auf ewig Lebewohl zu sagen."

Sie stammelte, er sei von Sinnen und sie könne nicht verstehen ...

Er unterbrach sie mit einer müden Handbewegung.

„Elodie, ich kann deine Liebe nicht mehr annehmen."

„Schweig still, Evariste, schweig!"

Sie bat ihn weiterzugehen: hier beobachte man sie, könne sie hören.

Er ging etwa zwanzig Schritte und fuhr sodann sehr ruhig fort: „Ich habe meinem Vaterland mein Leben und meine Ehre geopfert. Ich werde unter Schmähungen sterben und hinterlasse dir, Unglückliche, nichts als ein verwünschtes Andenken ... Uns lieben? Kann man mich noch lieben? ... Kann ich denn lieben?"

Sie sagte ihm, daß er närrisch sei, daß sie ihn liebe, daß sie ihn immer lieben werde. Sie war leidenschaftlich, aufrichtig; aber sie fühlte wie er und besser noch als er, daß er recht hatte. Doch sträubte sie sich gegen den Augenschein.

Er fuhr fort:

„Ich werfe mir nichts vor. Was ich getan habe, würde ich noch einmal tun. Für das Vaterland bin ich zum Gebannten geworden. Ich bin verflucht. Ich bin aus der Menschheit ausgebrochen: niemals werde ich in sie zurückkehren. Nein! Die große Aufgabe ist noch nicht vollendet. Ach, Barmherzigkeit, Vergebung! ... Vergeben die Verräter? Sind die Verschwörer barmherzig? Die Zahl der Halunken, die das Vaterland morden, nimmt ständig zu; sie wachsen aus dem Boden heraus, von allen unseren Grenzen eilen sie herbei: junge Männer, die besser im Feld gefallen wären, Greise, Kinder, Frauen, mit der Maske der Unschuld, der Reinheit, der Anmut. Und wenn man sie hingeschlachtet hat, finden sich immer mehr ... Du siehst wohl ein, daß ich der Liebe, jeder Freude, der ganzen Süße des Lebens, sogar dem Leben selbst entsagen muß."

Er schwieg. Geschaffen, friedliche Freuden zu genießen, graute es Elodie schon seit geraumer Zeit, unter den Küssen eines tragischen Liebhabers blutige Bilder mit wollüstigen Empfindungen zu vermischen. Sie gab keine Antwort. Evariste trank das Schweigen der jungen Frau wie einen bitteren Kelch.

„Du siehst wohl, Elodie: wir werden mitgerissen; unser Werk verschlingt uns. Unsere Tage, unsere Stunden sind Jahre. Ich werde bald ein Jahrhundert gelebt haben. Sieh diese Stirn! Ist sie die Stirn eines Liebenden? Lieben! ..."

„Evariste, du bist mein, ich behalte dich; ich gebe dir deine Freiheit nicht zurück."

Ihre Stimme klang, als brächte sie ein Opfer. Er merkte es; sie selbst merkte es auch.

„Elodie, wirst du eines Tages bezeugen können, daß ich getreu meiner Pflicht gelebt habe, daß mein Herz aufrichtig und meine Seele rein war, daß ich keine andere Leidenschaft als das öffentliche Wohl hatte, daß ich von Natur empfindsam und zärtlich war? Wirst du sagen: ‚Er tat seine Pflicht‘? Aber nein! Du wirst es nicht sagen. Und ich bitte dich nicht darum, es zu sagen. Möge mein Andenken erlöschen! Mein Ruhm ist in meinem Herzen; rings um mich her ist Schande. Wenn du mich geliebt hast, so wahre über meinen Namen ewiges Schweigen.“

Ein Kind von acht oder neun Jahren, das mit einem Reifen spielte, stürmte Gamelin in diesem Augenblick zwischen die Beine. Unvermittelt hob er es empor und schloß es in seine Arme.

„Kind, du wirst frei und glücklich aufwachsen, und du wirst es dem infamen Gamelin verdanken. Ich bin furchtbar, damit du glücklich sein kannst. Ich bin grausam, damit du gut sein kannst; ich bin erbarmungslos, damit sich morgen alle Franzosen unter Freudentränen umarmen.“

Er drückte es an seine Brust.

„Kleiner, wenn du ein Mann sein wirst, dann hast du dein Glück, deine Unschuld mir zu verdanken; und wenn du jemals meinen Namen nennen hörst, so wirst du ihn verfluchen.“

Und er stellte das Kind wieder auf den Boden; entsetzt flüchtete es in die Röcke seiner Mutter, die herbeigeeilt war, um es zu befreien.

Diese junge Mutter, hübsch und von aristokratischer Anmut in ihrem weißen Leinenkleid, führte ihren kleinen Jungen mit hochmütiger Miene davon.

Gamelin warf einen scheuen Blick auf Elodie.

„Dieses Kind habe ich umarmt; vielleicht werde ich seine Mutter guillotinieren lassen.“

Und er eilte mit großen Schritten unter den Baumreihen dahin.

Einen Augenblick lang stand Elodie reglos da und starrte zu Boden. Dann plötzlich stürzte sie ihrem Geliebten nach, und wütend, mit fliegenden Haaren, wie eine Mänade, packte sie ihn, als wollte sie ihn zerreißen, und schrie ihn mit einer von Blut und Tränen erstickten Stimme an: „Los doch, mein Liebster, schick mich auch auf die Guillotine; laß auch mir den Kopf abschlagen!“

Und bei dem Gedanken an das Messer auf ihrem Nacken schmolz ihr ganzer Leib in Grauen und Wollust hin.

26

Während die Thermidorsonne in blutigem Purpur versank, irrte Evariste düster und sorgenvoll durch die Marbeuf-Gärten, die Nationaleigentum geworden waren und von müßigen Parisern aufgesucht wurden. Hier trank man Limonade, aß Eis; ein Karussell mit Holzpferdchen und einen Schießstand für die patriotische Jugend gab es auch. Unter einem Baum ließ ein zerlumpter kleiner Savoyarde mit schwarzer Mütze ein Murmeltier nach dem schrillen Klang seiner Leier tanzen. Ein noch junger, schlanker Mann in blauem Rock und mit gepudertem Haar, von einem großen Hund begleitet, blieb stehen, um dieser ländlichen Musik zu lauschen. Evariste erkannte Robespierre. Er fand ihn blaß, abgemagert, mit verhärtetem und von schmerzlichen Falten durchfurchtem Gesicht. Und er dachte: Welche Anstrengungen und wie viele Leiden haben ihr Zeichen auf seiner Stirn hinterlassen? Wie mühsam ist es, für das Glück der Menschen zu arbeiten! Woran denkt er in diesem Augenblick? Lenkt ihn der Klang der alten Bergweise von den Sorgen der Amtsgeschäfte ab? Denkt er daran, daß er einen Pakt mit dem Tod geschlossen hat und die Stunde, ihn einzulösen, nahe ist? Erwägt er, als Sieger in den Wohlfahrtsausschuß zurückzukehren, aus dem er sich zurückgezogen hatte, weil es ihm über war, mit Couthon und Saint-Just von einer aufrührerischen Mehrheit in Schach gehalten zu werden? Welche Hoffnungen oder welche Befürchtungen regten sich hinter diesem undurchdringlichen Gesicht?

Dennoch lächelte Maximilien dem Kinde zu, stellte ihm mit sanfter Stimme einige wohlwollende Fragen über das Tal, die Hütte, die Eltern, die der arme Junge verlassen hatte, warf ihm eine kleine Silbermünze zu und setzte seinen Spaziergang fort. Nach einigen Schritten wandte er sich um und rief seinen Hund, der die Ratte witterte und mit fletschenden Zähnen vor dem Murmeltier stand, das sein Fell sträubte.

„Brount! Brount!“

Dann verschwand er in den dunklen Alleen.

Aus Ehrfurcht näherte sich Gamelin dem einsamen Spaziergänger nicht; aber während er die schmächtige Gestalt in der Dunkelheit entschwinden sah, richtete er ein stilles Gebet an ihn:

„Ich habe deine Traurigkeit gesehen, Maximilien; ich habe deine Gedanken begriffen. Deine Melancholie, deine Müdigkeit, selbst der Ausdruck des Schreckens, der in deinen Blicken liegt, alles an dir sagt: ‚Möge der Terror enden und die Brüderlichkeit beginnen! Seid einig, Franzosen, seid tugendhaft, seid gut. Liebet einander . . .‘ Nun gut! Ich werde deinen Zielen dienen; damit du in deiner Weisheit und Güte den Zwistigkeiten der Bürger ein Ende setzen, den brudermörderischen Haß auslöschen und den Henker zum Gärtner machen kannst, der nur noch die Köpfe von Kohl und Salat schneidet, werde ich mit meinen Kollegen vom Tribunal die Wege der Barmherzigkeit bahnen, indem ich die Verschwörer und Verräter ausrotte. Wir werden unsere Wachsamkeit und Strenge verdoppeln. Kein Schuldiger wird uns entkommen. Und wenn der Kopf des letzten Feindes der Republik unter dem Beil gefallen ist, kannst du ohne Verbrechen nachsichtig sein und Unschuld und Tugend über Frankreich herrschen lassen, o Vater des Vaterlandes!“

Der Unbestechliche war schon fern. Zwei Männer mit runden Hüten und Nankinghosen begegneten ihm an der Biegung einer Allee. Der eine war scheu, lang und hager, er hatte einen Bluterguß über dem Auge und ähnelte Tallien. Sie warfen ihm im Vorübergehen einen schiefen Blick zu und taten, als erkennten sie ihn nicht. Als sie weit genug weg waren, um nicht gehört zu werden, murmelten sie leise:

„Das ist er ja, der König, der Papst, der Gott. Denn er ist Gott. Und Catherine Théot ist seine Prophetin."

„Diktator, Verräter, Tyrann! Es gibt noch Brutusse."

„Zittere, Halunke! Der Tarpejische Felsen ist nahe dem Capitol."

Der Hund Brount kam auf sie zu. Sie verstummten und beschleunigten den Schritt.

27

Du schläfst, Robespierre! Die Stunde vergeht, die kostbare Zeit verrinnt ...

Endlich, am 8. Thermidor, steht der Unbestechliche im Konvent auf und redet. Sonne des 31. Mai, gehst du noch einmal auf? Gamelin wartet, hofft. Robespierre wird also jene Gesetzgeber, die schuldiger sind als die Föderalisten und gefährlicher als Danton, von den Bänken herabzerren, die sie entehren ... Nein! Noch nicht. „Ich kann mich nicht entschließen", sagt er, „den Schleier ganz zu zerreißen, der dieses tiefe Geheimnis der Ungerechtigkeit verhüllt." Und der Blitz, der verschwindet, ohne einen der Verschworenen zu erschlagen, erschreckt sie alle. Man zählt sechzig, die seit vierzehn Tagen nicht mehr in ihren Betten zu schlafen wagten. Marat nannte die Verräter mit Namen; er wies mit dem Finger auf sie. Der Unbestechliche zögert, und sofort wird er zum Angeklagten ...

Am Abend drängt man sich bei den Jakobinern im Saal, auf den Gängen, im Hof.

Alle sind da, die lärmenden Freunde und die stummen Feinde. Robespierre liest ihnen jene Rede vor, die der Konvent in furchtbarem Schweigen anhörte und der die Jakobiner bewegten Beifall spenden.

„Dies ist mein Testament", sagt der Mann, „ihr werdet mich den Schierlingsbecher gefaßt trinken sehen."

„Ich trinke ihn mit dir", entgegnet David.

„Wir alle, alle!“ rufen die Jakobiner und trennen sich, ohne etwas beschlossen zu haben.

Während sich der Tod des Gerechten vorbereitete, schlief Evariste wie die Jünger auf dem Ölberg. Am nächsten Morgen ging er ins Tribunal, von dem zwei Sektionen tagten. Die, an der er teilnahm, verurteilte einundzwanzig Mitschuldige der Verschwörung Lazares. Und währenddessen trafen die Neuigkeiten ein: „Der Konvent hat nach sechsstündiger Sitzung beschlossen, Anklage gegen Maximilien Robespierre, Couthon und Saint-Just sowie gegen Augustin Robespierre und Lebas zu erheben, die das Schicksal der Angeklagten zu teilen wünschten. Die fünf Geächteten werden vor Gericht gestellt.“

Man erfährt, daß der Präsident der Sektion, die im Nebensaal tagt, der Bürger Dumas, von seinem Präsidentenstuhl weg verhaftet wurde, daß aber die Sitzung weitergeht. Man hört den Generalmarsch schlagen und die Sturmglocke läuten.

Evariste erhält auf seiner Bank von der Commune den Befehl, sich ins Rathaus zu begeben, um an einer Sitzung des Generalrats teilzunehmen. Beim Klang der Glocken und Trommeln fällt er seinen Urteilsspruch mit seinen Kollegen und eilt nach Hause, um seine Mutter zu umarmen und seine Schärpe anzulegen. Die Place de Thionville ist verödet. Die Sektion wagt sich weder für noch gegen den Konvent auszusprechen. Man drückt sich an den Wänden entlang, taucht in den Parkalleen unter, geht nach Hause. Auf das Sturmläuten und den Generalmarsch antwortet das Geräusch der zuklappenden Fensterläden und einrastenden Türschlösser. Der Bürger Dupont der Ältere hat sich in seinem Laden verkrochen; der Hausmeister Remacle verschanzt sich in seiner Portiersloge. Die kleine Joséphine hält Mouton ängstlich in ihren Armen fest. Die Witwe Gamelin stöhnt über die Teuerung der Lebensmittel, die Ursache des ganzen Übels. Unten an der Treppe begegnet Evariste Elodie. Sie ist völlig außer Atem, ihre schwarzen Locken kleben an ihrem feuchten Hals.

„Ich habe dich im Gericht gesucht. Du warst schon fort. Wohin gehst du?“

„Zum Rathaus.“

„Geh nicht hin! Du rennst in dein Verderben: Hanriot ist verhaftet ... Die Sektionen werden nicht mitmachen. Die Sektion Des Piques, Robespierres Sektion, bleibt ruhig. Ich weiß es: mein Vater gehört dazu. Wenn du ins Rathaus gehst, läufst du unnötig ins Verderben.“

„Ich soll wohl feige sein?“

„Es ist im Gegenteil mutig, dem Konvent die Treue zu halten und dem Gesetz zu gehorchen.“

„Das Gesetz ist tot, wenn die Halunken triumphieren.“

„Evariste, hör auf deine Elodie; hör auf deine Schwester; setz dich zu ihr, damit sie deine erregte Seele beruhigt.“

Er sah sie an: niemals war sie ihm so begehrenswert erschienen; niemals hatte diese Stimme in seinen Ohren so wollüstig und überzeugend geklungen.

„Zwei Schritte, nur zwei Schritte, mein Freund!“

Sie zog ihn zu dem erhöhten Fundament, auf dem der Sockel der gestürzten Statue stand. Ringsum war er von Bänken umgeben, auf denen Spaziergänger und Spaziergängerinnen saßen. Eine Frivolitätenverkäuferin bot ihre Spitzen feil; der Teeverkäufer, seine Kanne auf dem Rükken, schwang seine Schelle; kleine Mädchen spielten voller Anmut. Am Ufer saßen unbeweglich Angler, ihre Rute in der Hand. Es herrschte gewittrige Schwüle, der Himmel war bedeckt. Gamelin, der sich über das Geländer beugte und auf die Insel hinabblickte, die am Ende wie ein Schiffsbug zugespitzt war, hörte die Baumwipfel im Wind seufzen und fühlte in seiner Seele ein unendliches Verlangen nach Frieden und Einsamkeit.

Und wie ein köstliches Echo seiner Gedanken ließ sich Elodies schmachtende Stimme vernehmen: „Erinnerst du dich, wie du dir beim Anblick der Felder wünschtest, Friedensrichter in einem kleinen Dorf zu sein? Das wäre das Glück.“

Aber durch das Rauschen der Bäume und die Stimme der

Frau hörte er das Sturmläuten, den Generalmarsch, den fernen Hufschlag der Pferde und das Poltern der Kanonen auf dem Straßenpflaster.

Zwei Schritt von ihm entfernt sagte ein junger Mann, der mit einer eleganten Bürgerin plauderte: „Wissen Sie schon das Neueste? . . . Die Oper ist in der Rue de la Loi untergebracht."

Mittlerweile wußte man alles: man flüsterte Robespierres Namen, aber zitternd, denn man fürchtete ihn noch. Und die Frauen konnten bei dem Gerücht von seinem Sturz ein Lächeln nicht verbergen.

Evariste Gamelin ergriff Elodies Hand und stieß sie sogleich wieder zurück.

„Leb wohl! Ich habe dich an meinem furchtbaren Schicksal teilhaben lassen, ich habe dein Leben für immer zerstört. Leb wohl. Könntest du mich doch vergessen!"

„Vor allem kehr heute nacht nicht nach Hause zurück", sagte sie zu ihm, „komm in den ‚Amour peintre'. Klingele nicht; wirf einen Stein an meinen Fensterladen. Ich werde dir selbst die Tür öffnen, ich verstecke dich auf dem Boden."

„Du wirst mich als Sieger wiedersehen oder niemals mehr. Adieu!"

Als er sich dem Rathaus näherte, hörte er das Getöse der großen Tage in den lastenden Himmel aufsteigen. Auf der Place de Grève Waffenlärm, ein Leuchten von Schärpen und Uniformen, Hanriots Kanonen in Stellung. Er steigt die Ehrentreppe hinauf und trägt sich beim Eintritt in den Ratssaal in die Anwesenheitsliste ein. Der Generalrat der Commune spricht sich mit vierhunderteinundneunzig Mitgliedern für die Geächteten aus.

Der Bürgermeister läßt sich die Tafel der Menschenrechte bringen und verliest den Artikel, in dem es heißt: „Wenn die Regierung die Rechte des Volkes verletzt, so ist der Aufstand für das Volk die heiligste und unerläßlichste Pflicht", und der oberste Richter von Paris erklärt, daß die Commune dem Staatsstreich des Konvents den Aufstand des Volkes entgegensetzt.

Die Mitglieder des Generalrats legen den Eid ab, auf ihrem Posten zu sterben. Zwei Stadtverordnete werden beauftragt, auf die Place de Grève hinauszugehen und das Volk aufzufordern, sich seinen Beamten anzuschließen, um das Vaterland und die Freiheit zu retten.

Man sucht einander, tauscht Neuigkeiten aus, gibt Ratschläge. Unter diesen Beamten sind wenige Handwerker. Die hier versammelte Commune hat eine jakobinische Säuberungsaktion durchgeführt: Richter und Geschworene des Revolutionstribunals, Künstler wie Beauvallet und Gamelin, Rentiers und Professoren, wohlhabende Bürger, Großkaufleute, gepuderte Köpfe, mit Berlocken geschmückte Bäuche; wenige Holzschuhe, lange Hosen, Carmagnolen und rote Mützen. Diese Bürger sind zahlreich und entschlossen. Aber wenn man es recht bedenkt, so ist das beinahe alles, was Paris an wahren Republikanern zählt. Aufrecht stehen sie im Rathaus wie auf dem Felsen der Freiheit und sind von einem Ozean der Gleichgültigkeit umgeben.

Dennoch treffen günstige Nachrichten ein. Alle Gefängnisse, in denen die Geächteten eingekerkert waren, öffnen ihre Tore und geben ihre Beute frei. Augustin Robespierre, aus der Force entlassen, kommt als erster ins Rathaus und wird mit Beifall empfangen. Um acht Uhr erfährt man, daß Maximilien nach langem Widerstreben auf dem Weg zur Commune sei. Man erwartet ihn, er naht, er kommt: ein ungeheurer Beifall läßt die Gewölbe des alten Rathauses erzittern. Er hält seinen Einzug, von zwanzig Armen getragen. Dieser schmächtige, gepflegte Mann in blauem Rock und gelber Kniehose, das ist er. Er übernimmt den Vorsitz, er spricht.

Bei seiner Ankunft ordnet der Rat an, daß die Fassade des Hauses der Commune sofort illuminiert werden soll. In ihm ist der Sitz der Republik. Robespierre spricht, er spricht mit dünner Stimme, voll Eleganz. Er spricht rein und wortreich. Die Anwesenden, die ihren Kopf auf sein Leben gesetzt haben, merken mit Entsetzen, daß er ein Mann des Wortes ist, ein Mann der Ausschüsse, der Rednertribüne, unfähig zu raschem Entschluß und revolutionärer Tat.

Man zieht ihn ins Beratungszimmer. Jetzt sind sie alle da, die berühmten Geächteten: Lebas, Saint-Just, Couthon. Robespierre redet. Es ist halb ein Uhr nachts: er redet noch immer. Inzwischen sieht Gamelin im Ratssaal, die Stirn an ein Fenster gepreßt, mit bangem Blick hinaus; er sieht die Lämpchen in der finsteren Nacht blaken. Hanriots Kanonen haben vor dem Rathaus Stellung bezogen. Auf dem völlig dunklen Platz wogt eine unschlüssige, unruhige Menge. Um halb eins tauchen an der Ecke der Rue de la Vannerie Fackeln auf, die einen Abgeordneten des Konvents mit den Zeichen seines Amtes umringen. Er entfaltet ein Papier und verliest in dem rötlichen Schein das Dekret des Konvents, die Ächtung der Mitglieder der aufständischen Commune und der Mitglieder des Generalrats, die ihn unterstützen, sowie für die Bürger, die seinem Befehl gehorchen.

Die Ächtung, der Tod ohne Verurteilung! Der Gedanke allein läßt die Entschlossensten erbleichen. Gamelin fühlt, wie seine Stirn eiskalt wird. Er sieht die Menge die Place de Grève mit großen Schritten verlassen.

Und als er den Kopf wendet, sehen seine Augen, daß der Saal, in dem sich noch eben die Stadträte drängten, fast leer ist.

Aber sie sind vergeblich geflohen: sie hatten sich in die Anwesenheitsliste eingetragen.

Es ist zwei Uhr. Der Unbestechliche berät im Nebensaal mit der Commune und den geächteten Abgeordneten.

Gamelin bohrt seine verzweifelten Blicke in den finsteren Platz. Beim Schein der Laterne sieht er die Kienfackeln unter der Markise des Krämers polternd zusammenstürzen; die Gaslaternen schaukeln und flackern: ein Sturm hat sich erhoben. Einen Augenblick später prasselt ein Gewitterschauer nieder: der Platz leert sich völlig; diejenigen, welche das entsetzliche Dekret nicht vertrieben hat, lassen sich von ein paar Regentropfen zerstreuen. Hanriots Kanonen stehen verlassen. Und als man beim Schein der

Blitze die Truppen des Konvents gleichzeitig aus der Rue Antoine und vom Seinequai her anrücken sieht, sind die Eingänge zum Haus der Commune verwaist.

Endlich hat sich Maximilien entschlossen, wegen des Dekrets des Konvents an die Sektion Des Piques zu appellieren.

Der Generalrat läßt Säbel, Pistolen, Gewehre herbeischaffen. Aber da erfüllt ein Lärm von Waffen, Schritten und zersplitternden Scheiben das Haus. Die Truppen des Konvents stürzen wie eine Lawine durch das Beratungszimmer und ergießen sich in den Ratssaal. Ein Schuß kracht: Gamelin sieht Robespierre mit zertrümmertem Unterkiefer stürzen. Er selbst greift nach seinem Messer, dem Messer zu sechs Sous, das eines Tages, während der Hungersnot, Brot für eine bedürftige Mutter geschnitten und das an einem schönen Abend im Gasthof von Orangis Elodie als Pfand auf ihrem Schoß gehalten hatte; er öffnet es, will es sich ins Herz stoßen: die Klinge trifft eine Rippe, klappt über die nachgebende Zwinge und zerschneidet ihm zwei Finger. Blutend bricht Gamelin zusammen. Er kann sich nicht bewegen, aber er leidet an einem gräßlichen Schüttelfrost, und in dem Tumult eines entsetzlichen Kampfes, von Füßen getreten, hört er deutlich die Stimme des jungen Dragoners Henry, der schreit: „Der Tyrann ist nicht mehr; seine Trabanten sind zerschmettert. Die Revolution wird ihren majestätischen und furchtbaren Verlauf wieder aufnehmen!"

Gamelin wird ohnmächtig.

Um sieben Uhr morgens verband ihn ein Wundarzt, den der Konvent geschickt hatte. Der Konvent war voller Fürsorglichkeit für Robespierres Mitschuldige: er wollte nicht, daß auch nur einer von ihnen der Guillotine entkäme. Auf einer Trage wurde der Kunstmaler, ehemalige Geschworene und einstiges Mitglied des Generalrats der Commune in die Conciergerie gebracht.

28

Am 10., während Evariste auf einer Gefängnispritsche mit unsäglichem Entsetzen aus seinem Fieberschlaf auffuhr, lächelte Paris in seiner Anmut und Größe in der Sonne; in den Herzen der Gefangenen keimte wieder Hoffnung auf; die Kaufleute öffneten erleichtert ihre Läden, die Bürger fühlten sich reicher, die jungen Leute glücklicher, die Frauen schöner, dank Robespierres Sturz. Nur eine Handvoll Jakobiner, einige Priester, die den Eid geleistet hatten, und ein paar alte Weiber zitterten, die Macht jetzt in die Hände der Bösewichter und Bestochenen übergehen zu sehen. Eine Abordnung des Revolutionstribunals, bestehend aus dem Staatsanwalt und zwei Richtern, begab sich in den Konvent, um ihn dazu zu beglückwünschen, daß er den Verschwörern Einhalt geboten hätte. Die Versammlung beschloß, die Guillotine von neuem auf der Place de la Révolution aufzustellen. Man wollte, daß die Reichen, die Elégants, die hübschen Frauen ohne jede Mühe Robespierres Hinrichtung zuschauen könnten, die noch am selben Tag stattfinden sollte. Der Diktator und seine Mitschuldigen waren geächtet: es genügte, daß ihre Identität von zwei Stadtverordneten festgestellt wurde, damit das Tribunal sie umgehend dem Scharfrichter auslieferte. Aber eine Schwierigkeit tauchte auf: diese Feststellung konnte nicht in der vorgeschriebenen Form durchgeführt werden, da die ganze Commune geächtet war. Die Versammlung autorisierte das Tribunal, die Identität von üblichen Zeugen feststellen zu lassen.

Die Triumvirn wurden mit ihren wichtigsten Mitschuldigen unter Jubel- und Wutgeschrei, unter Verwünschungen, Gelächter und Tänzen zum Tode geschleppt.

Am nächsten Morgen wurde Evariste, der wieder ein wenig zu Kräften gekommen war und sich fast auf den Beinen halten konnte, aus seiner Zelle geholt, vor das Tribunal geführt und auf die Tribüne gesetzt, die er so oft voller Angeklagter gesehen und auf der nach und nach so viele berühmte oder unbekannte Opfer Platz genommen hatten.

Jetzt ächzte sie unter der Last von siebzig Personen, zumeist Mitgliedern der Commune und etlichen Geschworenen wie Gamelin, die wie er geächtet waren. Er sah seine Bank wieder, den Aktenstoß, auf den er sich zu stützen pflegte, den Platz, wo er den Blicken Jacques Maubels, Fortuné Chassagnes, Maurice Brotteaux' und den flehenden Augen der Bürgerin Rochemaure standgehalten hatte, die seine Ernennung zum Geschworenen bewirkt und der er mit einem Todesurteil dafür gedankt hatte. Er sah über dem Podium, auf dem die Richter in drei mit rotem Utrechter Samt bezogenen Mahagonisesseln saßen, die Büsten von Chalier und Marat wieder und auch jene Büste des Brutus, bei der er einst geschworen hatte. Nichts hatte sich verändert, weder die Äxte und Rutenbündel noch die roten Papiermützen, weder die Schmährufe, die die Tricoteusen den Todgeweihten von den Tribünen herab entgegenschleuderten, noch die Seele Fouquier-Tinvilles, der, borniert und emsig, voll Eifer in seinen mörderischen Akten blätterte und als perfekter Beamter seine gestrigen Freunde aufs Schafott schickte.

Die Bürger Remacle, Hausmeister und Schneider, sowie Dupont der Ältere, Tischler an der Place de Thionville und Mitglied des Überwachungsausschusses der Sektion Pont-Neuf, stellten die Identität von Gamelin, Evariste, Kunstmaler, früherem Geschworenen beim Revolutionstribunal und ehemaligem Mitglied des Generalrats der Commune, fest. Sie bezeugten dies für eine Assignate von hundert Sous auf Kosten der Sektion; da sie aber ein nachbarschaftliches und freundschaftliches Verhältnis zu dem Geächteten gehabt hatten, wurden sie verlegen, als sein Blick sie traf. Im übrigen war es heiß: sie hatten Durst und machten, daß sie fortkamen, um ein Glas Wein zu trinken.

Gamelin hatte Mühe, den Henkerkarren zu besteigen: er hatte viel Blut verloren, und seine Wunde schmerzte ihn heftig. Der Kutscher schlug auf seinen Gaul ein, und der Zug setzte sich unter Hohngelächter in Bewegung.

Frauen, die Gamelin erkannten, riefen ihm zu: „Geh nur! Blutsauger! Mörder für achtzehn Francs Tageslohn! ... Er lacht nicht mehr: seht, wie blaß er ist, der Feigling!"

Es waren dieselben Frauen, die früher die Verschwörer und Aristokraten, die Hitzköpfe und Gemäßigten beschimpft hatten, die von Gamelin und seinen Kollegen auf die Guillotine geschickt wurden.

Der Karren bog auf den Quai des Morfondus ein, fuhr langsam über den Pont-Neuf und durch die Rue de la Monnaie: es ging nach der Place de la Révolution, zur Hinrichtungsstätte Robespierres. Das Pferd lahmte; alle Augenblicke schlug ihm der Kutscher die Peitsche um die Ohren. Die fröhliche, angeregte Menge der Zuschauer hielt die Begleitmannschaft auf. Das Publikum beglückwünschte die Gendarmen, die ihre Pferde im Zaum hielten. An der Ecke der Rue Honoré wurden die Beschimpfungen heftiger. Junge Leute, die im Zwischenstock der Moderestaurants zu Tisch saßen, traten mit der Serviette in der Hand an die Fenster und riefen: „Kannibalen! Menschenfresser! Vampire!"

Als der Karren in einem Haufen Unrat steckenblieb, den man an diesen beiden unruhigen Tagen nicht fortgeschafft hatte, brach die Goldene Jugend in ein Jubelgeschrei aus: „Der Karren steckt im Dreck! ... In den Straßenkot mit den Jakobinern!"

Gamelin dachte nach, und er glaubte zu verstehen.

Ich sterbe zu Recht, dachte er. Es ist gerecht, daß diese Schmähungen, die der Republik gelten und gegen die wir sie hätten verteidigen müssen, uns treffen. Wir sind schwach gewesen; wir haben uns der Nachsicht schuldig gemacht. Wir haben die Republik verraten. Wir haben unser Schicksal verdient. Selbst Robespierre, der Reine, der Heilige, sündigte durch Milde und Sanftmut; seine Fehler sind durch sein Martyrium ausgelöscht. Wie er habe auch ich die Republik verraten; sie geht unter: es ist gerecht, daß ich mit ihr sterbe. Ich habe das Blut anderer geschont: möge das meine fließen! Möge ich untergehen! Ich habe es verdient ...

Während er darüber nachsann, bemerkte er das Schild

des „Amour peintre“, und Ströme von Bitterkeit und Süße ergossen sich wild in sein Herz.

Der Laden war geschlossen, die Jalousien der drei Fenster im Zwischenstock ganz heruntergelassen. Als der Karren unter dem linken Fenster, dem Fenster des blauen Zimmers, vorüberkam, hob eine Frauenhand, die am Ringfinger einen silbernen Ring trug, den Rand der Jalousie an und warf Gamelin eine rote Nelke zu, die seine gefesselten Hände nicht auffangen konnten, die er aber anbetete als Symbol und Abbild jener duftenden roten Lippen, an denen sich sein Mund erfrischt hatte. Seine Augen füllten sich mit Tränen, und zutiefst durchdrungen von dem Zauber dieses Abschieds, sah er auf der Place de la Révolution das blutige Fallbeil aufragen.

29

Die Seine führte das Treibeis des Nivôse. Die Wasserbekken der Tuilerien, die Rinnsteine, die Springbrunnen waren vereist. In den Straßen wirbelte der Nordwind Schneewolken auf. Die Pferde schnoben weißen Dampf aus den Nüstern; die Städter blickten im Vorbeigehen auf das Thermometer an der Tür des Optikers. Ein Gehilfe wischte den Schmutz von den beschlagenen Schaufensterscheiben des „Amour peintre“, und die Neugierigen warfen einen Blick auf die Modekupfer: Robespierre, der über einem Pokal ein Herz wie eine Zitrone ausspreßte, um das Blut zu trinken, sowie große allegorische Bilder: „Robespierres Tigerherrschaft“ – lauter Hydren, Schlangen, entsetzliche Ungeheuer, die der Tyrann auf Frankreich losließ –, des weiteren „Robespierres schreckliche Verschwörung“, „Robespierres Gefangennahme“ und „Robespierres Tod“.

An diesem Tag nach dem Mittagessen betrat Philippe Desmahis, seine Mappe unter dem Arm, den „Amour peintre“ und brachte dem Bürger Blaise eine Platte, die er soeben gestochen hatte: „Robespierres Selbstmord“. Der Schelmenstichel des Kupferstechers hatte Robespierre so abstoßend wie möglich dargestellt. Das französische Volk hatte sich noch nicht satt gesehen an all diesen Kunstwerken, welche die Schande und den Schrecken dieses Mannes wachhielten, den man mit allen Verbrechen der Revolution belud. Dennoch ließ der Kunsthändler, der seine Kundschaft kannte, Desmahis wissen, er wolle ihm demnächst militärische Sujets zu stechen geben.

„Wir werden bald Siege und Eroberungen brauchen, Säbel, Helmbüsche, Generale. Wir sind auf dem Wege zum Ruhm. Ich fühle das in mir; mein Herz klopft beim Erzählen von den Heldentaten unserer tapferen Armeen. Und wenn ich so ein Gefühl habe, geschieht es selten, daß nicht alle Welt es mit mir zugleich empfindet. Was wir brauchen, sind Krieger und Frauen, Mars und Venus.“

„Bürger Blaise, ich habe noch zwei oder drei Zeichnungen von Gamelin liegen, die Sie mir zum Stechen gaben. Ist es damit eilig?“

„Keineswegs.“

„Übrigens, Gamelin: als ich gestern über den Boulevard du Temple ging, habe ich bei einem Altwarenhändler gegenüber dem Hause Beaumarchais’ alle die Bilder dieses Unglücklichen gesehen. Auch sein Orest und Elektra war darunter. Der Kopf des Orest, der Gamelin ähnelt, ist wirklich schön, ich versichere Ihnen ... Kopf und Arme sind hervorragend ... Der Altwarenhändler sagte mir, daß er keine Not habe, diese Bilder an Künstler zu verkaufen, die sie übermalen ... Der arme Gamelin! Vielleicht wäre er ein Talent ersten Ranges geworden, wenn er nicht Politik betrieben hätte.“

„Er hatte die Seele eines Verbrechers!“ erwiderte der Bürger Blaise. „Ich habe ihm die Maske heruntergerissen, hier an dieser Stelle, als er seine blutdürstigen Instinkte noch im Zaume hielt. Er hat es mir niemals verziehen ... Ah! Das war eine schöne Kanaille!“

„Der arme Junge, er war aufrichtig! Die Fanatiker haben ihn ins Verderben gestürzt.“

„Sie wollen ihn doch nicht etwa verteidigen, Desmahis? ... Man kann ihn nicht verteidigen.“

„Nein, Bürger Blaise, man kann ihn nicht verteidigen.“

Und der Bürger Blaise sagte, dem schönen Desmahis auf die Schulter klopfend: „Die Zeiten haben sich geändert. Jetzt, wo der Konvent die Geächteten zurückruft, kann man Sie ruhig ‚Barbaroux‘ nennen ... Da fällt mir übrigens ein: Desmahis, stechen Sie mir doch ein Porträt der Charlotte Corday.“

Eine große, schöne Frau, brünett und in Pelze gehüllt, betrat den Laden und nickte dem Bürger Blaise vertraulich und diskret zu. Es war Julie Gamelin, aber sie trug diesen entehrenden Namen nicht mehr: sie ließ sich „Witwe Chassagne“ anreden und trug unter ihrem Mantel eine rote Tunika, zum Andenken an die roten Hemden der Schreckensherrschaft.

Zunächst hatte Julie Abneigung gegen Evaristes Geliebte empfunden: alles, was in Zusammenhang mit ihrem Bruder stand, war ihr verhaßt. Aber nach Evaristes Tod hatte die Bürgerin Blaise die unglückliche Mutter im Dachgeschoß des Hauses „Amour peintre“ aufgenommen. Julie hatte dort ebenfalls Zuflucht gefunden; dann hatte sie wieder eine Stellung in dem Modegeschäft in der Rue des Lombards angetreten. Ihr kurzgeschnittenes Haar „à la victime“, ihre aristokratische Miene, ihre Trauer trugen ihr die Sympathien der Goldenen Jugend ein. Jean Blaise, mit dem Rose Thévenin halb gebrochen hatte, bezeigte Julie seine Verehrung, die sie gern entgegennahm. Dennoch trug sie mit Vorliebe Männerkleidung wie in den tragischen Tagen: sie hatte sich einen schönen Stutzeranzug machen lassen und ging oftmals, einen riesigen Spazierstock in der Hand, mit einem Modefräulein zum Abendessen in ein Wirtshaus in Sèvres oder Meudon. Untröstlich über den Tod des jungen Aristokraten, dessen Namen sie trug, fand die männliche Julie in ihrer Trauer nur in ihrem Zorn Trost, und wenn sie Jakobinern begegnete, wiegelte sie die Passanten gegen sie auf und schrie, man solle sie töten. Es blieb ihr wenig Zeit für ihre Mutter, die den ganzen

Tag allein in ihrem Zimmer ihren Rosenkranz betete und die zu niedergeschlagen von dem tragischen Tod ihres Sohnes war, als daß sie noch Schmerz darüber empfinden konnte. Rose war Elodies treue Gefährtin geworden, die sich ohne Frage mit ihren Stiefmüttern gut vertrug.

„Wo ist Elodie?“ fragte die Bürgerin Chassagne.

Jean Blaise zuckte die Achseln. Er wußte es nie; das war sein Prinzip.

Julie wollte Elodie abholen, um mit ihr zusammen die Thévenin in Monceaux zu besuchen, wo die Schauspielerin ein Häuschen mit einem englischen Garten bewohnte.

In der Conciergerie hatte die Thévenin einen Großlieferanten der Armee, den Bürger Montfort, kennengelernt. Nachdem sie auf Bitten Jean Blaises als erste aus dem Gefängnis entlassen worden war, erreichte sie ihrerseits die Freilassung des Bürgers Montfort, der, sobald er frei war, die Truppen mit Lebensmitteln belieferte und mit Grundstücken im Quartier La Pépinière spekulierte. Die Architekten Ledoux, Olivier und Wailly bauten dort hübsche Häuser, und in drei Monaten hatte das Terrain den dreifachen Wert. Montfort war seit der Haftzeit im Luxembourg der Liebhaber der Thévenin: er schenkte ihr ein kleines Haus in der Nähe des Tivoli und der Rue du Rocher, das sehr teuer war, ihn aber nichts kostete, da der Verkauf der Nachbargrundstücke ihn schon um ein Mehrfaches entschädigt hatte. Jean Blaise war ein galanter Mann; er dachte, daß man dulden müsse, was man nicht verhindern kann, und trat die Thévenin an Montfort ab, ohne mit ihr zu brechen.

Kurz nachdem Julie den „Amour peintre“ betreten hatte, kam Elodie in großer Toilette in den Laden herunter. Trotz des strengen Winterwetters war sie unter dem Mantel nur sehr dünn angezogen in ihrem weißen Kleid; ihr Gesicht war blasser geworden, ihre Taille schlanker, ihr Blick verhalten, und ihr ganzes Wesen atmete Wollust.

Die beiden Frauen gingen zur Thévenin, die sie schon erwartete. Desmahis begleitete sie: die Schauspielerin zog ihn wegen der Ausgestaltung ihres Hauses zu Rate, und er liebte Elodie, die in diesem Augenblick mehr als halb entschlossen war, ihn nicht länger leiden zu lassen. Als die beiden Frauen nahe Monceaux vorbeikamen, wo die Hingerichteten von der Place de la Révolution unter einer Kalkschicht begraben waren, sagte Julie: „Während der Kälte mag es gut sein so, aber im Frühling werden die Ausdünstungen dieses Bodens die halbe Stadt verpesten."

Die Thévenin empfing ihre beiden Freundinnen in einem antiken Salon, dessen Sofas und Lehnstühle von David entworfen waren. Römische Flachreliefs, in Grautonmalerei nachgeahmt, prangten an den Wänden, über Statuen, Büsten und bronzierten Kandelabern. Sie trug eine strohblonde Lockenperücke. Perücken waren damals groß in Mode: sechs, zwölf oder achtzehn wurden mit in die Aussteuertruhen gelegt. Ein Kleid „à la cyprienne" schmiegte sich eng um ihre Figur.

Sie warf sich einen Mantel über die Schultern und führte ihre Freundinnen und den Kupferstecher in den Garten, den Ledoux ihr entwarf und der bisher nur ein Durcheinander von kahlen Bäumen und Gipsschutt war. Immerhin zeigte sie ihnen dort die Fingalsgrotte, eine gotische Kapelle mit einer Glocke, einen Tempel, einen Sturzbach.

„Dort", sagte sie, auf eine Tannengruppe weisend, „möchte ich ein Ehrenmal zum Gedächtnis an den unglücklichen Brotteaux des Ilettes errichten. Ich war ihm nicht gleichgültig. Er war liebenswert. Die Ungeheuer haben ihn gemordet: ich habe um ihn geweint. Desmahis, Sie werden mir eine Urne auf einer Säule zeichnen." Und gleich darauf fuhr sie fort: „Es ist betrüblich . . . diese Woche wollte ich einen Ball geben, aber alle Geiger sind schon drei Wochen im voraus verpflichtet. Jeden Abend ist Tanz bei der Bürgerin Tallien."

Nach dem Essen fuhr die Kutsche der Thévenin die drei Freundinnen und Desmahis ins Théâtre Feydeau. Alles, was Paris an Eleganz hatte, war dort versammelt. Die Frauen frisiert „à l'antique" oder „à la victime", in tief ausgeschnittenen purpurroten oder weißen Kleidern mit

Goldpailletten; die Männer mit sehr hohen schwarzen Kragen und mächtigen weißen Krawatten, in denen ihr Kinn verschwand.

Der Programmzettel kündigte „Phädra“ und den „Hund des Gärtners“ an. Der ganze Saal verlangte die den Stutzern und der Goldenen Jugend so teure Hymne „Das Erwachen des Volkes“.

Der Vorhang ging auf, und ein kleiner, dicker Mann erschien auf der Bühne: es war der berühmte Lays. Er sang mit seiner schönen Tenorstimme:

„Peuple français, peuple de frères! ...“

Ein so gewaltiger Beifall erscholl, daß die Kristallgehänge der Kronleuchter klirrten. Dann hörte man ein Murren, und die Stimme eines Bürgers in rundem Hut antwortete aus dem Parkett mit der Marseillaise:

„Allons enfants de la patrie! ...“

Diese Stimme ging in Hohngelächter unter; Schreie ertönten: „Nieder mit den Terroristen! Tod den Jakobinern!“

Und Lays, der zurückgerufen wurde, sang noch einmal die Hymne der Thermidorianer:

„Peuple français, peuple de frères! ...“

In allen Theatersälen sah man Marats Büste auf einer Säule oder einem Sockel; im Théâtre Feydeau stand diese Büste auf einem Fußgestell rechts vor der gemauerten Einfassung, die die Szene abschloß.

Während das Orchester die Ouvertüre zu „Phädra und Hippolyte“ spielte, wies ein junger Stutzer mit der Spitze seines Spazierstocks auf die Büste und rief: „Nieder mit Marat!“

Der ganze Saal fiel ein: „Nieder mit Marat! Nieder mit Marat!“

Und beredte Stimmen überschrien den Tumult: „Es ist

eine Schande, daß diese Büste noch dasteht!" – „Der niederträchtige Marat herrscht überall, zu unserem Schimpf! Die Zahl seiner Büsten ist so groß wie die der Köpfe, die er abschlagen wollte." – „Giftkröte!" – „Tiger!" – „Schwarze Schlange!"

Plötzlich steigt ein eleganter Zuschauer über die Brüstung seiner Loge, versetzt der Büste einen Stoß und stürzt sie um. Und der Gipskopf fällt in Scherben auf die Musiker herab, unter dem Beifall des ganzen Saales, der sich erhebt und stehend das „Erwachen des Volkes" anstimmt:

„Peuple français, peuple de frères! . . ."

Unter den begeistertsten Sängern erkannte Elodie den hübschen Dragoner, den kleinen Schreiber beim Staatsanwalt, Henry, ihre erste Liebe.

Nach der Vorstellung rief der schöne Desmahis ein Kabriolett und brachte die Bürgerin Blaise zurück in den „Amour peintre".

In der Kutsche nahm der Künstler Elodies Hand zwischen die seinen.

„Glauben Sie, Elodie, daß ich Sie liebe?"

„Ich glaube es, denn Sie lieben alle Frauen."

„Ich liebe sie in Ihnen."

Sie lächelte.

„Ich müßte einiges auf mich nehmen, trotz der schwarzen, blonden und roten Perücken, die in Mode sind, wenn ich mich bereit finden würde, Ihnen alle Arten von Frauen zu ersetzen."

„Elodie, ich schwöre Ihnen . . ."

„Wie? Schwüre, Bürger Desmahis? Entweder sind Sie sehr naiv, oder Sie halten mich dafür."

Desmahis wußte keine Antwort, und sie beglückwünschte sich wie zu einem Sieg, daß sie ihm all seinen Witz geraubt hatte.

An der Ecke der Rue de la Loi hörten sie Singen und Geschrei und sahen Schattengestalten sich um ein Kohlenbekken bewegen. Es war ein Schwarm von Elégants, die nach dem Verlassen des Théâtre Français eine Puppe verbrannten, die den Volksfreund darstellte.

In der Rue Honoré stieß der Kutscher mit seinem Zweispitz gegen eine spaßige Karikatur von Marat, die an einer Laterne baumelte.

Der Kutscher, über diesen Zusammenstoß belustigt, drehte sich zu den Bürgern um und erzählte ihnen, wie gestern abend der Kaldaunenhändler aus der Rue Montorgueil Marats Gipskopf mit Blut beschmiert und gesagt hatte: „Das liebte er", wie darauf zehnjährige Jungen die Büste in die Kloake geworfen und wie schlagfertig die Bürger „Das ist sein Panthéon!" geschrien hatten.

Indessen hörte man aus allen Wirtshäusern und Limonadenstuben das Lied:

„Peuple français, peuple de frères! . . ."

Als sie beim „Amour peintre" angekommen waren, sagte Elodie: „Leben Sie wohl!" und sprang aus dem Kabriolett.

Aber Desmahis flehte sie so zärtlich an und drängte so sanft, daß sie es nicht übers Herz brachte, ihn vor der Tür stehenzulassen.

„Es ist spät", sagte sie, „Sie dürfen nur einen Augenblick bleiben."

In dem blauen Zimmer zog sie ihren Mantel aus und stand da in ihrem antiken weißen Kleid in der weichen Fülle ihrer Formen.

„Vielleicht frieren Sie", sagte sie. „Ich werde Feuer machen, es ist alles bereit."

Sie schlug Feuer und legte ein flammendes Streichholz in den Kamin.

Philippe nahm sie in seine Arme, mit der Zartheit, die Kraft offenbart, und sie empfand dabei eine seltsame Süße. Und während sie schon unter den Küssen nachgab, entwand sie sich ihm noch einmal.

„Lassen Sie mich."

Langsam löste sie ihr Haar vor dem Kaminspiegel; dann

blickte sie wehmütig auf den Ring, den sie am Ringfinger der linken Hand trug, einen kleinen Silberring mit dem verwischten, zerkratzten Kopf Marats, der nicht mehr zu erkennen war. Sie betrachtete ihn, bis Tränen ihren Blick verschleierten, zog ihn sacht ab und warf ihn in die Flammen.

Dann stürzte sie sich, strahlend und lächelnd unter Tränen, schön vor Zärtlichkeit und Liebe, in Philippes Arme.

Es war tief in der Nacht, als die Bürgerin Blaise ihrem Geliebten die Wohnungstür öffnete und ihm leise im Dunkeln zuflüsterte: „Leb wohl, mein Liebster ... Um diese Zeit kann mein Vater heimkehren: wenn du Geräusche auf der Treppe hörst, so steig schnell in die obere Etage und komm nicht eher wieder herunter, als bis keine Gefahr mehr besteht, daß man dich sieht. Klopfe dreimal an das Fenster der Concierge, damit man dir die Haustür aufschließt. Leb wohl, mein Leben! Leb wohl, meine Seele!"

Die letzten Scheite verglühten im Kamin. Glücklich und müde ließ Elodie den Kopf auf das Kissen sinken.

ANHANG

NACHWORT

Von allen Büchern, die Anatole France in seinem langen Leben schrieb, hat der Roman „Die Götter dürsten“ die wohl zwiespältigste Aufnahme gefunden. Linke Intellektuelle und Vertreter der Arbeiterbewegung sahen in diesem Werk eine Absage an die Französische Revolution und damit an eine fortschrittlich-revolutionäre Tradition, in die sie sich selber stellten; sie reagierten auf diesen „Fehltritt“ mit Irritation oder Verlegenheit. Aber auch die Bourgeoisie konnte nicht frohlocken über ein Buch, das den Kapitalismus frontal angriff: ihre literarischen Interessenvertreter lobten höchstens den klassischen Stil, der von der damaligen künstlerischen Avantgarde wiederum als antiquiert belächelt wurde. Bis heute hat dieses Spätwerk des Autors Bedenken bei fortschrittlichen Kritikern ausgelöst. Klemperer spricht von „wehmütiger Skepsis“ der Revolutionsdarstellung, der Prager Romanist Fischer von „Befürchtungen vor einem revolutionären Fanatismus“, der Ökonom Kuczynski von falschem Haß aufs Kapital.

France entwirft ein wenig schmeichelhaftes, zuweilen abstoßendes Bild von der Revolution. Sie erscheint vordergründig als ein gigantisches Spektakel, von der Bourgeoisie, den Geschäftemachern, Spekulanten und kleinen Kapitalisten inszeniert, um sich auf Kosten des hungernden Volkes von Paris zu bereichern. Zum Schutz der zusammengerafften Vermögen wird die Unantastbarkeit des Privateigentums proklamiert: eine Vision von künftigen Kriegen und kolonialer Eroberung steigt auf. Sicher dachte France an die ungeheure Besitzkonzentration im monopolistischen Frankreich, die Kolonialkriege und das Wettrüsten der imperialistischen Mächte zwischen Jahrhundertwende und erstem Weltkrieg. Er selber bezeichnete die Französische Revolution als „eine Angelegenheit des Bürgertums und der Kapitalisten". Hinter hochtönenden Worten habe Eigennutz, Kriegslust und Eroberungsgier genistet. Die Revolution habe „das Privateigentum befestigt ... und dadurch alle Ungerechtigkeiten, die sich aus dieser Einrichtung ergeben, noch vermehrt".

Dennoch hat der Dichter keineswegs der Revolution Wesenszüge zugeschrieben, die erst dem Hochkapitalismus zukamen. Bald nach dem Triumph der Bourgeoisie führte Napoleon seine ersten Feldzüge; die Jakobiner kehrten in den überseeischen Besitzungen sofort die Kolonialherren heraus, guillotinierten aufrührerische Negersklaven und trieben ausgedehnten Sklavenhandel auf Schiffen, die sinnigerweise Namen wie „Der Gesellschaftsvertrag", „Der Volksfreund" oder „Der Unbestechliche" trugen: authentische Fälle, die man in Carpentiers „Explosion in der Kathedrale" (1962) nachlesen kann. France beschreibt keineswegs Ausbeutungsverhältnisse, die für den reifen Kapitalismus charakteristisch sind, sondern schildert die Schaffung der dafür notwendigen Voraussetzungen: Bereicherung in Form der ursprünglichen Akkumulation.

Er zeigt unverhüllt, daß aus den bürgerlichen Parolen von Freiheit, Gleichheit, Brüderlichkeit in der Wirklichkeit der Revolution ein Reich der Unfreiheit, Ungleichheit, Konkurrenz und sozialen Gegensätze wurde. Für die Bourgeoisie, die vor der Revolution vor allem im Handel tätig war, bedeutete *Gleichheit* die Gleichheit von Handelspartnern, die gleiche Werte austauschen, wofür die *Freiheit* von feudalen Handelsschranken nötig war. Mit der Revolution verlagerte sich das Schwergewicht bürgerlicher Ökonomie stärker vom Handel auf die Produktion, wo auf Grund von Besitz und Nichtbesitz an Produktionsmitteln ungleicher Austausch zwischen Kapital und Arbeit herrschte und Freiheit und Gleichheit notwendig in ihr Gegenteil umschlugen. „Die Götter dürsten" zeigt eine Phase dieses objektiven Prozesses und ist damit wirklichkeitsnäher als andere Revolutionsdarstellungen. Hugo zum Beispiel gemahnte in „Dreiundneunzig" (1874) die Bourgeoisie an den Sturm auf die Bastille oder die Freiheit, den Sturm auf die Tuilerien oder die Gleichheit, die Ausrufung der Republik oder die Brüderlichkeit. Er hielt die Freiheits- und Gleichheitslosungen, deren Herkunft aus der bürgerlichen Ökonomie ihm unbekannt war, für allgemeinmenschliche Postulate, die, von der Bourgeoisie verraten, nunmehr vom Volk verwirklicht werden müßten. Marx spricht gar vom „Irrtum jener Sozialisten, namentlich der französischen, die den Sozialismus als Realisation der von der Französischen Revolution ... historisch in Umlauf gesetzten bürgerlichen Ideen [von Freiheit und Gleichheit – H.-O. D.] nachweisen wollen". Es sei ein „ebenso frommer wie alberner Wunsch", daß sich Geld und Ware nicht zu Kapital, tauschwertproduzierende Arbeit nicht in Lohnarbeit verwandle. Marx tadelt an diesen Sozialisten ihren „Utopismus, den notwendigen Unterschied zwischen der realen und der idealen Gestalt der bürgerlichen Gesellschaft nicht zu begreifen und daher das überflüssige Geschäft zu übernehmen, den idealen Ausdruck, das verklärte Lichtbild selbst wieder verwirklichen zu wollen". Für Marx basierte soziale Gleichheit natürlich nicht auf Chancengleichheit auf dem Markt, sondern auf Gemeineigentum an Produktionsmitteln. – Viele sozialdemokratische Ideologen aus der Zeit vor dem ersten Weltkrieg, deren Ideen denjenigen nicht unähnlich waren, die Marx seinerzeit kritisierte, fühlten sich offenbar betroffen davon, daß France den bürgerlich-utopistischen Charakter ihrer Freiheits- und Gleichheitsideale gewissermaßen historisch bewies.

Aber an den Protesten gegen seine Revolutionssicht ist auch etwas Wahres. „Die Bourgeoisie hat in der Geschichte eine höchst revolutionäre Rolle gespielt", heißt es im „Kommunistischen Manifest". „Die Bourgeoisie hat in ihrer kaum hundertjährigen Klassenherrschaft massenhaftere und kolossalere Produktionskräfte geschaffen als alle vergangenen Generationen zusammen.“ Von alledem ist in diesem Buch über die Französische Revolution nicht die Rede. Insofern vermittelt es ein defektes Geschichtsbild, was um so gravierender ist, als „Die Götter dürsten“ zu jenen Spätwerken des Meisters gehört, in denen er den Kapitalismus als Epoche darzustellen unternahm. Bis dahin hatte er einen langen Weg kritischer Einsichtnahme in die bürgerliche Gesellschaft zurückgelegt, in die er im Jahre 1844 hineingeboren wurde.

Sein Vater war Buchhändler, und Bücher waren die einzigen Gefährten seiner Kindheit und Jugend. Wohl selten ist jemand in solch einseitigem Umgang mit Büchern aufgewachsen, mit denen er auch beruflich, als Bibliothekar und Kritiker, zu tun hatte. Wirklichkeitskenntnis resultierte aus Bücherwissen. Solch ausschließlich geistige Lebenstätigkeit war Ergebnis der Arbeitsteilung zwischen materieller und geistiger Tätigkeit, die im Kapitalismus, der jede Art Arbeitsteilung treibhausmäßig fördert, ihren Höhepunkt findet. Ständige geistige Tätigkeit, die seine philosophisch-intellektuellen Fähigkeiten enorm entwickelte, wurde sein Hauptbedürfnis und dessen Befriedigung hauptsächliche Quelle von Lebensgenuß. Büchergelehrte sind auch Protagonisten seiner Romane: Professor Bonnard im „Verbrechen des Sylvestre Bonnard“ (1881), der Abbé Coignard in der „Bratküche zur Königin Pédauque“ und den „Meinungen des Herrn Abbé Jérôme Coignard“ (1893) und Professor Bergeret aus dem Zyklus „Zeitgenössische Geschichte“ (1896–1901). Was für Bonnard eine alte Handschrift und für Coignard der Boethius, das ist für Brotteaux, einer Mutante der Herren France, Bonnard, Coignard und Bergeret, der Lukrez.

Diesem Quintett ermangelt es infolge einseitig intellektueller – und entsprechend fehlender praktischer – Betätigung an einschlägigen Erfahrungen aus den Sphären der materiellen Lebenserhaltung sowie der Politik. Zufällig und oft wider Willen werden die Romanfiguren auf diese Lebensbezirke gestoßen, die so ganz anders aussehen als ihre Bücherwelten, zumal sich letztere meist ganz anderen Zeitläuften zuwenden. Bonnard entdeckt auf der Suche nach seiner Handschrift ein armes, hungerndes und frierendes Weib, ein Kind zur Welt bringend und mit einem kranken Mann gestraft. Coignard lernt das soziale Milieu der Kneipen und Bordelle sowie die körperlich-sinnliche, physiologische Seite des Menschenlebens kennen. So geht durch die Bücherseiten ein ständig breiter werdender Riß, der die wirkliche, gegenwärtige Welt zeigt. Bonnard wird Zeuge des Lebens und Treibens der Fin-de-siècle-Gesellschaft und der Intrigen der Politik. Die sozialen Probleme kleiner Leute sowie die Rolle der bürgerlichen Justiz werden sichtbar in „Crainquebille“ (1901), jener Erzählung, in der der berühmte Satz steht, daß das Gesetz in seiner erhabenen Gleichheit es Armen wie Reichen gestattet, unter Brücken zu schlafen. Wenn Brotteaux sich von den hungernden Armen abwendet und seinem Lukrez zuwendet, so ist Kritik des Autors an seiner Figur spürbar.

France hatte sich während der Dreyfusaffäre (1897/98) in den politischen Kampf gegen nationalistisch-antisemitische Justiz und Generalität eingereiht, die den jüdischen Hauptmann Dreyfus wegen angeblicher Spionage für den deutschen Kaiser vor Gericht zerrten. Politisches und soziales Engagement führten ihn an die Seite der Sozialisten; er begrüßte die Oktoberrevolution und trat 1920, hochbetagt, vier Jahre vor seinem Tod, in die FKP ein. Der Übergang auf sozialistische Positionen bedeutete frontale Ablehnung des kapitalistischen Gesellschaftsmodells. Das erklärt, warum seine letzten Werke nicht einzelne Aspekte, sondern diese Ordnung in ihrer Gesamtheit zu erfassen suchen. „Die Insel der Pinguine“ (1908) erzählt die Geschichte der kapitalistischen Zivilisation Frankreichs bis zu ihrer Vernichtung, wobei der Leser das leise Gefühl nicht los wird, die Geschichte bewege sich in einem fehlerhaften Kreislauf. Den Eindruck geschichtsphilosophischen Pessimismus wird er auch im „Aufruhr der Engel“ (1914) behalten: die Engel brechen ihre Revolution gegen göttliche und weltliche Mächte ab, weil sie fürchten, neue Macht führe zu neuer Unterdrückung.

France' Romanstrukturen sind um einiges moderner als die geschichtsphilosophischen und gesellschaftstheoretischen Kenntnisse, die er in ihnen verarbeitete. Von Haus aus mehr auf Antike und französische Aufklärung eingestellt, fehlte ihm der Zugang zum historisch-dialektischen Materialismus, der ihm den Schlüssel zum Verständnis des Kapitalismus hätte liefern können. Es ist also weniger Gehässigkeit als vielmehr sein defektes Geschichtsbild, das ihn hinderte, in „Die Götter dürsten" das wirklich Neue zu enthüllen, das der Kapitalismus in die Weltgeschichte brachte. Insofern, als in diesem Neuen auch die Minen stecken, die den Kapitalismus und jede Ausbeuterordnung zu sprengen in der Lage sind, verfehlte France auch die historische Perspektive in der „Insel der Pinguine" und im „Aufruhr der Engel".

Es ist allerdings fraglich, ob eine Interpretation, die das Werk von Anatole France nur auf dessen geschichtsphilosophische und gesellschaftstheoretische Aussagen hin befragt, diesem wirklich gerecht wird. Wir haben es nicht mit einem Essay über die Französische Revolution, sondern mit einem Roman zu tun. Es geht also nicht um abstrakte Gedanken über Revolution und Konterrevolution, sondern um die Darstellung von Menschen – Revolutionären und Konterrevolutionären – und damit um das Menschenbild, das France von ihnen entwirft. Was dem Roman als Kunstwerk seinen antikapitalistischen Charakter und seine antikapitalistische Wirkung verleiht, ist die schonungslose Darstellung der Bourgeoisie, die unter Ausnutzung der durch die Revolution erkämpften Freiheiten Vermögen zur Gründung künftiger Banken, Fabriken und Handelsunternehmen zusammenrafft. Die Maschinerie der Revolution wird durch einen produktiven, an sich nicht egoistischen, weil nicht primär dem eigenen, persönlichen Konsum dienenden Bereicherungsdrang angetrieben. Diese spezifisch bürgerliche Form der Bereicherung, die Akkumulation, unterscheidet sich von der konsumtiven, egoistischen, auf Luxus und Genuß gerichteten Bereicherungsgier der Feudalität. Der adelige Steuerpächter Brotteaux zum Beispiel nahm den Kaufleuten und Gewerbetreibenden ihre Gewinne ab, um sie für seinen persönlichen Luxus zu verschwenden. Der Luxuskonsum der Feudalität, der Frankreich in den wirtschaftlichen Bankrott führte, war der Grund für den Sturm auf die Bastille. Daher der Haß des Bürgertums auf Luxus und Genuß, daher das mitleidige Unverständnis von Brotteaux für die bürgerliche Form der Bereicherung.

Wird der Erwerb von Geld und Kapital zum Hauptzweck, so werden die Mittel der Akkumulation gleichgültig: jedes Mittel ist recht, das dem Zweck dient; moralische Bedenken werden beiseite gesetzt. Kinder denunzieren ihre Eltern, um sie zu beerben. Armeelieferanten und Lebensmittelschieber scheren sich nicht um die hungernden Massen, wenn sie ihren Schnitt machen. Dem Kunsthändler Blaise ist es egal, womit er handelt, Hauptsache ist der Gewinn. Der Dragoner Henry wechselt Frauen so schnell wie seine Überzeugungen, um Karriere zu machen. Morallosigkeit, Bestechlichkeit, Korruption werden zu Persönlichkeits- und Charaktermerkmalen der triumphierenden Bourgeoisie. Die schonungslose Darstellung dieses Prozesses produziert in vielen Lesern eine negative Einstellung zur Französischen Revolution. Die moralische Wertung dieses großen Ereignisses kann so sehr leicht die historisch-gesellschaftliche überlagern.

Die wahrheitsgetreue Vorstellung des Bürgers wird dadurch beeinträchtigt, daß neben den persönlichkeitszersetzenden Folgen bürgerlichen Akkumulationsstrebens die positiven Eigenschaften der bürgerlichen Revolutionäre, zum Beispiel ihr Heroismus, verschwiegen werden. France übersah vor allem, wegen der bürgerlichverkehrten und verkehrenden Form, den progressiven Einfluß von Geldherrschaft, damit von Käuflichkeit aller Tätigkeiten, Fähigkeiten, Bedürfnisse und Genüsse – auf die menschliche Persönlichkeitsentwicklung. Für Marx waren die Geld- und Kapitalverhältnisse, die die bürgerliche Revolution etablierte, „identisch mit der allgemeinen Venalität, Korruption. Die generelle Prostitution erscheint als eine notwendige Phase des gesellschaftlichen Charakters der persönlichen Anlagen, Vermögen, Fähigkeiten, Tätigkeiten" (Grundrisse zur Kritik der Politischen Ökonomie). Erst als Tätigkeiten, Fähigkeiten und Produkte gekauft und verkauft werden konnten, wurden sie überhaupt massenweise erzeugt und vergesellschaftet. Historisch ist eine allseitige Persönlichkeit ohne die vorherige Etappe ihrer Prostitution eben nicht zu haben. Kommunismus setzt Kapitalismus voraus.

Schon die Revolution selbst setzte viel politisches, militärisches, wissenschaftliches, technisches, kommunikatives Vermögen frei. Beispielsweise entwickelte die Rhetorik im Konvent, vor den Tribunalen, auf den Straßen und Plätzen, mochte sie manchmal auch phrasenhaft oder verlogen sein, erstmals in vielen Menschen die Fähigkeit und das Bedürfnis, öffentlich miteinander über gesellschaftliche Angelegenheiten zu kommunizieren. Von alledem erfahren wir bei France wenig.

Allerdings befindet sich, mit Ausnahme von Blaise, kein ausgesprochener Bourgeois unter seinem Figurenensemble. Die sozialhistorische Psychologie der Bankiers, Spekulanten, Fabrikanten hatten bereits Balzac, Zola, Stendhal, Maupassant beeindruckend in ihren Gesellschaftsromanen gestaltet, so daß sich France eine Wiederholung erspart. Er beschreibt mehr die Folgen bourgeoiser Aktivitäten für das Volk von Paris und die allgemeine Atmosphäre der Bereicherung. Daher bezieht er stärker als die meisten der genannten Autoren auch Menschen aus dem Volk als Figuren in die Handlung ein und ergreift für die Volksmassen ostentativ Partei. Sie, die durch ihren Heroismus, ihre Selbstverleugnung siegreich die Revolution gegen ihre Feinde verteidigen, die die größten Opfer für die Revolution bringen, werden als Opfer der Nutznießer der Umwälzungen, als Opfer der Bourgeoisie dargestellt.

Der Maler Gamelin ist in gewisser Hinsicht ein Vertreter der Volksmassen. Bettelarm, teilt er solidarisch sein letztes Brot mit einer noch ärmeren Mitbürgerin auf der Straße. Er bleibt wie Robespierre bis an sein Lebensende unbestechlich. Er läßt sich nicht kaufen, weil er nicht für persönliche materielle Interessen kämpft, sondern die Interessen der Gesellschaft vertritt, denen gegenüber auch die eigenen individuellen Neigungen zurückzutreten haben. Deshalb verzichtet er auf persönliche Glückserfüllung und gibt seine Liebesbeziehung zu Elodie auf. Daraus resultiert auch seine unmenschlich erscheinende Haltung gegenüber seiner Schwester, deren konterrevolutionären Geliebten er aufs Schafott schickt. Im höheren Interesse von Revolution und Gesellschaft verurteilt er viele Menschen zur Guillotine. Dadurch stumpft seine Sensibilität beträchtlich ab. Aber ohne unmenschliche – oder besser übermenschliche – Härte hätte er, der als Knabe keiner Fliege etwas zuleide tun konnte, seine revolutionäre Pflicht nicht erfüllen können, sowenig wie ein revolutionärer Soldat, der Mitleid mit dem Feind hat. Gamelin ist sich dieses Sachverhalts bewußt: „Ich bin grausam, damit du gut sein kannst; ich bin erbarmungslos, damit sich morgen alle Franzosen unter Freudentränen umarmen." Diese Ansprache an ein Kind nimmt etwas von der Einsicht voraus, die aus Brechts „An die Nachgeborenen" spricht: Auch der Haß gegen die Niedrigkeit/ Verzerrt die Züge./Auch der Zorn über das Unrecht/ Macht die Stimme heiser. Ach wir/ Die wir den Boden bereiten wollten für Freundlichkeit/ Konnten selber nicht freundlich sein.

Was jedoch France an den Revolutionären und Konterrevolutionären am meisten interessiert, ist das Verhältnis von Genuß und Askese, das in der Revolution mit besonderer Deutlichkeit zutage trat. Er selbst hatte seine Genußfähigkeit, besonders auf geistigem Gebiet, extrem hoch entwickelt und bekannte sich zu einer materialistisch-sensualistischen, epikureischen Philosophie. Askese war ihm ein Greuel. Die bürgerlichen Revolutionäre predigten Askese, das heißt Bedürfnisarmut, Konsum- und Genußverzicht. Die junge Bourgeoisie bekämpfte den Luxus und die Genußsucht der Feudalität, weil sie die Entwicklung des industriellen Reichtums behinderten. Sparsam, ja geizig, verzichtete sie auf jede Art sinnlichen Genuß, um alle Mittel zur Akkumulation zu verwenden. Der Typ des asketischen Revolutionärs par excellence war vielleicht Robespierre.

Hinter der Askese der Revolution verbargen sich aber zugleich auch soziale Erfahrungen des Volkes mit genußsüchtigen Aristokraten, die sich die Frauen und Töchter des dritten Standes zu Opfern erwählten. Darüber kann man in den Romanen Diderots, Sades oder Choderlos de Laclos' nachlesen. Aus dieser sozialen Erfahrung heraus kann für Gamelin der Verführer seiner Elodie kein anderer als ein wollüstiger aristokratischer Triebmensch sein. Askese ist aber auch Ausdruck der sozialen Psychologie der revolutionären Volksmassen, die aus Opferbereitschaft sogar auf das Lebensnotwendige um der Sache der Revolution willen verzichteten, während die triumphierenden Bourgeois, zum Beispiel Danton und seine Anhänger, glauben, sie selber hätten nun genug geopfert und gespart und müßten nun selber genießen. Die eleganten Nichtstuer der Jeunesse dorée, die Gamelin auf dem Weg zum Schafott verhöhnen, beginnen zu prassen wie einst die Aristokraten. France erschien diese Völlerei unsozialer Überkonsum, der den Unterkonsum der Mehrheit der Bevölkerung bedingte. Er lehnte sie jedoch auch deshalb ab, weil sie Ausdruck einer deformierten Persönlichkeitsstruktur war: sie erforderte Menschen mit unentwickelten geistigen Bedürfnissen und Genußfähigkeiten. Vor allem um diese aber ging es dem Autor. Vergessen wir nicht, daß ihm von Kind an geistige Tätigkeit höchstes Lebensbedürfnis, höchste Genußquelle und damit höchste Lebenserfüllung war; diese Lebenserfüllung und die daraus fließende Ataraxie (Gemütsruhe) waren für seinen Lieblingsphilosophen Epikur Sinn und Zweck des Lebens.

Deshalb befragt er die Menschen von 1793 nach ihrem Kunstbedürfnis und Kunstgeschmack. Die Revolutionäre praktizierten einen merkwürdigen Römerkult, dessen Ursachen Marx aufgedeckt hat: „Unheroisch, wie die bürgerliche Gesellschaft ist, hatte es jedoch des Heroismus bedurft ... sie auf die Welt zu setzen ... und ihre Gladiatoren fanden in den klassisch strengen Überlieferungen der römischen Republik die Ideale und die Kunstformen, die Selbsttäuschungen, deren sie bedurften, um den bürgerlich beschränkten Inhalt ihrer Kämpfe sich selber zu verbergen und ihre Leidenschaft auf der Höhe der großen geschichtlichen Tragödie zu behalten." France stellt diese Römermaske, die sich wie ein zweiter Charakter über die eigentliche Persönlichkeit Gamelins und der anderen Revolutionäre legt, hervorragend dar, obgleich er sich der ideologisch-psychologischen Funktion dieser Maskerade nur halb bewußt ist. Er deckt sie auf in den Kleidermoden, den Perioden und Metaphern der Revolutionsrhetorik, in der Kunst. Die auf Selbstverleugnung, Selbstaufopferung und Staatsräson beruhenden Bürgertugenden des republikanischen Rom entsprachen dem Sittenkodex der Revolution, ihrem Spartanertum, das sich bewußt abhebt von der lasterhaften Sinnlichkeit der gestürzten Aristokratie. Deshalb bringt France den Römerkult in Zusammenhang mit der revolutionären Askese. In der Tat hatte die monumentale Einfachheit der antikisierenden Revolutionskunst mit ihren geraden Linien und ihrer Flächenhaftigkeit etwas Asketisches, verglichen mit der üppig-sinnenfreudigen, farbigen, geschwungene Linien bevorzugenden Feudalkunst des Barocks und Rokokos, mit den Bildern von Fragonard, Boucher, Watteau, die den luxuriösen Lebensstil der Feudalität des 18. Jahrhunderts wollüstig beschrieben und zugleich selber dem Kunstgeschmack der Feudalen entsprachen, ja Objekte von deren Luxuskonsum wurden. Der Geschmack des Konterrevolutionärs Brotteaux, Epikureer wie Anatole France – sein Lieblingsautor Lukrez war in Rom Propagandist der Lehren seines Meisters Epikur –, ist ganz von dieser galanten Kunst geprägt, die von den Revolutionskünstlern verpönt wird, wie dies Gamelin seiner Geliebten Elodie vordoziert. Dieser sozialhistorischen Differenzierung zwischen feudalem und bürgerlichem Kunstgeschmack entsprechen auch unterschiedliche

Kunstbedürfnisse: für Brotteaux muß die Kunst sinnlich-geistigen Genuß erbringen, für Gamelin muß sie nützlich sein, eine aktive gesellschaftliche Funktion erfüllen. Hier fällt auseinander, was in France' eigenem Schaffen eine Einheit bildet: eine von gesellschaftlicher Verantwortung getragene und zugleich geistigen Genuß verschaffende Kunst. Für die Verwirklichung dieses Ideals sieht France im Kapitalismus wohl keine Chancen. Die Kapitalisten selber sind Banausen; die einfachen Menschen dagegen verlangen vom Maler Gamelin Porträts von Familienangehörigen: für sie hat Malerei keine ästhetisch-künstlerische, sondern eine ausschließlich praktische Funktion, wie sie heutzutage ein Foto erfüllt. Hinter dieser Darstellung steckt Anatole France' Sehnsucht nach einer Gesellschaft, in der nicht nur die materiellen Güter gerecht verteilt werden, sondern auch alle Individuen Kunstbedürfnisse und Geschmack entwickeln können.

Neben Kunstdiskussionen stehen in „Die Götter dürsten" philosophische, ideologische, politische, weltanschauliche, geschichtsphilosophische Debatten: Reden und gelehrte Abschweifungen, „meditierendes Plaudern, halbes oder ganzes Philosophieren" (Klemperer). Viele Romane von France erinnern an philosophische Dialoge oder Essays; aber sie sind nicht nur reich an menschlichen Gedanken, sondern vor allem an gedankenreichen Menschen, an Figuren mit hoher politischer, philosophischer, weltanschaulicher Bildung. „Die Götter dürsten" ist ein Roman über den geistig-intellektuellen Habitus der Menschen dieser Epoche, ihre historisch-soziale Psyche. France hat einen im besten Sinne „essayistischen" Roman geschrieben, wie ihn später Thomas Mann, Robert Musil oder Alejo Carpentier fortführen.

Heute, da sich die geistigen Fähigkeiten und Bedürfnisse der Menschen infolge der Verwissenschaftlichung der Produktions- und Lebensprozesse erhöhen, steigt auch, günstige gesellschaftliche Bedingungen vorausgesetzt, ihre geistige und künstlerische Genußfähigkeit. Für France, der Denken als exquisiten menschlichen Genußspender betrachtete und dies in seinem Werk materialisierte, wachsen objektiv die Chancen, wieder mehr gelesen zu werden. Vor allem aber: angesichts der Auseinandersetzung zwischen Kapitalismus und Sozialismus gewinnt der Kampf der Ideologien, Weltanschauungen und Philosophien eine neue Dimension. Die geschichtsphilosophischen Fragen, die sein Werk aufwirft, besonders die Frage nach der weiteren Perspektive der Menschheit, sind heute aktueller denn je. Seine kritische Lektüre führt uns mitten in die geistigen Auseinandersetzungen unserer Zeit.

Hans-Otto Dill

ANMERKUNGEN

5 *Lepeletier* – Louis-Michel Lepeletier de Saint-Fargeau (1760 bis 1793), französischer Politiker, Pädagoge und Jurist; wurde ermordet, nachdem er für die Hinrichtung Ludwigs XVI. gestimmt hatte.

6 *Carmagnole* – hier: kurze Jacke der Jakobiner; so benannt nach der piemontesischen Stadt Carmagnola.

7 *von den Vendéern* – Bewohner der Vendée in Westfrankreich, die während der Französischen Revolution der Hauptherd der Konterrevolution war.

8 *Custine* – Adam-Philippe Graf von Custine (1740–1793), französischer General; seit 1789 Mitglied der Nationalversammlung; wurde wegen militärischer Niederlagen und Hochverrats vor Gericht gestellt und guillotiniert.

10 *der Verrat des ... Dumouriez* – Charles-François Dumouriez (1739–1823), französischer General; stand den Girondisten nahe; siegte 1792 bei Jemappes; ging 1793 zu den Österreichern über.

17 *Brissot, Pétion, Roland* – Jacques Pierre Brissot d'Ouarville (1754 bis 1793), französischer Politiker und Publizist; geistiges Haupt der Girondisten; nach deren Sturz am 31. Mai 1793 wegen konterrevolutionärer Umtriebe zum Tode verurteilt und guillotiniert. – Jérôme Pétion de Villeneuve (1756–1794), französischer Politiker; 1791 Bürgermeister von Paris; forderte 1792 die Absetzung des Königs; verfeindete sich mit Robespierre; der Komplizenschaft mit Dumouriez bezichtigt und angeklagt, verübte er Selbstmord. – Jean-Marie Roland de la Platière (1734–1793), französischer Politiker; einer der Führer der Girondisten; 1792/93 Innenminister; verübte Selbstmord.

18 *Damiens* – Robert-François Damiens (1715–1757); verletzte Ludwig XV. 1757 bei einem Attentat; wurde grausam gefoltert und gevierteilt.

19 *Monsieur de Lally* – Thomas-Arthur Graf von Lally, Baron de Tollendal (1702–1766), französischer General und Diplomat; unterlag 1761 bei Kolonialkämpfen gegen die Engländer in Indien; 1766 vermutlich unschuldig in Paris zum Tode verurteilt und hingerichtet.

20 *die Österreicherin* – Gemeint ist Marie-Antoinette (1755–1793), Königin von Frankreich, Tochter der Kaiserin Maria Theresia von Österreich.

23 *Pitt* – William Pitt d. J. (1759–1806), englischer Politiker; gründete 1784 die Torypartei; 1783–1801 Premierminister; nach der Französischen Revolution Anführer der Koalitionskriege gegen das republikanische Frankreich.

32 *vom Tarpejischen Felsen* – Steilhang des Kapitolinischen Hügels in Rom; Hinrichtungsort für Verbrecher und politische Gegner des römischen Senats.

Necker, Bailly, Manuel – Jacques Necker (1732–1804), französischer Finanzmann und Staatsmann, 1788 Generaldirektor der Finanzen. – Jean-Sylvain Bailly (1736–1793), französischer Gelehrter und Politiker; 1780 Bürgermeister von Paris; ließ am 17. Juli 1791 auf die Menge schießen, die auf dem Marsfeld die Absetzung des Königs forderte. – Louis-Pierre Manuel (1751–1793), französischer Politiker, Deputierter des Konvents in Paris; forderte als einer der ersten die Errichtung der Republik, demissionierte jedoch nach der Hinrichtung Ludwigs XVI.; starb 1793 auf dem Schafott.

33 *Condé* – Ludwig V. Joseph de Bourbon, Fürst von Condé (1736 bis 1818), Oberbefehlshaber der Emigrationsarmee.

53 *von den Toten des September* – Am 2. September 1792 stürmte eine aufgebrachte Menge die Gefängnisse in Paris und tötete etwa tausend gefangene Konterrevolutionäre.

Châtelet – Altes Pariser Schloß, später als Gefängnis genutzt.

55 *Tricoteuse* – (franz.) Strickerin; während der Französischen Revolution Bezeichnung für die Frauen, die strickend den Sitzungen des Revolutionstribunals beiwohnten.

76 *Julie und Saint-Preux* – Liebespaar aus dem Roman „Die neue Heloïse“ von Jean-Jacques Rousseau (1761).

79 *der Knabe Bathyllos* – Freigelassener und Günstling des Mäzenas, berühmter Pantomime.

Capet – bürgerlicher Name Ludwigs XVI., König von Frankreich von 1774 bis 1792.

81 *Bridoie* – komische Gestalt aus „Gargantua und Pantagruel" (1532–1552) von François Rabelais, löste alle Streitfragen mit Würfeln.

82 *Dupaty, Beccaria* – Charles-Marguerite-Jean-Baptiste Mercier, genannt Dupaty (1746–1788), französischer Jurist und Literat; Verfasser mehrerer Schriften über das Gerichtswesen in Frankreich. – Cesare Bonesana, Marquis de Beccaria (1738–1794), italienischer Publizist; Verfasser der Arbeit „Von den Delikten und den Strafen" (1764), in der er gegen Folter und Standesgerichtsbarkeit polemisierte.

86 *der Sohn Capets* – Louis-Charles de France (1785–1795), Sohn Ludwigs XVI.

die Witwe Capets – Gemeint ist Marie-Antoinette.

87 *Corday* – Marie-Anne-Charlotte Corday d'Armont (1768–1793); angestiftet von den Girondisten, ermordete sie am 11. Juli 1793 Marat und wurde zum Tode auf dem Schafott verurteilt.

98 *Madelonnettes* – Besserungsanstalt für leichte Mädchen.

Pélagie – Eigentl.: Sainte-Pélagie; altes Pariser Gefängnis, während der Revolution vor allem für politische Gefangene.

101 *Regentschaft* – Regierungszeit des Herzogs Philipp von Orléans (1715–1723).

104 *„Die Jungfrau"* – Komisches Heldengedicht über Jeanne d'Arc von Voltaire (1755).

105 *des französischen Ariost* – Gemeint ist Voltaire (1694–1778). Der Italiener Lodovico Ariosto (1474–1533) war der Verfasser von Komödien und Satiren.

111 *die meisten Esel . . . die meisten Seelen* – Wortspiel aus âne = (franz.) Esel und âme = (franz.) Seele.

113 *Ermenonville* – Englischer Park bei Senlis mit dem Grab Rousseaus.

124 *10. August, 2. September, 31. Mai* – Am 10. August 1792 wurde Ludwig XVI. verhaftet und im Temple eingekerkert. – 2. September: vgl. Anm. *von den Toten des September* zu S. 53. – Am 31. Mai 1793 begann der Sturz der Girondisten.

129 *Cordeliers* – 1790 in einem ehemaligen Franziskanerkloster gegründeter demokratischer Klub „Gesellschaft der Freunde der Menschen- und Bürgerrechte"; radikaler als die Jakobiner; 1792 Zentrum der republikanischen Bewegung.

Feuillants – Politisches Zentrum des liberalen Adels und der Großbourgeoisie; benannt nach ihrem Tagungsort, einem Kloster in Paris.

130 *Rückkehr aus Varennes* – In der Nacht vom 20. zum 21. Juni 1791 wollte Ludwig XVI. mit seiner Familie ins Ausland fliehen. In Va-

rennes wurde er erkannt, verhaftet und am 25. 6. gezwungen, nach Paris zurückzukehren.

134 *Elisabeth* – Philippine-Marie-Hélène-Elisabeth de France (1764 bis 1794), Schwester Ludwigs XVI.; war zusammen mit Marie-Antoinette im Temple eingekerkert; starb auf dem Schafott.

135 *Conciergerie* – Pariser Untersuchungsgefängnis.

141 *Abbé Fauchet, Abbé Grégoire* – Claude Fauchet (1744–1793), Erzbischof von Bourges; Präsident des Pariser Gemeinderats und der gesetzgebenden Versammlung; galt als Helfershelfer bei der Ermordung Marats; wurde mit den Girondisten gestürzt und hingerichtet. – Henri Grégoire (1750–1831), Bischof von Blois; Mitglied des Konvents; schwor als erster auf die Zivilverfassung des Klerus (1791); forderte die Errichtung der Republik und die Anklageerhebung gegen Ludwig XVI., lehnte jedoch die Todesstrafe ab.

142 *Abbé Guénée* – Antoine Abbé Guénée (1717–1803), französischer Schriftsteller; Gegner Voltaires.

Celsus, Bayle – Julius Celsus (7. Jh. u. Z.), griechischer Kritiker. – Pierre Bayle (1647–1706), französischer Historiker und Kritiker.

153 *Vergniaud* – Pierre-Victurnien Vergniaud (1753–1793), französischer Politiker; Gegner Marats, Dantons und Robespierres; unterstützte die Girondisten und wurde nach dem 2. Juni 1792 mit ihnen hingerichtet.

155 *nach dem destillierten Wasser* – Gemeint ist die Einteilung des Geldes nach Centimes analog zu dem neu eingeführten Litermaß, das einem Kubikdezimeter Wasser oder einem Kilogramm entspricht.

159 *Coburg* – Ernst Friedrich Herzog von Sachsen-Coburg (1764 bis 1800), Verbündeter Pitts (vgl. Anm. zu S. 23). Dumouriez hatte 1793 mit ihm über den Sturz des Nationalkonvents verhandelt.

181 *Dekretalien* – Päpstliche Rechtserlasse.

182 *Boulanger* – Nicolas-Antoine Boulanger (1722–1759), französischer Literat und Philosoph.

183 *der hinkende Teufel* – Anspielung auf den Schelmenroman „Der hinkende Teufel" des französischen Schriftstellers Alain-René Lesage (1707).

189 *Camille Desmoulins* – Lucien-Simplice-Camille-Benoist Desmoulins (1760–1794), französischer Jurist und Journalist; Volksredner; gemäßigter Dantonist; wurde zusammen mit Danton verhaftet und guillotiniert.

„Père Duchesne" – 1791 bis 1794 von Hébert, einem der Führer der linken Jakobiner, herausgegebene Zeitung, die bei den unteren Volksschichten populär war.

190 *Anacharsis Cloots* – Jean-Baptiste du Val-de-Grâce, Baron de Cloots, genannt Anacharsis Cloots (1755–1794), französischer Schriftsteller und Politiker preußischer Herkunft; Jakobiner und Mitglied des Konvents; Girondist und Anhänger Héberts; 1794 verhaftet und guillotiniert.

Monk – George Monk (1608–1670), englischer General; kämpfte 1640 gegen Irland; 1647 vom englischen Parlament zum Gouverneur von Ulster ernannt; stand 1658 nach Cromwells Tod auf seiten König Karls II.

Hébertisten – Anhänger Jacques-René Héberts (1757–1794); aus den linken Jakobinern hervorgegangene radikale Gruppe; bereitete 1794 eine Erhebung gegen Robespierre und den Wohlfahrtsausschuß vor, die keine Unterstützung durch die Kommune und die Pariser Sektionen fand. Die Hébertisten wurden verhaftet und am 24. März 1794 guillotiniert.

200 *Eumeniden* – In der griechischen Sage beschönigende Bezeichnung für die Erinyen.

216 *Catherine Théot* – (1716–1794), begrüßte Robespierre als den wahren Messias.

224 *Chalier* – Joseph Chalier (1747–1793), Führer der Revolutionspartei in Lyon; wurde bei einem royalistischen Aufstand von seinen Gegnern verhaftet und guillotiniert.